# 赵白露

鬼鱼————著

Zhao Bailu

**甘肃省艺术基金扶持项目**

时代出版传媒股份有限公司
安徽文艺出版社

## 图书在版编目（CIP）数据

赵白露 / 鬼鱼著. -- 合肥：安徽文艺出版社，2025.1
ISBN 978-7-5396-7973-0

Ⅰ. ①赵… Ⅱ. ①鬼… Ⅲ. ①中篇小说－小说集－中国－当代 Ⅳ. ①I247.5

中国国家版本馆CIP数据核字(2024)第026138号

出 版 人：姚 巍
责任编辑：汪爱武　张星航　　　　　封面设计：石 晓

出版发行：安徽文艺出版社　www.awpub.com
地　　址：合肥市翡翠路1118号　邮政编码：230071
营 销 部：(0551)63533889
印　　制：合肥创新印务有限公司　(0551)64456946

开本：787×1092　1/32　印张：9.875　字数：170千字
版次：2025年1月第1版
印次：2025年1月第1次印刷
定价：48.00元

(如发现印装质量问题，影响阅读，请与出版社联系调换)
版权所有，侵权必究

# 目 录
*Contents*

赵白露 // 1

蛞蝓 // 35

而立 // 66

如梦令 // 94

诗人 // 153

朱履曲 // 178

铁佛寺 // 234

# 赵白露

白露打头的那个夜晚，我再一次见到了赵白露小姐。赵白露小姐突然打电话说要来看我，我没当一回事地说："那你来吧。"十分钟后，化着淡妆的赵白露小姐出现在我房间的门口。赵白露小姐穿着绯红色的睡裙，将一支冒烟的黑兰州优雅地叼在嘴里。我请赵白露小姐进来的时候，她笑着往我怀里塞了一打黄河啤酒。我知道，赵白露小姐又想喝酒了。赵白露小姐总是这样，没人陪她喝酒的时候就会来找我，就好像我永远在等着她来找我喝酒一样。赵白露小姐进门后直接甩掉鞋子跳上了我的床，她一向如此，从不拿自己当外人，其实我们并没有多熟。赵白露小姐明知道我不抽烟，但还是扔给我一支。我摆摆手，赵白露小姐大声地嘲笑我："男人不抽烟算什么男人？"我笑。赵白露小姐干净利落地打开啤酒仰头往脖子里灌，空气里立刻飘动着浓郁的酒精味道。半分钟后，喝空了的啤酒罐被赵白露小姐简单粗暴地拍成一个"铁饼"，我诧异地看着她，她拿手背粗鲁地擦掉下巴上的泡沫说："他妈的，老子简直无聊死了。"

这是我第三次听赵白露小姐说无聊死了。第一次是在春天里，那个时候，黄河的桃花汛应时而来，从青藏高原跌落的天上之水，再一次粗暴地掠过了狭长而又荒芜的兰州城。盛怒之下的万亩桃花，正随着从秦岭南麓翻山而下一路向北的春风，和隐居在黄河岸边的大学城发生着浅浅淡淡的恋爱关系。诗人说，和一朵桃花恋爱，足以代表整个春天的经典。于是，在这样多情的四月里，大学城里的几个诗人，就以桃花为名，在黄河岸边发起了一场诗会。诗会叫桃花诗会，与会的人多是大学城里的诗人。按照惯例，诗会的场地还是在黄河船上的酒吧里。

其实并没有多大意思，我参加过多次这样的诗会。大学城里的诗人动不动就要搞诗会，以桃花为名，以梨花为名，以杏花为名，以槐花为名，以桂花为名，以菊花为名——总之，差不多每个月总有那么几回。无非就是每人准备一首名家的诗，然后再准备一首自己的近作，由诗会主持人按顺序点名，一个人接着一个人地上台去朗诵或者表演朗诵。当所有的人都朗诵完之后，大家开始一起喝酒，男人和女人各自互留联系方式，借着酒劲说一些饱含挑逗的话，在酒醉的虚无里，一厢情愿地做着暧昧浪漫的白日梦。大家像经历过世事沧桑的老人一样，哀叹人生无常，文艺颓败，精神荒芜，大骂爱情是狗屁。有什么意思呢？这样的诗会有什么意思呢？不过是一帮精力过剩的文艺青年毫无羞耻地在浅薄里假装深沉罢了。

而我恰好就是这样一个毫无羞耻的诗人。诗人本来就是这样，严于律人，宽以待己。看不惯那些低俗、混乱的艺术，不屑于与那些聒噪的文艺青年为伍，自己却又没有本事比他们高尚到哪里去；一直在摒弃、逃离、鄙视这个圈子，却又一直陷在这个圈子里，高歌、狂欢、迷恋臆造的诗意生活和女人。

事实上，很长时间以来，我就是这样一个卑鄙无耻的人；但我必须得伪装成一个纯粹的诗人的形象，毕竟我在这个圈子里还是有点名气的。正因为这点名气，我屁股后面跟着一大帮的诗歌爱好者和我的爱慕者，他们恭敬地叫我老师——其实我才二十岁出头，还是一名在校学生。但我享受这样的感觉，鲜花、赞美、吹捧，甚至主动上门的女人。年轻人嘛，追名逐利很正常的。

我还得穿得人模狗样一点，以便随时以良好的形象满足追随我的那帮诗歌爱好者要求合影留念的愿望。我能想象我的那些爱慕者与我合影时有多兴奋。不是我吹牛，真的，每参加完一场诗会，总有声音甜美的姑娘主动打电话给我，约我去咖啡厅聊文学，去黄河边聊艺术，或者去安静的地方谈谈人生。简直太搞笑啦，我才二十几岁，连人生是什么都没搞明白呢，有什么好谈的？但我是不会拒绝的，因为我知道主动打电话给我的姑娘，根本就不是想聊文学、艺术和人生呀。我长相俊美、举止优雅，随口胡诌几句诗歌那是我的长项，这样的男人，在哪个爱好文艺的姑娘躁动的心里生不起点波澜？

当然了，如果是男生邀我出去谈什么文学啊艺术啊人生啊，我自然是不会去的，有什么意思呢？两个大老爷们在一起叽叽歪歪有什么乐趣可言呢？我要么委婉拒绝，要么就以一种过来人的口吻教育他们："年纪轻轻的，不要老想着结什么圈子，出什么名之类的，好好读书，努力写出有深度的东西，这才是正经的。"他们仿佛被我窥透了什么见不得人的秘密，立刻感到很羞愧，唯唯诺诺地说一堆谦虚和恭维我的话。哎呀，笑死我了。我躲在电话背后笑得简直眼泪都流出来了。

在我的世界里，诗歌和女人是有着水乳交融的关系的，诗歌和男人，哈哈，对不起，这是两种完全不搭边的概念，一定要分开处理才行。我就是这么卑鄙无耻，但没办法啊，就是有人喜欢我的卑鄙和无耻，因为他们也想要这样的卑鄙和无耻。

我已经有一段时间没见过漂亮姑娘了。在以前，各种诗会结束后，给我打电话的姑娘实在不少，她们之中不乏长相漂亮的；但在这一段时间里，我竟然没有接到一个漂亮姑娘的电话，这让我感到了前所未有的恐慌。没有了漂亮姑娘，诗人的人生还有什么诗意可言呢？

我不能再这么被动地等待下去了，如若把时间和精力花费在那些姿色平平的姑娘身上，我会觉得这是在亵渎我的灵魂、谋杀我的细胞。冰河解冻，狗熊撒欢，万物复苏，草原上的动物都到了交配的好日子，我为什么还要冬眠呢？这没什么不好意思的，前辈郁达夫和胡适还经常出入各种春色酒肆呢，比起他们来，我纯洁多啦。所以在一个春风拂面的日子里，我哼着兰州民谣，喜不自禁地跳上了黄河里的船上酒吧。

我进去的时候，桃花诗会还没有开始。一帮想要在即将开始的诗会活动中博得姑娘青睐的文艺男青年，正躲在各个角落里夸张地演练。他们看上去丑陋极了，就像一群被拔光了鸡毛的秃鸡在舞蹈一样，我看了差点没笑出声来。他们看见我进来，立刻像潮水一样向我拥过来，请我指点指点。我自然也不好拒绝，毕竟身份在那里摆着嘛，在公共场合耍大牌是不好的。我装模作样地瞎说一通后,他们纷纷赞美我有思想、没架子。我赶紧谦虚地搪塞几句冠冕堂皇的说辞。他们未必不知道我在瞎说,但没有办法,要想在大学城诗人圈子里红起来,必须得从学会拍马屁开始。我就是这样一步一步混出名气来的,我简直太了解这些东西啦。

随后我就在酒吧里逛起来,东瞅瞅、西看看,还不时伸手四处打招呼,鬼才知道我根本不是在打招呼,而是在寻觅漂亮姑娘。唉,很可惜,整个酒吧里要么是木头一样愚钝的女人,要么就是那些给我打过电话的老面孔,简直乏味极了。这样的诗会有什么意思呢?没有漂亮姑娘的诗会还能有什么诗意呢?

我感到很失望,从酒吧里走出来靠在栏杆上。黄河孤独地从兰州城向外流淌着,以不动声色的绝情和穿肠而过的残忍。巨大的石头和裸露的河床被浑黄的旋涡一口口吞噬,像千百颗补丁,或者眼睛,多么荒诞的幻象。水涨船高,我站在船上远眺,目之所及,春色惹人;目之所及,春色伤人。

诗人就是这个样子,大事小事都要伤感一阵子,仿佛无论什么东西都与自己有关。这是多么可笑的事情;但事实上,赵白露小姐管不了我伤感,我的伤感跟她半毛钱关系也没有。她出现的方式很随意。她就是在我伤感的时候来到船上的。她悄无声息的,就像春风爬进兰州城的时候那样随意。她安静地出现在我身边,说:"哥们,借个火。"我听到了她的声音。我扭过头,看到一张痞痞的脸,嘴里叼着一支烟,有一种流里流气的感觉,但好像还夹着一种气质,是一种我说不上来的感觉。不讨人厌,甚至在那么一瞬间,我还有点喜欢。因为叼着烟的赵白露小姐很漂亮,漂亮得简直不像话。美女有瞬间就能治愈伤感的功能,我的伤感就这样一下子跑光了。

我看着赵白露小姐,开始不知所措,阵脚乱了。我是不抽烟的,怎么可能有火?但是面对这样漂亮的赵白露小姐,我又怎么好意思说没火?我立刻想到了酒吧里的诗人们,这帮家伙一个个都是大烟囱,平时号称自己的诗歌全部是用烟熏出来的,带着一种灵魂出窍的味道。我对赵白露小姐说:"我身上没带火,你等等。"我一头扎进了酒吧,就像一头扎进了春梦一样。为漂亮女人效劳,是每个诗人义不容辞的事情。我很快就找到了一只打火机。

走出酒吧的时候,我看见赵白露小姐还站在那里等我。藤紫色的披肩在她身上盈盈浮动,流苏细碎地在春风里上下翻抖。帆布鞋,水磨蓝紧身牛仔裤。兰州城里很少有女人围披肩的,在青海湖或者拉萨城可以见到很多。这是典型的文艺女青年装束，据说这样的女人都有两个梦想：一个是西藏，另一个是文字，都是最靠近灵魂的。这是多么扯淡，我从来不敢恭维。我甚至还为一件有关西藏的事情，大肆嘲笑过别人。

事情是这样的，一次诗会上，我们在酒吧里讨论起了西藏。在场的一个女诗人说，每个人在有生之年都应该经历一次西藏之旅，看雪山、喝青稞酒、拨转经筒、接受神的洗礼、在布达拉宫门口唱仓央嘉措的情歌，尤其是女孩子，一定要去。她还特别强调，是旅行，不是旅游。于是就有人问了，两者有什么不同？女诗人说，旅行是带着思想和感悟上路，旅游是带着相机和金钱上路。有人提出了疑问，不管到哪里，都是要带着金钱才行的啊，不带金钱，吃、住、行怎么解决？女诗人很不屑地说："你这样想就太物质了，精神层次明显不够，带一点钱就行了，搭车、骑行、借宿、甚至露宿，这都是可以的。我看过网上别人说去西藏穷游只花了一百块钱的，我就觉得特别好，就是要在颠簸的路上听自己灵魂最深处的声音。"女诗人说，"年轻就是要疯狂，再不疯狂我们都老了。"女诗人说完，用一种鄙视的目光看着在场的各位诗人。我们每个人都能感觉到她那种揪着头发想把自己拔高的感觉。

那位女诗人的发言果然赢得了不少其他女诗人的热烈响应。她们把那位女诗人围在酒吧中央，热烈地讨论起来，现场一度失控。就在这个时候，有人哈哈大笑起来。笑声很大，盖过了所有的声音。笑声笑得大家莫名其妙，身上起了鸡皮疙瘩。大家安静下来寻找那个声音的源头，发现声音来自一个角落，一个其貌不扬的诗人。大家都安静下来的时候，诗人还在笑，笑里带着嘲讽和鄙夷。

女诗人问："你干什么？"诗人说："没什么。"女诗人毫不客气地说："我还以为是神经病犯了，有病赶紧上医院。"女诗人为自己的反击洋洋得意，大家一起跟着她笑。诗人也笑，诗人笑得很冷静。等到大家都笑完了，诗人问："你去过西藏吗？"女诗人说："没有。"诗人说："你没去过，你凭什么觉得一百块钱就可以去西藏？"女诗人说："没去过就不能说吗？网上的西藏旅行攻略就是这么说的。"诗人说："网上也有人说，往往那些身上的钱不多，心里想的却是可以靠搭顺风车、吃别人的、喝别人的、住别人的、穿别人的的文艺女青年，一路上必须向不同的人不停地出卖肉体，才可以游遍西藏。"女诗人恼了，女诗人说："低俗，你恶心不恶心？"诗人呵呵笑："网上还说了，你一个女青年，你凭什么认为别人要让你白吃、白喝、白玩、白拿、白住？"女诗人满脸通红地说："我是为了实现梦想。"诗人哈哈大笑："梦想？你的梦想凭什么让别人来实现？你的上层建筑凭什么用别人的经济基础来支撑？网上还说了，那些一百元穷游西藏的攻略，其实就是为那些在穷游西藏的路上出卖肉体的女青年写的。"女诗人羞愤地不再说话。酒吧里的诗人全部大笑起来，酒吧的气氛达到了高潮，大家在毫不掩饰地耻笑一个文艺女青年的无知和浅薄，当然也包括我。我笑得就连肚子都抽筋了。我边笑还边对身边的人说："哈哈哈哈，这样的女青年穷游西藏一圈回来，说不定还会变成富婆呢。"

我站在酒吧门口，看到赵白露小姐身上的披肩，突然就想到了这个故事。我不知道赵白露小姐有没有去过西藏，但我想，赵白露小姐要是想搭免费车，每个在路上的男人肯定都会疯狂起来。

我走过去准备把打火机递给赵白露小姐，但她好像没有要接受的意思。她向我晃晃了烟，我才看清楚，烟头已经在闪着红宝石般的光了。我惊奇地看着她，她向甲板上使了一个眼色。甲板上走过一个男人，他也在抽烟，原来赵白露小姐已经向他借着火了。我有点什么东西被抢走或者美梦扑空了的失望，但我毫无办法，我只好张着空洞的嘴巴嗯嗯哈哈，样子滑稽得仿佛一条没有水喝的鱼。

赵白露小姐靠在栏杆上抽烟,我站在旁边看她。我不敢正大光明地看她,只是偷偷地瞟一眼,再瞟一眼。这个过程进行得很猥琐,我在大学城诗人圈子里的骄傲和自信全部没有了。赵白露小姐看出了我的窘态,她说:"怎么?你还有事?"我心想,这不是给你送火来了吗,我没怪你不守信用,你倒还嫌弃我碍事了。可这话到了嘴边,说出来的却是:"请问你是来参加桃花诗会的吗?"

赵白露摘下烟说:"诗会?"看得出她很感兴趣,我说:"对,船上的酒吧里正在举行一场以桃花为名的诗会。"赵白露小姐微微点头说:"哦。"我心里等着她再问点什么,她要是再问点什么的话,我就会慢慢把诗歌扯一遍,把大学城的诗歌圈子扯一遍,再把我在这个圈子里的名气扯一遍。这都是套路,事实上,在每个约我的姑娘面前,我都扯过这些东西。我对这些东西太熟悉了,简直张口即来。但是我想多了,赵白露小姐没再开口,她什么也没再问。我等了几分钟,终究还是按捺不住了,我对赵白露小姐说:"其实我就是一个诗人。"

赵白露小姐说:"哦,原来你是一个诗人,那你都写过什么诗歌呀?"我一点不谦虚地说:"太多了,我都记不清自己写过什么了,我的处女作是《兰州兰》,成名作是《黄河黄》,目前正在写一组关于兰州和黄河的诗歌。你可以上网去查,能查到的。"赵白露小姐说:"这么说你还是个挺有名气的诗人。"这回我谦虚起来了,我说:"其实也不是多有名气,就是喜欢诗歌,觉得诗歌就是我的全部。"赵白露小姐说:"挺好。"我终于鼓起勇气说:"我正式邀请你来参加我们的诗会,可以吗?"赵白露小姐笑着说:"那好啊。"赵白露小姐笑起来的时候更漂亮,我感觉整个黄河好像飞起来了一样,眼前掠过一阵眩晕。我说:"那该怎么称呼你呢?"赵白露小姐说:"你就叫我赵白露小姐吧。"

酒吧里的诗人见我带了赵白露小姐进来,都表现出了极大的兴趣。诗人对女人的兴趣要远远大于诗歌。台上的朗诵也一度停止,我见大家都在看着我和赵白露小姐。我知道他们肯定在猜测我和赵白露小姐的关系,让他们猜去吧,反正我是不会说出赵白露小姐是我刚刚认识的陌生人的。和赵白露小姐站在一起,我立刻感到身上笼罩了一种光环。在赵白露小姐那里丧失的自信和骄傲,我在酒吧的诗人圈子里又找回来了。我装作很淡然地向大家介绍,我说:"这是赵白露小姐,大家欢迎。"大家面面相觑,然后爆发出热烈的掌声。我找了两个比较好的位子,请赵白露小姐坐在了我的身边。

诗歌朗诵还在继续，诗人们的水平参差不齐，但这也没什么，一帮良莠不齐的诗人混在一起，实际上就良莠都齐了。赵白露小姐听了一会后又叼起了烟，我自然地凑过去给她点火。她叼着烟凑过来，我俩的额头碰在一起，我看清楚了，赵白露小姐抽的是黑兰州。赵白露小姐拿出一支给我，我摆摆手，赵白露小姐撇撇嘴，皱皱眉，收起了手里的黑兰州。赵白露小姐撇嘴皱眉的样子很性感。

诗会很快就结束了，大家开始喝酒。我过去拿了两瓶黄河啤酒，给了赵白露小姐一瓶。赵白露小姐问我："结束了？"我说："酒会完了才结束。"赵白露小姐说："哦。"然后开始喝那瓶啤酒。赵白露小姐喝酒很快，我还在一口一口地喝，她已经把空瓶放下了。我问："再来一瓶？"赵白露小姐说："不了。"我俩就那样坐着，坐了好一会儿后，赵白露小姐默默起身往外走。我站起来跟着她，出了酒吧，到了甲板上，她看见我还跟着她，就转身问我："有事？"

我不理解，这个女人怎么老是这个样子？这样让我好没面子。但我还是忍住了没爆发，我静静地说："你要走吗？"赵白露小姐说："对啊，你有事？"我说："没事。"赵白露小姐说："没事你跟着我干什么?"我说:"不干什么。"赵白露小姐说:"哦,喝了你的酒,我还没对你说谢谢呢。谢谢你。"我终于还是忍不住了,我在众多女人身上建立起来的自信,瞬间在赵白露小姐的面前被撞击得粉碎。我说:"你这人怎么这样呢?"赵白露小姐说:"我怎么了?"对啊,赵白露小姐怎么了?我答不上来,但我心里不痛快。我只好垂头丧气地说:"没怎么。"赵白露小姐似乎看穿了我的心思,她笑说:"你叫什么名字?"我说:"兽夫,我叫兽夫。"赵白露小姐说:"简直无聊死了,那兽夫你陪我去喝酒吧。"

我们来到蓝色妖姬酒吧,大学城最著名的酒吧。赵白露小姐拎来一打啤酒,一瓶一瓶往嘴里塞,她在用牙齿咬瓶盖。瓶盖砰砰砰地从她嘴里落下,在桌子上放大成一串串寂寞的声音。瓶盖在桌子上落了一堆,赵白露小姐拿起一瓶一口气就喝光了。我看呆了,这是怎么样的一个女人?太可怕了,太狂放了,太粗野了,太神秘了,太诱人了。

那天晚上,我们一共喝了十五瓶黄河啤酒。我喝了四瓶,剩下的全部是赵白露小姐喝的。从酒吧里出来的时候,已经是凌晨三点。春风沉醉,人影寥落。偌大的大学城里灯火辉煌,我拖着一个陌生的女人在街上行走。这个女人很不老实,喝进去的酒全部吐在了我的身上。和她身上的气味比起来，我似乎更像是那个酒鬼。

我把赵白露小姐拖回了我的出租房。我把赵白露小姐扔上了我的床，床很大，可以滚来滚去。我换了一身干净的衣服，坐在床上看着这个衣冠不整的陌生女人想入非非。这是只属于我们两个人的夜晚。其实在很长时间以来，这里都是只属于两个人的夜晚；但这次不同，这次我的感觉尤其强烈，因为赵白露小姐比其他姑娘都漂亮。我俯下身子看着这个陌生的女人，我在准备以一种适合的方式图谋不轨，要尽量优雅地、不留痕迹地。我把自己放得很低，我的眼睛几乎贴到赵白露小姐的脸上去了。她是多么美妙的尤物。

我安静地看着赵白露小姐，我仔细地看着赵白露小姐，就像在欣赏一件艺术品一样。我不由自主地闭上了眼睛，我穿过酒味闻到了赵白露小姐的体香。夹杂着一股气流，气流突如其来，猛烈地冲击到我的脸上，让我猝不及防。这个女人又吐了。

她吐到了我的脸上，衣服上，脖子里，还有床单上。她还在源源不断地吐，她吐得我的房间里到处都是。我的兴致就这么被她搅坏了。我站在门口无可奈何地看着这个陌生女人，但我又不忍心看着这个陌生女人。我叹着气给这个女人擦去满身的污秽，这是迫不得已的善良，因为我满脑子的不轨和愚蠢。我屏住呼吸搂着她翻身，她一把推开了我，用足了力，但依旧软绵绵的。她的声音也软绵绵的，她闭着眼睛迷迷糊糊地说："你是不是想睡我？"我吓了一跳，她怎么知道的？我愣在那里不敢动。她又说："你睡我为什么不爱我？"我不明白她在说什么，我心想，我就是来睡你的，我为什么要爱你？那要是睡一个爱一个，我得爱多少个啊。赵白露小姐还在说："你睡了我为什么还要睡别的女人？"天哪，这都知道，完了，我的秘密全被赵白露小姐知道了。我的秘密全部被赵白露小姐曝晒在光天化日之下，我惊出了一身冷汗，我感到害怕。

接着赵白露小姐又开始说话。这回她不再说睡不睡的事情了，她在背诗。我听得很清楚，她在背"多少人爱你青春欢畅的时辰/爱慕你的美丽/假意或真心/只有一个人爱你那朝圣者的灵魂/爱你衰老了的脸上痛苦的皱纹"。赵白露小姐竟然在背诗，她竟然在背叶芝的《当你老了》。我简直太熟悉这首诗歌了，我已经把这首诗歌背烂了。每一次那些打电话的姑娘在这个房子里躺在我的怀里问我爱不爱她们时，我都会给她们背叶芝的这首诗。赵白露小姐竟然也在背这首诗，这简直太扯淡了。这个女人到底什么来头？她不会是上帝派来报复我的吧？我分不清楚赵白露小姐到底是在说真话，还是在说梦话。这简直太可怕了。

这种可怕让我一夜未眠。我怎么可能睡得着呢？火都烧到屁股啦。我在等赵白露小姐醒来，我要当面问她，到底掌握了我多少秘密？我就那么在忧思与不安中度过了一个心有余悸的春夜。天快亮的时候，我实在撑不住了，一歪头，倒在了床角。

我醒来的时候是下午三点。阳光斑驳陆离地正洒在出租屋里，光点被雕刻成微型的圆，像透明的泡沫一样，安静地在素洁的墙壁上远行。脑袋昏昏沉沉，我坐在床上四处瞅瞅，赵白露小姐已经不见了。我的床单和被套被洗了，挂在院子里的铁丝上，它们看上去巨大而空白，就像那个夜晚的所有故事。我去问房东，他对我说，那是早上一个姑娘洗的。我问人呢，他说早就走了。

我有点不甘心，难道赵白露小姐就这样不辞而别了吗？我试图想要找出点诸如赵白露小姐留给我的纸条之类的信息，可是，我翻箱倒柜几乎把床都掀翻了，也没有找到，我多么像一个执着的傻子。赵白露小姐一向是不按常理出牌的，船上的不辞而别，酒醉后背叶芝的诗歌，我竟然幻想赵白露小姐能给我留下什么东西，我是多么的可笑又可怜。

我玩过很多次的一夜风流，没想到不再相信爱情的我竟然还会跌倒在一朵牡丹花下。难道是哪根麻木已久的神经，随着摇摆的万物也在春天复苏了吗？我感到不解。解不开的愁结，我历来都用酒精浇，这次也不例外。我夜夜集结大批的诗人去泡蓝色妖姬，把自己很好地伪装成一个酒桶。我喝进去的是寂寞，吐出来的也是寂寞。我把自己搞得像一摊烂泥，我标榜这是又一个魏晋时代的风骨；但我知道，这都是那个叫赵白露的女人折磨的。如果说，在遇到赵白露小姐之前，勾搭各种各样的姑娘鬼混算是一种瘾癖的话，那么，我已经把它戒了。

我是一个游荡在大学城的魂，从春天游荡到夏天。我把自己搞得很颓废，很虚伪，很无所谓，我用生命把自己活成一个行为艺术，仿佛这世上的一切已不配拥有我的本真。我虚伪、我浮华、我醉生梦死、我不再是我，直到很久以后的一天，我再一次遇见了赵白露小姐。

我再一次遇见赵白露小姐的时候是夏至那一天。无风。兰州城的太阳像一个精力过剩的歹徒一样，肆无忌惮地强暴着这个狭长的西北小镇。下午四五点以后，人们风一般地往黄河岸边拥去，好几公里长的啤酒广场早就沿河"蛇"字形摆好，张开饕餮大口，无限度地接纳闯进它身体内部的不速之客。自立夏以来，我就是这里的常客。老板也认识了我，不管我去早去晚，靠近河滩的那个座位总是给我留着。没事的时候，我一般都在这个座位坐到日暮西沉，坐到星野四垂。这是一种来自内心真实的感觉，只要和黄河在一起，我就会变得极度安静，久久望着黄河，无喜、无忧、无意识、无我。我把这种感觉告诉了身边的几个诗人好友，他们说我这是故弄玄虚。后来说的次数多了，我也渐渐觉得这是我在故弄玄虚。我解释不了一个庸俗浮夸的我为什么会出现那么虚静的状态，我解释不了，所以我觉得他们说得对。

到达黄河滩的途中有一个书店。每次去黄河滩的时候，我都会进去看看。我从来不否认我是一个卑鄙的流氓，但我也是一个不曾中断用知识武装自己的流氓。不然的话，哪里会有那么多的姑娘主动给我打电话？不然的话，那么多的姑娘约我，我怎么能应付得了？当然了，为勾搭姑娘才读书，这只是其中一个因素。这个书店的书有品位、价格便宜，环境优雅，这都是吸引我的。那一天，我就是在这个书店里与赵白露小姐重逢的。

赵白露小姐手里捧着一本书在看，我走近的时候才发现，那是梭罗的《瓦尔登湖》。说实话，自打知道这本书之后，我就一直在看，但这么些年，我从来没有看完过这本书。每次看上几页，我就看不下去了。太慢了，这书写得太慢了，我每次都觉得要被这书给折磨死。抽烟、宿醉的赵白露小姐竟然在看这本书，这简直太让我感到吃惊了。尚且不说看懂与否，她能看得下去吗？

我带着一种挑衅的姿态走到赵白露小姐面前，说："嘿，你也在这吗？"赵白露小姐抬起头看了我一眼，没理我，她又开始看书了。我的脸开始发烧，这个女人太奇怪了，每次我抱着巨大的兴奋迎她而去，总能被她的高冷伤着浅薄的自尊。我还就不信了，我誓不罢休地对她说："赵白露小姐，你难道真的不记得我了吗？"她开口了，她很惊奇地看着我说："你怎么知道我的名字？"我心里暗暗得意，我怎么知道你的名字？你差点都被我睡了，我怎么能不知道你的名字？但我没有告诉她，我故意学着她那一贯高冷的模样走开了，就允许你对我这样，我就不可以吗？我站在远处翻开一本弗朗西斯克·彼特拉克的诗集，正好是《此刻万籁俱寂》，"我观望/思索/燃烧/哭泣/毁了我的人经常在我面前/给我甜蜜的伤悲/战斗是我的本分/我又愤怒/又心碎/只有想到她/心里才获得少许慰藉"。

哈哈，多么像我的心情，我沉醉在巨大的胜利中。我有一种感觉，赵白露小姐必定会主动过来跟我说话的。几分钟后,赵白露小姐没有过来;十几分钟后,赵白露小姐还是没有过来;过了半个小时,赵白露小姐还是没有过来。我很生气,这个女人还真不是一般人。这下好了,我再也没有脸面去打扰她了,这个女人,嗐,我真是搞不懂她。我心底的那团火越烧越旺,最后终究把自己烧为灰烬了。我冷却了,我成了死灰。我偷偷看了一眼赵白露小姐,她还在认真地看那本书。我放弃了,死灰是不可能在这个怪女人身上复燃的。不认识就不认识吧,权当那晚我做了一个了无痕迹的春梦。

我走出了书店,叹了口气往黄河滩去。今晚我一定要醉一场,为了这曾经触手可及又咫尺天涯的赵白露小姐。我哼着兰州民谣穿过了半条街,有人在拍打我的肩膀,我回头,是她,赵白露小姐。我学着她的口吻问她:"有事?"她笑了,她说:"我们真的认识吗?"这不是扯淡吗?不认识我能知道你叫赵白露小姐?但我没有这样回答,我痞痞地说:"认识不认识还不是你说了算吗?"赵白露小姐说:"有点眼熟。"我没好气地:"何止眼熟。"赵白露小姐撇撇嘴说:"既然你知道我的名字,那就说明我跟你喝过酒,怎么样?你还有没有兴趣再陪我喝酒?他妈的,最近太无聊了。"

我一下子没明白过来她这话的意思,知道她的名字就是跟她喝过酒？这他妈什么逻辑？这个女人的生活该有多么糜烂，她到底跟多少男人喝过酒？难怪记不得我。好吧好吧，喝就喝吧，我还怕了你不成？大不了都喝醉，反正我又吃不了亏——看在你那撇嘴一笑的极度漂亮之上。

第二次和赵白露小姐喝酒的故事，就这么传奇一样地发生在了黄河滩上。在这一次，赵白露小姐变得像个正常女人了，我感觉她不再是一瓶酒，而是一杯茶，尽管她还是喝酒。但她也在那么安静地叙述她的故事，在她的叙述中，我知道了她的一切。在这个夏至的傍晚，清风徐来，黄河东去，觥筹交错的酒声人影里，赵白露小姐跟我透露了她的女诗人身份——这是既在意料之外，又在情理之中的事。相比起惊诧来，我的兴奋和不安的成分可能更大一些。这是有理由的，偶遇的赵白露小姐竟然也是一个诗人，这是多么大概率的巧合；但回想起往事，我便极度不安，我微微感觉，赵白露小姐的诗学功底是在我之上的。那么，邀请赵白露小姐参加春天的桃花诗会，不就是班门弄斧吗？

好在赵白露小姐并没有让我下不来台。她只是说，在艺术被过度消费的时代，诗人不能像艺人，诗人也不可能是艺人，虽然诗歌是艺术之最。她再没有多说，但我已经满脸羞愧。自从和诗歌沾边的那一天起,我就一直在混圈子,在这个圈子里上下折腾,从伺候别人到让别人伺候,这么多年,我何尝不是以诗歌的名义,干尽了消费诗歌的丑事?我没有和她交流诗歌,我不敢交流,我怕我张口就暴露了我的无知。

不谈诗歌,那就只好谈生活,谁不是在理想与现实中穿插呢?于是,我问赵白露小姐目前在干什么,她盯着黄河看了很久很久才对我说:"晃着。"晃着的意思就是什么都没干,像风一样,晃来晃去——而赵白露小姐从大学毕业已经有两年时间了。两年时间里,找不到合适的工作,可是为什么要晃着呢?我问赵白露小姐为什么晃着,赵白露小姐张着嘴局促了一阵说:"笨呗,考不上事业单位和公务员呗。"赵白露小姐是有难言之隐的,但我不识趣地继续说:"那可以去企业工作呀。"赵白露小姐冲我摇摇手里的啤酒瓶子苦笑道:"呵呵,我父母要是像你这样想就好了。"我一愣,瞬间明白了赵白露小姐的意思。这是没有办法的事,我们的身体发肤受之父母;我们的生活,受制于父母。我什么话也没说,静静地听赵白露小姐讲故事。

在那个黄河边的夏至日里,赵白露小姐向一个陌生人讲述了一个姑娘的故事。故事里的姑娘生活在兰州城往南五百公里的一个小县城,那是一个全国闻名的贫困县城。那里自然环境优美、民风古朴、生活安静，但县城小得可怕，街道全部像一块块补丁一样，拧巴在一起，今天见过的人，明天还会再见。姑娘的父母在这个县城里是有头有脸的人物，他们的亲戚也是有头有脸的：不是在政府部门工作，就是在事业单位上班。姑娘在这个以贫穷出名的小县城里，有着优越的家庭环境，她在这里上完了小学、初中和高中，后来，这个姑娘考上了省城兰州的大学。在兰州城的四年里，这个姑娘爱上了兰州城，爱上了穿城而过的黄河。自幼喜欢文学的她，为兰州城和黄河写了很多诗歌。她频频出入于各种诗歌聚会，得到了兰州城很多诗人的欣赏和称赞，在这种文艺气息的浸染下，她做上了毕业之后留在兰州城做一个诗人的美梦。大学毕业的那年，姑娘的同窗都在忙着找工作，他们一部分人选择留在兰州城，打拼事业；一部分人选择回到自己的小城，安稳度日。姑娘不急，她跟着一个诗人鬼混。那个诗人即将硕士毕业，他们打算日后在兰州城一起奋斗，工作、买房、生子、终老。因为一个人，爱上一座城，她爱着这个人，也爱着这座城。

　　两个人同时毕业。硕士男经导师推荐，在一家出版社找到了一份待遇不错的工作；而她，则从浮华的学校宿舍直接跌进了两人合租的城中村，复习并准备参加即将来临的省公务员考试。这是她父母唯一的强制要求：她只能考公务员或者事业单位，在企业给别人打工，他们丢不起那个人。硕士男清早出门，傍晚归来；姑娘中午起床，午夜失眠。日子行云流水般划过，一切的希望都押在姑娘的省考一博上。不是拼搏，是赌博。考得上，他们成为人上人；考不上，他们甚至比不上小市民。

硕士男终究等不到看见希望的那一刻，开考半个月前，姑娘在他醉酒晚归后的衣服上发现了陌生的香水味，多么俗套的剧情。硕士男倒是很老实，承认自己和一个女博士发生了关系。女博士有房、有车，家在兰州本地。这已经不能算作诱惑，而是现实。第二天，硕士男就痛痛快快地收拾了自己的东西搬走了，没有丝毫眷恋。

姑娘非要逼着硕士男给她一个理由。硕士男说："因为你不求上进。"姑娘愕然，欲哭无泪，欲笑无颜。她回想起两年前那个下雪的春节，硕士男突然闯进姑娘的家里，给姑娘的父母拜年，以男朋友的身份。这是个唐突的事情，让在场的一屋子人没有丝毫准备。姑娘和姑娘的父母全部陷在被动里。他走后，姑娘的父母问清楚一切后，态度鲜明地表示不接受他。他家在村里，不是农村，是山村。这不是重点，父母是过来人，拿经验和阅历说话。父母说："他这是没有选择的余地，所以和你在一起，他要是有选择的余地，还和你在一起，才是爱你。你信不信，日后遇见比你更优秀的姑娘，他第一个抛弃的就是你。"姑娘不信，自然是跟硕士男站在一起，她说已经给了他一切。父母气得几近晕厥。他们只知道女儿任性，但不知道女儿竟然如此不珍惜自己。横的怕愣的，愣的怕不要命的，不要命的怕不要钱的，不要钱的怕不要脸的，在他们看来，女儿做出这样的事，就是不要脸了。可再不要脸，终究是自己的女儿，那还能怎么样呢？姑娘在父母的无可奈何里胜利了。

但是现在，姑娘输得一塌糊涂。是她把自己扔下悬崖的，父母曾伸手拉过她，她拒绝了。在有车、有房、有本地户口的女博士面前，她无论做什么都会是硕士男指责她不求上进的借口。她气急败坏地冲上去打了他一个耳光，骂他是一条狗。他笑："我就是一条狗，可惜你眼瞎没认出来。"他吐掉嘴里的血水潇洒地离开，她站在风里战栗，打过他的那只手震得发抖。

她无心再复习考试。她曾回过一次家，把自己整整关在房子里半年。她的父母能猜出他们的女儿遭遇了什么，他们不问，他们比女儿更痛苦。但亲戚朋友会过问，不，是盘问。他们会像警察那样，问她的父母女儿为什么在家待着，怎么连门也不出？别人家的孩子都在哪哪工作，你们家的孩子为什么老是宅在家里？是不是得了什么病？他们丢不起那个人，于是他们给了女儿一笔钱，以复习考试的名义让她在兰州城里待着。他们不想让别人看自己女儿的笑话。

姑娘又在兰州城里租了房子。她受不了独守空房的寂寞，她天天泡在酒吧里，在纸醉金迷的十里洋场晃着。她不缺姿色，也不缺风情，她学会了虚假和迎合，她会有选择性地把酒吧里和她搭讪的男人往自己的房子里带。她说这样会让房子看上去至少有点人味儿。

听故事的陌生人是我，故事里的姑娘就是赵白露小姐。我听完故事望着她安静的脸庞已经泪流满面，却看见赵白露小姐正举着啤酒瓶子看着悄无声息的黄河笑。她笑得没心没肺，笑得不温不火，就好像故事里的姑娘是别人一样。

我突然生出了怜香惜玉的情愫来。这种拙劣的心情是瞒不过赵白露小姐的眼睛的，她好像没事人似的指着我笑："哈哈，老实交代，你是不是总为陌生女人的故事流泪？"我酝酿好的情绪被她的儿戏破坏了，我黯淡地说："没有。"赵白露小姐突然发神经一般地对我说："哈哈哈，你是被我成功骗到的第五十七个男人，哈哈哈，简直太有意思了，你要喝酒，你一定要喝酒。"她把啤酒塞到我手里，一定要我为自己的傻样付出代价。

这个女人怎么可以这样呢？我简直，唉，我气得胃都疼了。她演得简直太像了。我们一直在黄河边坐到啤酒广场打烊，晚上回去的时候，我才知道赵白露小姐离我住的地方并不太远。我租住在大学城里的城中村，而她，就租住在我对面的那栋白色的楼上。

从那次以后，我和赵白露小姐就开始了不定期的联系。几乎每隔十天半月，赵白露小姐总要叫我出去跟她喝酒。我们要么去黄河滩上的啤酒广场，要么就来我的屋子里。我们在屋子里喝酒、看电影、煮火锅、谈性、聊八卦、骂某个名人，但从来不谈诗歌。这种关系一直保持到了白露打头的这个夜晚。

白露打头的这个夜晚，我再一次见到了赵白露小姐。赵白露小姐突然打电话说要来看我。我没当一回事地说："那你来吧。"十分钟后，化着淡妆的赵白露小姐出现在我房间的门口。赵白露小姐穿着绯红色的睡裙，将一支冒烟的黑兰州优雅地叼在嘴里。我请赵白露小姐进来的时候，她笑着往我怀里塞了一打黄河啤酒。我知道，赵白露小姐又想喝酒了。赵白露小姐总是这样，没人陪她喝酒的时候就来找我，就好像我永远在等着她来找我喝酒一样。赵白露小姐进门后直接甩掉鞋子跳上了我的床,她一向如此,从不拿自己当外人,其实我们并没有多熟。赵白露小姐明知道我不抽烟,但还是扔给我一支。我摆摆手,赵白露小姐大声地嘲笑我:"男人不抽烟算什么男人?"我笑。赵白露小姐干净利索地打开啤酒仰头往脖子里灌,空气里立刻飘动着浓郁的酒精味道。半分钟后,喝空了的啤酒罐被赵白露小姐简单粗暴地拍成一个"铁饼",我诧异地看着她,她拿手背粗鲁地擦掉下巴上的泡沫说:"他妈的,老子简直无聊死了。"

赵白露小姐已经很久没有再说这句话了。我等着她跟我说为什么无聊,可是赵白露小姐竟然再也没有说话。她就那么坐在我的床上,一支接着一支地抽黑兰州。这是秋天的夜晚,城中村的浮华和喧嚣在深夜也没有落幕。一包黑兰州抽完,我在屋子里已经看不清烟雾缭绕之下的赵白露小姐了。我知道赵白露小姐必定遇上了烦心的事,我说:"再喝点酒吧。"赵白露小姐说:"好。"赵白露小姐接过我手中的一罐黄河啤酒,还是一仰头,啤酒就全部灌进了她的胃里。

我看着赵白露小姐不知道聊点什么。她看着我好一会儿,突然说:"我睡了。"说完这句话,赵白露小姐扯过我床上的被子,就躺了进去。我一时没有回过神来,她今晚究竟是怎么了?虽说我对赵白露小姐的身体一直贼心不死,但从夏至到白露的这段时间里,我从来没有做过什么出格的举动。每次赵白露小姐喝得有点晕晕乎乎的时候,她都会主动要求我把她送到她家楼下。可是,今晚这究竟是怎么了?

我站在屋子中央一动不动。这是一个不同寻常的夜晚。尽管我这张床上从来不缺女人,可是面对赵白露小姐,我真的不知道该怎么做。我被浓郁的烟雾吞噬得六神无主,赵白露小姐的声音从烟雾里飘进了我的耳朵:"你到底是不是男人?"

我恍然大悟,锁门,关灯,上床。一团漆黑,我在黑暗中发抖,赵白露小姐在黑暗中紧紧抱着我,像蛇一样地缠绕着。她的柔软、她的妩媚、她的滚烫、我的贪婪、我的力量、我的火焰。赵白露小姐突然停止了,她说:"婊子和狗,天长地久。"我亲昵地拍打着她的嘴说:"瞎说什么呢?"赵白露小姐歇斯底里地向我吼:"婊子和狗今天他妈的结婚了!"

我一惊,吓得从床上跌了下去,连滚带爬地打开灯,在灯光里,在烟雾里,披头散发的赵白露小姐早已泪流满面。我看着她,她看着我。赵白露小姐默不作声地下床,所有的忧伤一览无余,那忧伤里饱含不甘,饱含悲怆,饱含一个女人的失败和秘密。她泪流满面,像一个经历过世事沧桑的老妇人一般,缓慢地穿过我的眼前,穿过门,穿过狭窄的楼台,穿过晚风沉醉,穿过嗒嗒的高跟鞋,直到走进伸手不见五指的秋夜。

从此,有关赵白露小姐的一切,就开始在我的意识里变得模糊起来了。我再也记不清她的面容,她的笑容,甚至有时候去黄河里的船上酒吧聚会时,我会恍惚觉得赵白露小姐根本就没存在过,她只不过是我无聊时虚构出来的一个影子而已。然而,这个影子并没有从我的世界消失。我为她惋惜,为她叹息,为她欢笑,也为她痛苦。这种痛苦令我肉身堕落过,也让我信仰缺失过。我过得如一条没有依靠的老狗,惶惶不可终日。

当我重复这样的日子时,有关赵白露小姐去向传闻的不同版本,却还是陆续传进了我的耳朵。有人说,赵白露小姐考上了公务员,已经在政府部门上班了,后来婚姻也很美满,丈夫是一位高校老师;也有人说,赵白露小姐走上了极端道路,在一次扫黄打非行动中,被警察抓了现场,堵在了黄河里的船上酒吧,羞愤之下,跳河自杀了。

我分不清传闻的真假,不,确切地说,我不愿接受这些结局。内心深处,赵白露小姐不应当如此,毕竟我曾为她惋惜,为她叹息,为她欢笑,也为她痛苦。她应该有不一样的人生。我痛苦地,试图把这个故事讲述给一位小说家朋友,让他对我的道德做出客观的审判,毕竟,诗人比小说家敏感很多,容易在情感上有所偏颇;但还没讲到一半,我就已泣不成声。

再后来,我放弃了诗歌创作,果然,赵白露小姐再也没让我痛彻心扉。我活得尽量粗粝、愚钝,让自己麻木不仁,而当我这么做时,我的心情和生活都变得平和起来,像是无限趋近了生命的本质。

直到有一天,我在下班路上走着,那位小说家朋友喊我的名字,追上来递给我一本杂志。他这么做的时候,脸上是平静的,我看不出他的悲,或者是喜。他递给我,之后就开始抽烟。我翻开杂志,上面刊登了他的一篇小说,名字叫《白露》,写的就是赵白露小姐。小说不算长,但我没有心思一句一句读下去。那是多么残酷的故事,我不愿再重温。我直接翻到了最后,渴望看到小说家笔下赵白露小姐的结局。我知道它是虚构的,是不真实的,但依旧迫不及待。显然,他借鉴了小说家杜拉斯那部享誉世界的小说《情人》的结局。

白露埋葬,秋分打杈。时间就这么悄无声息。

那夜过去很长时间了,他再也没有见过赵白露小姐,经历了各种诗会,带不同的姑娘鬼混,还要写诗、考研,还有毕业,他时时站在窗前透过灰蓝的水泥屋顶向那栋白色的大楼望去。春天,接到研究生录取通知书的那晚,他心血来潮,喝得酩酊大醉之后走进了那栋白色的大楼。房主告诉他,赵白露小姐早就搬走了。他坐在黑仄仄的楼梯里,放肆地哭了半夜。他终于还是在无边的伤感中拨通了赵白露小姐的电话。他说是他,她一听就知道是他。他和她絮絮叨叨说了很多,他知道她已经回到那个小县城,在一个乡村小学教书,她还在写诗。他说他考上了研究生,就要离开兰州城了,她说祝贺他。后来他不知道再说什么了。后来,他也把这意思对她讲了。她在那头一直沉默,过了很久才对他说,其实她还是想离黄河更近一些。

我来来回回把这结局读了很多遍,直到闭眼就能完全背诵。后来,眼睛酸涩,我只得合上书,抬起了头。小说家朋友还在抽烟,脚下一堆烟蒂。我说:"给我一支烟吧。"他知道我不抽烟,略微迟疑了一下后,还是递给了我一支烟。

烟雾在弥散,谁都没有说话,路上车来车往,风有的朝东刮,有的向西刮,我们走到十字路口。

分不清眼前流淌的浓稠到底是烟雾,还是夜色。

# 蛞　蝓

　　庄茀一和温不遇搬进家属院的时候，住在楼下的姚子路带着李窈窕来帮忙。说是帮忙，其实并没什么可帮的，他们的行李和书早被装在纸箱子里，让搬家公司的员工抬上来了，就堆放在客厅的窗户下面。所有屋子都空荡荡的，除了门窗，就是白墙，连张床都没有。他们似乎并不着急，而是一起盘腿席地而坐在一张报纸上喝茶。姚子路走到窗前，从那堆纸箱子上抽出一张报纸，也坐下来和他们喝茶。李窈窕很早就喝不惯他们的茶了——茶叶和水一起放在茶具中煮沸，直到熬制出黏稠拔丝的茶水，那么苦，怎么能喝得下去呢？她绕过那堆纸箱子，站在窗台跟前盯着窗角的一盆刺玫看。它好像已经生长了很多年，主干几乎和她的手腕一样粗，歪歪斜斜的，只在头顶挂着一片薄宽的叶子和一朵粉红色的小花，另外的两个枝干，干扎扎的，什么也没有。

　　"老杨孤独，"李窈窕指着花盆对他们幽幽地说，

"养的植物也孤独，一株硕大的植物，只长一片叶子，开一朵花。"

庄苆一呵呵一笑，将已经递到嘴边的茶杯又拿开，说："你怎么就敢确定老杨是真的孤独呢？"

李窈窕一时语塞。庄苆一笑着将茶杯递到嘴边，"滋溜滋溜"喝起了茶。他深谙喝这种茶的门道，茶叶要老，水要硬，煮的时间要长，杯子要小，趁着滚烫一点一点往嘴巴里吸，像喝酒那样，嘬。这是自幼从父辈那里继承来的，喝这种茶，不仅精神，而且扛饿；但也会上瘾，像抽烟那样，半天不喝便浑身无力。温不遇和姚子路认识庄苆一后，经常去串门，往往一待就是几天，喝上瘾是迟早的事。李窈窕揶揄过他俩："一天到晚往一块凑，你们倒是学学人家的艺术天分啊，就学个喝茶，还喝上瘾了。"

"魏晋的名士不都这样吗？炼丹的炼丹，嗑药的嗑药，艺术？那不过是自然而然的事，强求不得。"温不遇说。

姚子路跟着附和："就是就是。"

"人嵇康还全身裸体以天地为房，以房为裤子呢！你们怎么不学？"李窈窕狠戳他们的痛处——放荡的胆子有，但缺资本。作为混迹在这座城市里的青年艺术家，他们何时才能拥有一套可以安放这不羁的灵魂的房子呢？

　　原先，他们都居住在这座城市的城中村里：庄茚一住在王家庄，温不遇住在状元道，姚子路住在富贵村。有一阵子，三个人几乎天天约在一起玩，吃饭、喝酒、吹牛，乐此不疲。如果有谁不想回，就住下。床大的，挤一挤；床小的，就把凳子拼接起来躺上去，实在不行，就睡地下。醒了，继续折腾，只要一日不打扫，空间就被空酒瓶子、快餐盒、方便面桶霸占。本来各自居住的环境就差，这样一来，屋子里就更不能住人了。光是那股不断发酵的馊味儿，就让他们对眼前的世界产生了绝望。渐渐地，三个人也就不像以前那样频繁地来往了，也是，他们都干着挣不了大钱的工作，怎么可以承担得起大笔的交通费呢？三人住处之间的距离，均超过了二十公里，他们又懒，互相走访从不挤公交，打车吧，来去一趟就等于是喝掉了几箱啤酒。于是三人便建了个微信群，按照各自所居住地方的名字，庄茚一自称庄主，温不遇自称道长，姚子路自称村长。庄主、道长、村长不时在群里插科打诨，虽然见面少了，但感情不淡，每日吃饭、做事、读书，什么内容都往里面发。

　　有一天，姚子路在群里宣布自己交了女朋友。他是他们三个当中第一个有女朋友的人，自然得好好庆祝一番。庄茆一和温不遇可能是出于嫉妒，便想宰姚子路一把，于是选了他们去过的一家很贵的餐厅。他俩没理由不宰姚子路啊，论颜值，他在三个人之中最丑；论身高，他在三个人之中最矮；论学历，庄茆一和温不遇都是本科，只有他是大专；论经济条件吧，那更不行。庄茆一是职业画家，属于一月不开张，开张吃仨月的那种；而温不遇，虽然是一个濒临停刊的杂志社的小编辑（编辑部只有主编和他），但经常写点东西，挣些稿费；姚子路呢，在一家半死不活的文化国企搞宣传，工资少得可怜，甚至还遇到过欠薪的事。就是这样一个人，居然也会有女朋友，而且是他们当中第一个有的，简直是天理难容。庄茆一和温不遇一起愤愤不平，叫嚣着定让姚子路付出"血的代价"。他们说，只有这样，才能抚平这件事带给他们心灵上的创伤。

　　他们已经做好了这样的准备，但是姚子路又宣布，他女朋友说要请他俩去家里吃饭。一开始，俩人还以为"家里"是指他女朋友家，都眼红害羞起来，一边调侃姚子路办事效率高，都发展到了带着对象"见家长"的地步，一边又担心这么快就去她家里，是不是不太合适。姚子路看到了，撇嘴一笑，先在群里发了个翻白眼的表情，又解释道："想得美，我都还没去过她家呢！她的意思是上我这来，她做饭，请你们尝尝她手艺。"

这就更让他俩嫉妒了！就那么个破地方，冬天不暖，夏天漏雨，要不是为了在这座城市生存，谁愿意住啊？就连姚子路本人都称呼它为"我这"，而到了他女朋友口中，居然被称作"家里"。"啧啧，有了女朋友就是不一样啊，都是有家的人了。"庄茚一酸酸地感叹。

"啧啧，有了女朋友就是不一样啊，都是有家的人了。"温不遇复制发送了庄茚一发在群里的话。

饭是在过道里做的。从屋里引出线来，插上电锅，放在凳子上，炒菜、蒸米，全是姚子路的女朋友干。房东禁止所有房客在屋子里做饭，怕油烟把墙给熏黄了，否则隔一年就得粉刷一回，白浪费不少钱。挣钱过日子啊，就是得斤斤计较。当然，很重要的一个原因是：屋子极小，也根本没地方做饭。光是一张床，就占去了整个屋子面积的二分之一，再加上一张桌子、两把凳子和一个衣帽架，哪里还有多余的地方呢？干锅鸡爪、红烧鲤鱼、葱爆肥牛、麻辣羊排，四个菜出锅，整个院子就烟雾缭绕，如同火灾现场了。同一层的房客挨个儿出门探头看，看一眼，打一个喷嚏，然后返身关门。"啪"一声，震得整个"违章小炮楼"

都在颤抖。

姚子路女朋友又拌了几个凉菜,把米饭盛碗里,还没吃,房东就"噔噔噔噔"地上楼来,站在窗户前叨叨:"就做个饭而已,就不能动静小点?我在外面打麻将,看见院子里冒烟,还以为房子被哪个鳖孙点了!"

姚子路站在屋子里怯声怯气地边道歉,边右手举过头顶致意:"不好意思不好意思,就这一回就这一回。"说完了,又端过放在桌子上的米饭递过去给房东道,"一起吃点?"

许是他这低三下四装孙子的劲儿助长了房东的威风,房东也不接碗,转过身叉腰朝院子里喊:"不让在屋里做饭不让在屋里做饭,现在倒好,在走廊里做反而比在屋子里做还恶心!从今往后,哪里都不准做饭,愿意住就住,不愿意住走人!"说完了,他也不看被晾在屋子里的姚子路,又使劲踩着楼梯,"噔噔噔噔"地走了。这次,不只是同一层的房客,连上带下,全部推开门朝姚子路这边看,同时骂人的话又飘荡出来了,也不知道是骂房东,还是骂姚子路。

庄茆一和温不遇端着碗坐在凳子上大笑不止,姚子路跟着笑,他女朋友也笑。笑完了就开始骂房东,边骂边吃,吃完了,俩人也就掌握了姚子路女朋友的基本信息：姓李，叫李窈窕，在师范学院读研二，植物学专业，本地人，父母双亡，跟着奶奶，从小就生活在城中村。那就是了，庄茆一和温不遇心照不宣地互相看了一眼，立即明白了李窈窕为什么能和姚子路在一起。这看似甜蜜的恋爱中，分明满是"同是天涯沦落人"的惺惺相惜啊——姚子路早就跟他们说过，他的父母离婚以后，又各自组建了新的家庭，他就是一直靠着出租双方留给他的一套房才勉强度日，活到了现在。

饭吃得很沉重。虽然李窈窕的手艺确实不错，但一谈起现实与梦想，大家就唉声叹气着沉默了。工作倒是其次，关键是都得换一个好一点的居住环境。庄茆一得画画糊口，地方小了，一身的艺术细胞不够活动，再说，王家庄太潮，画总是干不透。温不遇呢，刚申请到了一个写作项目，准备写长篇小说，这需要一个极度安静的环境，可状元道住的全是小商小贩，推车遍地走，轱辘和地面的石子摩擦，那声音，足以让他一天发疯三百次。至于姚子路的富贵村，情况大家都看到了，做饭都被房东说成是"恶心"，尊严何在？况且，和李窈窕在一起后，他怎么忍心还让她待在这种地方呢？

这次聚会过去没多久，姚子路就找到了合适的房子，是李窈窕介绍的，就在她师范学院的教师家属院里。一个退休的老教授带着老伴跟着女儿去成都生活，房子空着可惜，就发布了招租启事。其实这本是违背学校规定的事，因为当初早就下了文件：分配给老师们的房子，只能自住，不可出租，主人去世后，房屋收回，等待再次分配。但事实是，老师们才不管什么规定不规定，分配下来的房子一律只有五十平方米，勉强算两室一厅，随便伸个胳膊都要撞墙，住它做什么？租！好歹一个月房租也能赚一千多。老师们明着租，学校睁一只眼闭一只眼。房子是李窈窕的一个师姐租下的，也是和男朋友住，占了主卧；姚子路他们呢，只能住次卧，小是小了点，但比富贵村强多了。于是两人很快就搬了过去，讲好了租金比主卧少三百块钱，卫生间、厨房、客厅共享。四个人很快就打成一片，其乐融融。

自姚子路搬到师范学院，庄茚一和温不遇明显感到了一种被抛弃的落寞和孤独。先前，三个人之间各自隔着二十多公里，纵使远，但也在可接受的范围之内；如今，庄茚一和温不遇还是互相隔着二十多公里，但和姚子路，那就不是几十公里的问题了，他们之间几乎相隔着大半座城市。后来，他们一起来过一次姚子路这里，光是打车的费用，就超过了从这座城市买火车票回家的价格。那次以后,他们再也没来过。庄茆一和温不遇也不互相串门了,三缺一,聊天无味,吃饭无味,做事也无味,微信群里也没人说话了。当初他们是通过一个聊艺术的QQ群认识的,后来,QQ群解散了,但他们拧在了一起。倒不是说非得三个人腻在一起才有意思,可混迹在偌大的城市里,不就是几个志同道合的朋友互相抱团取暖,生命才不显得暗淡无光吗?

就在三个人逐渐失去联系,慢慢又恢复到互相认识之前的状态时,有一天,温不遇兴奋地在群里@姚子路,宣布自己和庄茆一要搬到师范学院来和姚子路做邻居了。原来,温不遇所在的杂志社有一天来了一个叫杨更盏的人,主编介绍,他是师范学院旅游与文化学院的教授。于是温不遇和他就认识了,还握了手。本来这也没什么,经常有这样的人来杂志社,但温不遇从来也不会记住他们的面孔。可那天,杨更盏来了就没走,和主编聊了几句后,便坐在沙发上一直翻杂志,也不说话,就那么一页一页地翻着。翻到快下班的时候,主编表示要和杨更盏出去吃晚饭,礼貌性地邀请温不遇同去。按照惯例,如果是认识的人,温不遇是不会拒绝的,但考虑到是初次见面,他还是客气地表示不去了。主编也没坚持,杨更盏却不干了,他非要拉着温不遇一起去。那可真是"拉着"啊,他用虎口紧紧地攥着温不遇的手腕,就像下了一把铁锁一样,直攥得温不遇骨头都软了。温不遇惊异极了,一瞬间,竟觉得眼前这个枯瘦的老头根本不是一个大学教授,而是隐藏在江湖中的什么武林高手。

酒过三巡,温不遇对杨更盏有了更进一步的了解。退休之前,杨更盏是师范学院旅游与文化学院的教授,按照他的原话,"兢兢业业为公家奉献了一辈子光阴",而退休以后呢,他就把一辈子所授的专业知识付诸实践——游历各地。在出游的过程中,他也有所感悟,就随手写下了不少游记。几年下来,整理一番,竟有几十万字,够出好几本书了。他也不是没找过出版社,但他们都不愿意为一个"新人"冒险,万一滞销了呢?要么,就自费出版。杨更盏气愤极了,当着主编和温不遇的面在酒桌上张牙舞爪地大骂出版社:"该死的,哪个是新人啊!老子为公家干了一辈子,是名副其实的老人,老得都他妈掉渣了!"

"哈哈,老杨你真是,真是……"主编说。

"事实嘛,"杨更盏又问温不遇,"是不是?"

"呃,哈,啊,是。"温不遇也不知道该说些什么。

又聊了一会儿,杨更盏就聊起了自己的家常。"哪有什么家呢?"他说,"我早就是四海为家了,走哪住哪。"

"你就不想找一个?"主编问。

"受那个罪干什么?还是一个人好,有钱、有吃、有穿、有玩、有闲,到处走走,看看风景。哪天走不动了,躺下死了拉倒!"杨更盏说。

温不遇静静地吃菜,在心底勾勒着杨更盏的生活,按照听到的话来还原他模糊的过去。是离异还是丧偶?他不确定。

主编又问:"那学校的房子就那么空着?"

"租出去了,"杨更盏呷了口酒又说,"不过也到期了。"

"那租客还续不续租了?"

"不续了,这几天刚搬走。原先租给了别人培育花苗,花长大了,地方就不够用了。"

"你把家租给别人培育花苗?"

"哪来的家?我四海为家。"

"那现在怎么办?就那么空着?"

"再租呗,反正老子还没死。"

"我记得小温在找房子租,是吧?"主编给温不遇使眼色,又在桌子底下轻轻用膝盖撞温不遇。

温不遇一下子便体会到了主编的用意,忙放下筷子说:"是是,我一直在找房子,杨老师您租给我吧。"

"这见外话说的，租什么租？搬进去住吧，"杨更盏手一挥说，"免费！"

温不遇大惊，连忙摆手道："不不不。"

"不什么不？我说搬进去就搬进去！明天就搬！我的房子我做主。"杨更盏语气很坚决。

尽管温不遇觉得杨更盏"阔绰"得不怎么靠谱，但还是敬佩他的豪爽，于是一杯接着一杯地敬酒，直到散场。把杨更盏送走后，温不遇和主编又走了一段路，闲聊间，才明白杨更盏之所以请他们吃饭，目的是为了能在杂志上连载他那些游记。温不遇问主编："那能行吗？"

主编说："连载肯定不行，有选择地放吧，每期放一点。免费住了人家的房，不放也不好。"

温不遇心里起了涟漪，犹豫了半天，终究还是问主编："是不是之前决定不连载的？房子我可以付房租。"

"那没事，住都住了。"主编说。

温不遇闷闷地走了一段路，说："文学在我心里很神圣。"

主编停下来，认真地看了他好一会儿才说："文学当然神圣。"

"可我总觉得这像交易，而且是为了我个人。"温不遇说。

"唉,"主编叹了口气道,"鲁迅的文字神圣吧?但写作时的鲁迅没穷过。"

温不遇又说:"可我还是觉得不好。"

主编说:"没什么好不好的,其实老杨孤独极了,这么多年干什么都一个人,你过去正好给他家里添点人气。"

"那之前他出租出去,不也有人气吗?"温不遇说。

"用金钱达成的关系是冰冷的,哪来的人气呢?再说,那是给别人培育花苗用的,那是花房。"

主编这么一说,一下就打开了温不遇的心结。一桩"交易"立刻改头换面为"帮忙"。温不遇从心底里不由地赞叹主编分析问题的能力和水平。聊到酒桌上主编提议让杨更盏"找一个"的事,温不遇也才知道,杨更盏既不是离异,也并非丧偶,而是他这辈子压根就没有结过婚,怪不得"四海为家"呢。谈及不婚的理由,主编说:"他原是大我好几届的师兄,一直喜欢我们班一个姑娘,但那时他已经留了校,学校三令五申不准搞师生恋,他就那么给耽搁了。这一耽搁,就是一辈子。"

"那个姑娘呢?"温不遇问。

"一毕业就跟一个军人结婚了,去了外地。"

"你们那时候对爱情真的这么忠贞吗?"

"就老杨有点轴,为此他还跳过楼。"走了几步,主编又说,"世界是你们的,但我们也年轻过。"

两个隔着代沟的人,就这样一路聊着就聊到了夜色浓重。回到状元巷,温不遇即刻向庄茆一分享了这个好消息,随后,又在群里@了姚子路。三个人又兴奋了好久,并决定周末就搬过来。

因此,当现在席地而坐在报纸上喝茶时,他们真的就把自己想象成了魏晋那些放荡不羁的名士。有人赠房住,那不就是仰慕名士的举止吗?庄茆一和温不遇,甚至已经半躺在地板上了,他们举着茶杯,神情恍惚,举止夸张,倒真是有几分名士的样子。李窈窕看了看他们,又接上了庄茆一之前的话:"老杨之前能把房子租出去给人培育花苗,想想,他得有多孤独啊?"

庄茆一呵呵一笑:"孤独?我反而觉得那老杨有病!把家租出去用来培育花苗,怎么不租给养鸡的呢?"

"有病?"李窈窕冷笑,"房子给你们免费住,人这简直是做慈善了。"

"不免费住怎么发他的文章呢?"庄茆一反问。

"发了文章也不给人家稿费的。"

"写得差还想要稿费？"庄茆一乜眼。

看来，温不遇是把什么都跟庄茆一说了，李窈窕便不再与他搭话，突然厌恶起了这个她一直看好的极有才华的人。在她看来，杨更盏、姚子路和她，都是一类人，同是这世上家庭不完整的弱势群体。庄茆一是在嘲讽杨更盏，但分明也是在嘲笑她呀。况且，庄茆一似乎连一点感恩之心都没有。待了没多久，她就借口有事先离开了。

他们三个人继续喝茶，边喝边讨论在有限的空间里组建画室、书房的方案。不过，他们也急切地意识到，目前，最需要解决的是先搞到最基本的床啊、沙发啊、桌子啊、书架啊之类的必需品。

凌晨，姚子路要离开，庄茆一起身指着窗户边的那盆刺玫，对他说："李窈窕好像生我气了，你把这盆花抱走吧，就当我给她道歉了。"

一盆刺玫，当然不能够让李窈窕原谅庄茆一。他的那种无礼和无耻，怎么是用一盆花就能够被谅解的呢？况且，这花也不是他自己的。拿别人的东西来给自己的过错道歉，这算哪门子事？

姚子路抱着花回去后，李窈窕果然坚决不收，而且几乎是命令般地让姚子路给庄茆一"赶紧"抱回去。她说："他的错不能让花来背负。"

"我都抱回来了,还怎么抱回去啊?"姚子路一脸为难。

"那我不管,你怎么抱过来的,就怎么抱回去。"李窈窕说。

"你是女朋友,他是好兄弟,你们把我夹在中间,叫我怎么做人呀?"

"那你说女朋友重要还是好兄弟重要?"

"都……"

李窈窕瞪着姚子路:"我再给你一次机会!"

"你重要。"姚子路说。

"无论和你哪个女朋友比、和他比、和任何人比,都是我重要,明白吗?"李窈窕咄咄逼人。

"我没有'哪个女朋友',就只有你一个。"

"哼,算你识相。"

"那这盆花呢?"

"留着我养吧,但我不原谅他。"

"以后也不原谅吗?"

"以后的事以后再说。"李窈窕心情好了一点。

刺玫很幸运,就这么留了下来,被放在了客厅的窗台上。师姐看到了,倒也很欢欣李窈窕给屋里带来了绿色。大家住在同一个屋檐下,与一家人无异,有事没事都会照顾它,施肥、浇水、通风,无微不至。

刺玫本来就是歪歪斜斜的，养了一些日子，似乎更歪了。植物的向阳性，使它偏向窗户的那边，长势格外好。头弯弯地偏下去，几乎把整个刺玫的主干都要坠倒了。师姐找来了老虎钳子和粗铁丝，让她男朋友做了一个架子，把刺玫箍在了花盆中央，固定住了。架子精致得像个鸟笼，完全可以算得上手工艺品了。李窈窕很惊奇师姐男朋友居然有这样令人啧啧称奇的本事，一颗少女心怦怦跳动，直夸酷帅。师姐男朋友一笑："男人嘛。"这就是差距，人家早就扛起了"男人"的大旗，而庄茚一、温不遇和姚子路似乎一直还把他们自己当作"男孩子"。

与庄茚一产生了不愉快后，李窈窕便不再登他们的门。她只是从姚子路的口中得知，他们通过发朋友圈的方式，从各路朋友那里拉来了免费的二手床、沙发等家具。几乎天天有人来拜访，通宵地聊艺术，把杨更盏的家彻底弄成了一个不夜的艺术家集会码头。

有一段时间，姚子路下班回来后跟李窈窕打个照面就往楼上跑。李窈窕正被毕业论文折磨得死去活来，一个人窝在房子里苦熬。她需要极度的安静，但忍受不了孤独。一个人撑过这么多年，心底最柔软的地方早已刀枪不入；但和姚子路在一起后，那块地方的护具就算是被揭下来了。刚开始还好，如今，正是需要人陪的时候,却不见了他的影子,李窈窕不免窝出气来。有一天,姚子路回来后又想跑,李窈窕丢出狠话来:"再出去就别回来了,整晚不着家,混日子啊?"

"哪里是混日子啊,我们打算办一份艺术报,正在一起商量着呢,这是大事。"姚子路说。

"这还不算混日子?"在李窈窕看来,他们三个人的理想都是水中月、镜中花,她虽然欣赏他们的才华,但过日子嘛,到底还是要现实一些。活在这泥土之上,就是要活得接地气,都是普通人,整天整天地搞艺术,这不就是不务正业。

姚子路问:"那我应该怎样才不算混日子?"

李窈窕给他举例子"指明方向":"你学学我师姐的男朋友啊。"话说到这里,就很没意思了。师姐的男朋友是博士,发了不少专业论文、拿了很多奖学金不说,还在外面与人合开着一个教育辅导机构,买房的首付都付了,就差拿钥匙了,最近,他正在四处活动着留校任教的事。本来,因为学历低的现实,姚子路就感到处处矮人一头,平时见了李窈窕的师姐和师姐男朋友,心里也会不自觉地紧张。现在倒好,李窈窕直接拿他跟一个博士比,这具备可比性吗?明显就是从心眼里看不起他。什么同是天涯沦落人,什么惺惺相惜,都是假的。李窈窕认为他追求水中月、镜中花的理想不切实际,他还觉得李窈窕让他向师姐男朋友"学学"才不切实际呢!

姚子路心底的气一下就让李窈窕给刺激出来了,也丢下狠话:"师姐男朋友好你去找师姐男朋友好了!"说罢,门一摔,走了。迎头正撞上师姐和师姐男朋友从外面回来,师姐抱着一个巨大的布玩具熊,一脸幸福,师姐男朋友则左手拎着一个大蛋糕,右手拎着一大包水果。姚子路看见了他们,也不打招呼,侧身从两人中间穿过,将他们全挤到了门边上。

到了庄茆一和温不遇那里,姚子路脸上还带着未消退的愠怒。他一屁股坐在沙发上,什么话也不说,拧开用来熬茶的大桶矿泉水就往嗓子里灌。水从嘴边溢出去,有些流进了他的衣领里,但更多的则是淌到了地上。庄茆一看了他一眼,继续忙自己手里的活。他一早就嚷嚷过,自从和李窈窕在一起后,姚子路的喜怒哀乐全和她有关,红颜祸水,兄弟们一起做大事的凝聚力,迟早得让那个女人给瓦解。因此,姚子路的情绪,他从不关心,不闻,也不问。温不遇不一样,他始终认为,一起打江山拼命的兄弟也需要女人的滋润,况且,红颜怎么可能是祸水呢?那必须得是相濡以沫的知心爱人啊。他知道庄茆一一直感叹自己没有女朋友只是没有固定女朋友而已,人家的迷妹和粉丝多着呢，但他不一样，他是真的没有，他也渴望像姚子路那样，有人在身边嘘寒问暖，哪怕吵架也好啊。两个人过总比一个人过强。于是他向气呼呼灌水的姚子路问道："怎么了？"

"怎么了？唉，女人啊，唉，人心啊，唉，都他妈是一路货色！"姚子路也不明着说。

庄茁一听到了，猜到姚子路是什么意思，抬头看了他一眼，从鼻子里重重地"哼"了一声，就再不吭气了。温不遇继续问："你说的是李窈窕啊？她怎么了？"

姚子路篡改李窈窕的原话："她想找个博士。"

"博士有什么好？"温不遇问。

"因为是博士啊。"

"会画画吗？"

"不会。"

"会写小说吗？"

"不会。"

"会搞宣传吗？"

"不会。"

"会办报纸吗？"

"不会。"

"那要博士有什么用？"

"能挣着钱。"

"能挣着钱不也是和我们一样合租?"

庄茚一看了连连反问的温不遇一眼,温不遇立刻改口:"我们住还不掏钱呢!要博士到底有什么用?"

"人师姐男朋友已经付了买房的首付,就差拿钥匙了。"姚子路幽幽地说。

"人就是嫌弃你没房子呗?"庄茚一冷不丁扔出一句话来。

姚子路不回答,温不遇也不再说话,三个人都静悄悄的。一起办艺术报纸的事,这天晚上就这样耽搁了。气氛沉闷得紧,理想也不能从现实中飞翔起来。就这样三个人待到了深夜,李窈窕也不像往日那样,打电话催姚子路"回家"。凌晨过后,庄茚一和温不遇都回屋睡觉,姚子路也不打算下楼,和衣倒在沙发上,不一会儿就响起了鼾声。

第二天一早,姚子路在单位收到了李窈窕的微信消息:"你还想不想好了?"

想到昨晚在楼上故意篡改李窈窕话的意思造谣的事,姚子路顿时气短起来,回答:"想。"等了等,不见李窈窕回消息,他又发过去一个抱抱的表情。一会儿,李窈窕也发过来一个抱抱的表情。接着,一个消息又发了过来:"师姐昨天生日,她男朋友送了她新房的钥匙当礼物。"

姚子路不明白她这是什么意思,没有急着回复,继续观望。很快,李窈窕又发了消息:"师姐他们很快就要搬走了。"

"刚买的房子就能住人?"

"是精装修。"

"那也得买其他的东西吧。"

"师姐男朋友都买好了,瞒着师姐买的,就是想在生日这天给她个惊喜。"

"那我们怎么办?"

"只能像师姐他们那样,再招租了。"

"嗯。"

这天过去不到一周,李窈窕所说的"很快"就很快变成了现实。几乎是在一天之内,姚子路他们的房子就空了。离开之前,师姐还特意把那只硕大的布玩具熊留给了李窈窕。李窈窕并没有什么可送的,想了想,觉得那盆刺玫似乎还不错,就抱过去往师姐怀里塞。师姐笑容灿烂,但还是以"拿不了"为由婉拒了。不过,她也没说不要:"你们替我先养着吧,有时间我们再过来取。"

师姐的"你们"和"我们",说得李窈窕心里暖暖的。她期望被祝福,也期望有一天和姚子路能变成师姐和师姐男朋友那样的人,活在他们那样令人羡慕的世界里。

师姐他们搬走后,就杳无音讯了,说是有时间过来取那盆刺玫,但可能也就是说说而已。升了研三后,李窈窕除了写毕业论文,就是写毕业论文,当然,再忙她也每天都会抽出一些时间来侍弄这盆花。姚子路开玩笑说:"你爱它比爱我还多。"

李窈窕回应:"它会开花,你会吗?"

姚子路就不言语了。他们单位的一把手退休前刚刚进行了人事调整,和他同时期工作的人,都被提拔了,只有他例外。其实也没多大的利益关系,提拔了的人,每个月工资仅仅是增加了一百元而已,但他回来讲了这事后,李窈窕就反问他:"这是钱多钱少的小事吗?这是关乎尊严的大事!"

姚子路一想,也对,这明摆着就是欺负人了;但他仅仅也就是私底下发发牢骚而已,明面儿上并不敢。领导一使唤,他还是得屁颠屁颠地跑腿干活。看着那些曾经都是同事的人,全部变成了自己的领导,他就来气。以前,他们还喊他名字呢,现在,口径全部统一为"小姚"。妈的,哪个是小姚?我是你大爷!姚子路被深深地刺激到了。

但刺激归刺激,要想不被欺负,还是得想办法翻身。

自从李窈窕说过"开花"的事，他也在琢磨如何能让自己开出花来。向师姐男朋友学吧，已经不可能了，这辈子都够呛；跟庄茆一学画画吧，没那个天分；和温不遇学写文章吧，倒有可能，可是哪能像他一样，有那么多的空余时间呢？思来想去，只有发展自己的本专业，搞设计，拼出一条血路来。如果搞得好的话，说不定还能开一家广告公司呢。

从此以后，再下班回来，姚子路就很少往楼上跑了，而是打开电脑，把那些之前下载的设计软件，挨个儿对照着教材往透里摸索。李窈窕在卧室冥思苦想，他在客厅认真钻研，谁也不打扰谁，誓为前途发愤图强。

跟女儿去成都生活的房东和他们视频过一次，算是知书达理的人，有很好的教养和修为。房东讲明了，现在只收他们原来房租的一半，等招到新的租客，剩下的房租再协商。即使是一半的房租，也要比现在的贵一点，毕竟他们住的是次卧。两个人一商量，直接从次卧搬到了主卧，空间一大，人的心情也好了起来。

姚子路不去找庄茆一和温不遇，庄茆一和温不遇倒是下来看过他一回。他们来的时候，李窈窕只是跟他们简单地打了招呼，就进屋继续改论文去了。庄茆一在客厅里四处瞎逛，看到长势茂盛的刺玫，故作惊讶道："呀，还没死啊！"

姚子路悄悄指了指卧室的门，说："人当宝贝供着呢，爱它比爱我还多。"

庄茆一就不住地叹气："唉，女人啊。"

温不遇走来，搂着姚子路的肩膀朝庄茆一叨叨："唉，女人啊。唉，我也想要个女人啊。哪怕她爱花胜过爱我。"

庄茆一又叹气："唉，男人啊。"

温不遇又朝庄茆一叨叨："你懂什么？咱俩大老爷们住一起，那叫租房子；人一男一女住一起，有了伴，才叫家呢。"

庄茆一高声反驳："家个屁！房子是自己的吗？买得起吗？"

姚子路不回答，温不遇也不回答，庄茆一洋洋得意。这时，卧室的门突然开了，李窈窕直愣愣站在门口，一个字一个字地说："总有一天我们会买得起！"说完，"啪"一声，门被使劲关上了。天花板有灰尘降落，似乎整个房子都在战栗。

三个人全部惊了，屋子里鸦雀无声。好一会儿，庄茆一才边往外走，边自言自语道："妈的，这女人，这女人。"从此，他再也不下来找姚子路了。

姚子路私下跟李窈窕谈："你是不是对我兄弟有点太那个什么了？"

李窈窕翻白眼："太哪个什么？"

"就是那个什么嘛。"姚子路说。

"哪个什么呀？"李窈窕非要他说出来。

姚子路为难地说："算了算了。"

李窈窕不放过他："怎么能算了？"

姚子路认错："我错了。"

李窈窕问："哪错了？"

姚子路回答："不该跟狐朋狗友沆瀣一气。"

李窈窕不认识这个成语："什么一气？"

姚子路叹了口气，重新说："不该跟狐朋狗友臭味相投。"说完了，心里却在想，妈的，整个一文盲，还读研究生呢。

李窈窕冷笑一声道："你知道就好。"

姚子路就默默地不说话了，他感觉自己越来越没有自由了。亲近庄茆一和温不遇，就要被李窈窕所钳制；可是听李窈窕的话，就得和他们疏远。一边是理想，一边是爱人，他哪个都不想失去。"世间安得双全法？不负如来不负卿。"他冷静思考了好几天，不但事情没得到解决，反而迎来了失眠的毛病。

新房客迟迟没有招到，姚子路每天下班回来，就只是和李窈窕四目相对。对话不是冷嘲热讽，就是话里有话，要不就是寡淡无味，难受极了。要是有新房客多好啊，姚子路开始怀念和李窈窕师姐他们合租的那段时光了。虽然觉得矮人一头，但不会提心吊胆。李窈窕似乎对招租的事情并不上心，她且开心着呢，花一半的钱，住整套的房子。新房客来了，还得分享共有资源，还得顾忌个人形象，多麻烦啊。但姚子路受够了，他必须要改变现状，打开新的局面。他拍了屋子的照片，又用软件把照片美美地"包装"一番，利用自己搞宣传工作的本事，将房屋招租信息挂到了网上。他期待陌生人的加入，解救他于水深火热之中。但新租客还没招到，就立刻发生了新的状况，几乎是猝不及防地让所有人都陷入了被动的局面——杨更盏要搬进来了，而且，还带了个女人来。

早上上班的时候，温不遇把这个消息公布在群里，他们三个人都蒙了。

"怎么回事？"姚子路问。

"老杨不是说他这些年在四处游历？但其实啊，他并没这么干。他年轻时喜欢的那个姑娘后来嫁给了一个军人，老杨因此单身到了现在，这是我们都已知的事。但在老杨退休之前，他就打听到，那个军人因病去世了。退休之后啊，老杨就前往了那个姑娘所在的城市，在她家附近安静地潜伏了下来，然后伺机去接触、认识她，已经了解了好几年。现在，条件成熟了，皇天不负有心人，老杨终于抱得了美人归。"温不遇说。

庄茆一很激动："我早就说过老杨有病，果然病得不轻！你女人还说他孤独，孤独个屁啊，这老狐狸！"

姚子路说："我倒觉得老杨挺浪漫的，一辈子就爱一个女人。真爱也许会迟到，但永远不会缺席。"

庄茆一更激动了："浪不浪漫不知道，浪倒是真的。这么大年纪了，潜伏几年伺机拐人，不丢人啊！"

"丢不丢人跟咱没关系，现在的关键问题是，咱怎么办啊？"温不遇问。

"搬啊，等着人来赶啊！"庄茆一说。

"搬哪？"温不遇问。

"从哪儿来的搬回哪儿啊。"庄茆一说。

"我不回去。"温不遇说。

"那你说住哪？"庄茆一问，"别的地方咱住得起吗？像这样的房子都是按年交租，你有存款吗？反正我是自打搬到这里来半年多了，一张画也没卖出去过。"

姚子路看不下去了，在群里说："先搬到我那里去吧。"

庄茆一说："我不去！"

温不遇没有说话。

姚子路又说："挤是挤了点，但总比回城中村强。"

庄茆一说："我怕你家那只母老虎。"

姚子路说："暂时先过渡一下，等有了合适的地方，你们再搬走也行。"

温不遇说："我看行。"

庄茆一没有说话。

上班的一整天里，姚子路的思绪都是飘忽不定的。他一直没想好怎么跟李窈窕完美地解释这件事情。下班的路上，他心事重重，头顶上的云层很低，风刮来的时候，他觉得随时都可能下一场倾盆大雨。话是很硬气地答应了庄茆一和温不遇，可是面对李窈窕，他真的没有一丁点儿的底气。万一谈崩了呢？他不敢再往下想。

一路慢腾腾地回到师范学院，天已黑了。李窈窕也没问他几点回家，他想再独处一会儿，因为他知道，一旦迈进屋里，眼前的世界就不会是现在的世界了，那是一道分界线，他在这头，李窈窕在那头。

磨蹭到八点多，李窈窕终于打来了电话，问他："在哪？"

他说："楼下。"

李窈窕又问:"怎么还不上来?"

他深深吸了口气说:"有件事我不知道怎么跟你说。"

李窈窕说:"不知道怎么说就等知道了再说。"

他说:"好。"

挂了电话,泪花在眼眶打转。他想,真他妈憋屈啊,也许,分手的时候到了,不然这日子什么时候是个头呢?他一步一步迈进楼道去,就像一步一步迈进深渊。楼道漆黑一片,有声控灯,但他并不想发出一点儿声音来。他希望这黑足够黑,足够长,足够将他永久地湮没。

终于到了不得不开门的时刻。他站在门口,举着那把银白色的钥匙,一动不动。他听到了自己清晰的心跳声,混杂着重叠的诡异的笑,但这笑分明来自门内。他侧耳倾听,笑声更清晰了,他感受到了一种莫名的荒诞。钥匙插进锁孔,用力拧转,推门而入时,六只眼睛齐刷刷向他射了过来,像六道白光,将他定在了门口。

庄茚一说:"哈哈,快来快来,我们刚刚抓到了一只'我们'。"

他疑心着,不明白"我们"是什么,没动。

温不遇说:"哈哈,你女朋友养的宠物,居然跟我们一样。"

他不明白，向前走了几步。

李窈窕用筷子从刺玫花盆里夹出一只濡湿软滑的东西伸到他眼前："别听他们胡说，这叫鼻涕虫，学名蛞蝓，也叫没有房子的蜗牛。它是害虫，专门吃植物的叶子，撒上盐，立刻就会化成一摊水。"

他听过这东西，但亲眼见，还是第一次。盐早就准备好了，雪白雪白的一摊。李窈窕松开筷子，蛞蝓并没有掉下去。她将筷子分开在两只手中，互相划着，像磨刀。蛞蝓用黏液紧紧吸住筷子，顽强地抵抗着。庄茁一和温不遇都围过来蹲下帮忙，他们一人接过李窈窕一只筷子，杠上了。姚子路看着它在筷子上扭来扭去，心里说不出的难受。磨了一阵，蛞蝓终于跌落进了盐堆，无声无息地，立刻融化了。杀死它的盐堆像长了触手一样，瞬间聚拢起来，凝结成一座湿漉漉的小山。大家都感到神奇，叫起来，但姚子路没有，他迟疑了一下，伸出一根指头，轻轻摁压了下去。抬起手来，小山已经被夷平了。

然后，他站起来，对视着六只仰视他的眼睛，轻松地说："嗯，现在好了。"

# 而　立

## 上篇

当时针、分针和秒针重叠指向凌晨十二点时，像是要赶赴一道庄严的仪式，他将食指指心对准手机右上方的绿色按钮，重重地摁了下去。接着，他便在微信朋友圈看到了自己发送出去的那一行字——而立之年，一事无成。

尽管他以为这句话也会像往常抛出去的那些牢骚一样，犹如一块光滑的石头，平静地沉入水底——如果非说有区别，那也仅仅只是在发送这行字时，他的态度尤其虔诚——况且，已然是午夜，应是大家酣眠之际。但始料不及的是，时间才过了一分钟，这条动态底下就出现了五条评论。

第一条和第二、三、四条在队形上保持了高度的一致，全都是"生快"。他明白，这是生日快乐的意思，客套话而已，四个字的祝福语被删裁去一半，那剩下俩字所蕴含的祝福，自然也是要大打折扣的，并不见得有多真诚。相比起前面四个意义明晰的"生快"，倒是第五条那一句云里雾里评论的内容让他觉得连眼前都变得一片空蒙了——人海茫茫，相遇是缘，相识是分，相知是福。

这究竟是表达了怎么样的一种意思呢？他不太确定，很明显，这十六个字的语义指向绝不是针对着他发出去那八个字啊。不仅如此，他还发现，发送这句话的这个叫"万亩春"的人，是不久前才加的好友，也没说过话，他似乎并不认识。他点击并放大头像来看，是一片汪洋恣肆的紫色花海。密密麻麻的紫啊，宛如无边无际的潮水一样涌来，就是隔着屏幕，仿佛也能闻到那种让人窒息的铺天盖地的香味，和"万亩春"这仨字，简直适配极了。这人究竟是谁呢？他不禁翻阅了相关资料，很遗憾，此人的朋友圈只有三条内容。总会露出些有效信息吧，他近乎抱着一种"研读"的态度又检查了一遍，发现此人性别女，微信号xiaoyu0528，个性签名是"万木春"，而地区则显示为法国。仅靠这些，明显不足以识别此人的真实身份，更何况除了微信号，其他的都可以随时更改。虚拟世界里，大变活人的戏法已不算新鲜。在这样的时代，谁知道与你隔着屏幕聊天的美女，到底是个邋里邋遢的大叔，还是只训练有素的猴子。即便信息不假，他也实在不能从对应的微信号拼音中联想到自己认识的人中有谁是叫作"小雨""小鱼""小玉"或者"小羽"的。于是，就在自认为一事无成的三十岁生日的这天凌晨，他怀揣着像是叩询命运般的迷蒙，朝如隐藏在黑夜里的那个陌生人问道："你是谁？"

一会儿，微信就提示有消息发来，果然是万宙春。"连我都不记得了？"

他想，要是认识，我也不会问你啊。只想想可以，但发出去的却是："抱歉，真的记不起来。"

"你好好想想。"

想不出来。他并没有想，心底已生出愠怒，又回了一句："我们认识吗？"

"贵人多忘事。"

这真是让人讨厌至极的回答，这人似乎天生带着一种自以为礼貌的恶俗，如同"在哪里高就"，都是故作教养的冒犯。尽管他在经济、权力、才华上从未到达过被冒犯的高度，但内心持有的高贵，一样不允许别人如此"僭越"。过去的二十九年里，他一直被贴上"无能"的标签，但此刻，他已经三十岁了，难道还要继续忍受吗？这样的话，他似乎一眼就可以看见自己四十岁生日时将在微信朋友圈发出去的话——不惑之年，一事无成。或者，它还可适用于接下来的每一个整十年的生日，直至寿辰将近，他从这大地上彻底消亡。几乎是将手机当成对方的身体，他恶狠狠地一下一下打字回道："报上姓名，否则再见！"

"啊老同学，连我都不认识了吗？我是万嫣然啊。"

看到"万嫣然"三个字，他先愣了一下，之后便意识条件反射般立刻闪现出一个金灿灿的笑脸来，仿佛万嫣然就等同于那张金灿灿的笑脸，那是无论如何也不能从记忆库中抹去的啊。往事扑面而来，况且，5月28日是他俩共同的生日呢。一瞬间，他不好意思极了，赶紧为刚才的鲁莽而道起歉来；但万嫣然并没有丝毫的责怪之意。也是，她那么大大咧咧的一个河西姑娘，怎么会为这么点小事而耿耿于怀呢？况且在他看来，河西那地方自古土地广袤，大风鼓荡，也孕育不出像他这样唯唯诺诺的人。很明显啊，一方水土养育一方人，兰州这座城市的狭促，早就举世闻名呢。

回想起来，在长日灰暗的大学时光里，这个来自河西的姑娘，几乎给予了他所有的颜色与光芒。开学不久，父亲就因酒后致人残疾而入狱，他和母亲去探过监，但这个具有家暴史的酒鬼拒绝见他们。狱警带出了便条，父亲称老婊子可改嫁滚蛋，小杂种要自食其力。回来后，这个被胖揍了大半辈子的妇人带他吃了一顿精致的西餐,就收拾好行李箱到新疆去了——她的两个弟弟早在那里承包了三百亩农场,种植枸杞。销量最好的时候,大弟弟曾骄傲地说:"每年流通于全国市场上的枸杞,每三十粒中就有一粒出自我的庄园!"显然,他是把自己当作地主老爷一般的存在了。他早就说过,庄园里缺一个精于理财的能手,而他的姐姐,正是具有从业资格证书的会计师。

但母亲刚去的第一年,就遇上了特大冰雹,从传回来的照片看,农场里满是那种脱落腐烂的红色浆果,土地就像是被番茄酱覆盖了一样,黑压压的苍蝇附丽其上,简直恶心极了。起初他尚不明白母亲传来此照片的用意,直到已经半年收不到她承诺的生活费后,他才恍然大悟,那照片原来是母亲派遣来的无声的信使,它所释放出的信号"有图有真相"地为她无力支付生活费的现状作了铿锵有力的解释。那时,他离成年尚有一段时日,还没从家庭变故的境遇中初尝人生的无力,对前途也充满了幻想。直到花完母亲临走之际留下的那点积蓄,他才在饥饿带来的窘迫中见识了现实的残酷。

那些整天为食物发愁的日子里,他终于在一个阴沉的早上,遭遇了一阵头晕目眩的黑暗后,躺在了学校医院的病床上。多年过去,他依然记得辅导员和团支书万嫣然给他带去慰问果篮以及牛皮纸信封的那天下午的场景——辅导员用"上级领导"的做派将牛皮纸信封递给他,又以"组织关怀"的腔调施以一番安慰后,就离开了。而他在从信封里那沓钱下取出的捐款名单上看到,这个正坐在床头一心一意为他剥橘子的姑娘,竟然捐了整整一千元,占了捐款总额的五分之一。一千元,是他两个月的生活费啊!也就是那天,他才知道他俩竟然同年同月同日生。不过在小小的惊喜过后,他感受到的并不是重回世界的温暖,而是耻辱。生日相同的他们,在生活中,为什么会有如此大的差距呢?他抱怨世事的无常,也抱怨命运的不公,更抱怨父母的无能,因此,当万嫣然将那颗剥光的橘子递过来时,他坚持认为她那张金灿灿的笑脸就是对他贫穷生活的极度嘲讽。毋庸置疑啊,那金灿灿的光芒,难道不是由她脖颈间那条精致的黄金项链所折射出的吗?于他自视甚高的尊严而言,所有来自比他有钱的人的善意,都可以称得上嘲讽了。

由于那次捐款事件,他一直跟班里的同学刻意保持着疏离感。自从辅导员向大家公布了他的家庭状况,他已猜到自己在他们心中会占有怎样的分量。因此他总是主动躲得远远的:上课永远坐最后一排,班里的活动也极少参加,遇见了同学,能低头装作没看见就装没看见，装不过就一笑而过。久而久之，大家也就忘了还有他这么一个人存在，除了万嫣然。

万嫣然几乎每学期都会以集体的名义将自己的钱拿出一部分来"捐"给他，无一例外地，每次把牛皮纸信封递上时，她总会露出那张金灿灿的笑脸来。她好像有不少不同款式的金项链。尽管他从心底里特别不喜欢，或是讨厌万嫣然（甚至是唯一讨厌的同学），但为了温饱，他不得不一次又一次接受她的"施舍"。他当然明白那是她自己的钱，却不止一次地以极其无耻的理由说服自己伸出手去：谁叫她家有钱呢？正是这理由支持着，他才没有辍学。其实，到大三时，他已不缺钱了。是母亲于千里之外提醒了他：可以把家里的房子出租出去，反正他住校，房子空着也是空着。但他依旧没有拒绝万嫣然那张金灿灿的笑脸，他有自己的私心——她究竟是钱多人傻，还是真的是人性善意光辉的化身？

但他还没等到答案，她就出了事。大三第二学期一天夜里，学校外的建筑工地里两个未成年的民工，蓄意抢劫并强暴了她。不久，精神崩溃的她，直接就退学了。从此杳无音讯。

后来，经历了毕业、找工作、母亲改嫁、父亲去世以及无止境的求职和辞退，在三十岁来临之前，他已经把日子过成了一团实实在在的糨糊。因此,当万嫣然在微信中提议他们一起为"历史性的奔三"而相聚庆祝时,他带着"反正明天再坏也不会坏过现在"的打算,毫不犹豫地答应了。

睁开眼后,屋里还是有那股死亡的味道。可能来自沙发,也可能来自窗帘、桌子或是床,总之,他不知道怎么回事。打开窗户后,他去了卫生间洗漱,刷牙时,牙龈上依旧有血水混合着泡沫流出来。半个月前,去医院检查,医生说是上火。他不信,上火能上两个月吗?医生说,心平气和就不会。回来的路上,他反复念叨"心平气和"以进行自我暗示,但开门闻到那股死亡的气味时,他还是没忍住,反身一脚将门踹上了。之后,他便愤怒地将屋里所有看得见的东西和看不见的角落全部破坏性地搜寻了一遍——是老鼠,一只已经变成了干尸却在衣柜底部的老鼠。他找来刀片,小心翼翼地将它连根拔起,又拆下窗前中国结上的一根红色丝线系住它的尾巴,将它倒吊在了窗户外面。干瘪薄宽的老鼠在风中飘来飘去,简直像极了一只游荡的风筝。那天晚上,他睡得很安稳;但第二天早上,他还是被屋里那股死亡的气味熏醒了。而挂在窗前的老鼠,已经不见了,只剩下一根尾部打了结扣的红丝线在风中打旋。他明知道老鼠必定是被风吹得掉到楼底下去了，但还是蹑手蹑脚地打开了衣柜。原来粘住老鼠尸体的那地方，竟然有着一团黄色的尸油印迹，像是渲染过度的拙劣国画。一整个早上，他都试图用刀片刮掉它，但后来发现，它已经深深地渗进了木板。他索性找来切割机，直接将它裁掉了。接着，他又在裁掉的木板上钻了个洞，继续用那根红丝线把木板吊在了窗户外面。他说不上来为什么非要把一块木板吊起来，但只有那样做，他才觉得心安，像是凶手得到了应有的惩罚。但他的情绪并未因为裁去那块木板而得到片刻的缓解，因为那股死亡的气味依旧存在，它弥漫着，若有若无。

朝马桶里吐了几口血水后，他开始坐在窗前吃早餐。昨晚，万嫣然在微信里说，今天早上会来接他去一个神奇的地方为他们庆祝"奔四"。他想到她微信资料显示的所在地是法国，便问道："你不是在国外吗？"万嫣然回答："回来好几年了。"他没有追问为什么回来或者怎么在兰州，他怕回溯到他们当年的时光，他怕那一段贫穷而自卑的岁月，而她，他连替她回忆的勇气都没有。

这些天来，窗前的那块木板一直在胡乱地撞击着玻璃，像极了一只风筝，一只怎么努力也无法飞起的风筝。不，连"起飞"都不能，遑论"飞起"。就像他每一次找的工作，隔上十天半月，最多一个月，总会遭受老板无理由的辞退。一开始，他总把这"无理由"归咎为自己无能，他也承认，一个员工越来越严重的抑郁症和一触即破的玻璃心，任哪个老板也不能接受。但直到有一次，老板明确告诉他那是他父亲的缘故时，他才恍然大悟。原来，他所归咎为的那些尚可改观的无能与客观存在的无力改变的现实相比，根本算不得什么。入狱后的第二年，父亲企图越狱，不仅打伤了狱警，而且还用牙刷戳死了两个狱友。他也不知道那个酒鬼都那么一大把年纪了怎么还有那么大的力气，当他把这个消息告诉母亲时，她没有表现出任何情绪，仅在挂断电话前才淡淡地问了一句："是注射，还是枪毙？""注射。"他说。母亲闷声半天不吭气，拖到最后说了句"可惜了"，就挂了。起初，他还为母亲的绝情而抱怨，毕竟夫妻一场；但直到毕业遭遇了一次接着一次的辞退后，他才恶毒地站到了母亲那一边。不然呢？要不是那个暴戾的酒鬼，自己早就该事业有成了吧？何至像这块被恶臭尸油浸入三分但又像极了风筝的木板，四处碰壁，无法起飞。

　　吃完早餐，万嫣然还没有到。她告诉他，还得好一会儿，路上太堵，到了会打电话。他翻看了一遍通讯录，并没有存她的号码，于是就把自己的发了过去。

她即刻回复:"我有你电话。"他不明白她为什么还会有他的电话,大三一别,他们就失去了联系,那会儿,他才二十一岁。如今九年过去,时光从他的身边删除了父亲和母亲,而他,居然还存在在她的通讯录里。为这白云苍狗间的微小恒定,他不免感动起来。他想起了邓丽君的歌来:"任时光匆匆流去,我只在乎你。"但很快,他就被这样的想法吓了一跳。

这些年,他无比谨慎地把控着与异性之间的情感温度,也曾出现过一些火花,但他只要发现苗头不对,一律过早地将其狠狠掐灭了。一直以来,父母的婚姻模式,都对他构成着无比强大的震慑性警示。那种从不见一丝温情甚至想置对方于死地的过往,于他而言,既是教训,也是规诫。第一次拒绝异性后,他去了远郊的发廊,那里的每一个姑娘都擅长"洗头"——将客人的头摁进自己硕大的双乳之间,揉来揉去。此后,那便成了他周期性光顾的地方。她们服务项目诸多,但他每次只选"洗头"。也有姑娘趁他不备,一把把手伸进裤裆揶揄他是性无能,但他明白,自己无能的并非性,而是爱。他是从一档情感类综艺电视节目上知道"爱无能"这个词语的,主人公是个金领,某外企的中层领导,被诸多女孩子控诉玩弄感情。她们一边哭着骂他人渣,一边又求他不要离开;但那个人似乎无动于衷，他准确地运用了老外的专属动作，耸耸肩，摊开双手，一脸无辜地表示：其实他也不想如此，是爱无能导致了这局面。

因此，他专门研究过这个词语：它于2001年被国内某作家创造，意指不愿去恋爱、不会去浪漫、不懂得去爱的"无能"现象，普遍见于拥有高学历、高职位、高收入的大龄都市单身白领群体中，目前已是世界性的流行病。导致"爱无能"的原因有很多，比如经历、境遇、性格与压力等。他一度怀疑自己是不是被误诊了，因为高学历、高职位、高收入压根与他无关。但在看到有身材肥胖的网友自嘲时，他立刻恍然大悟：是啊，在这世界上，不论贵贱、不问贫富而公平降临到每一个人身上的事情简直屈指可数，如果非要罗列，疾病可算其中一项（肥胖自然不能算作一种，但"爱无能"绝对榜上有名）。一旦认清了这样残酷的事实，他便愈加怨愤起父亲来。若非那个酒鬼，他应也是"普遍见于"中的一员；而目前，就是得病，他都算不得一个合格的病人。是一种无能为力的局面直接导致了另一种无能为力的局面的出现，就像是死扣一样的恶性循环，他在和可预见到的人生大瓦解碰面之前，终于苦苦挨到了三十岁的而立之年。

同过去很多个无所事事的早上一样，这个早上，他仍旧枯坐于窗前,因无端冒出的想法陷在恍惚的意识泥淖里打转,直到十二点将近,万嫣然打来电话问他家住在哪个小区几单元几层。

"十八层。"他说。

"地狱吗?"万嫣然刚说完,就又立刻道歉,"别介意啊,玩笑话。"

挂了电话,他又恍惚了。十八层和地狱,多么明显的意义联想关系啊,住在这里这么多年,他怎么从来就没有想到过呢?那么,这几年自己活得人不人鬼不鬼,是否就是住在十八层的缘故呢?

惴惴不安的情绪被万嫣然的一句无心之话撩了起来。系在红丝线上的木板敲击着窗户上的玻璃,投射到屋里的影子在墙壁上晃来晃去。他盯着它,眼睛与之一起摇摆,目光闪烁,心境愈加不能平静,呼吸也急促起来。他突然烦透了那块木板,打开窗户,就在一把将它粗暴地拽下时,他惊异地看见,屋内窗户护栏的夹缝中,那具原以为早已坠楼的老鼠尸体,居然赫然在目。

## 下篇

三十岁这天中午,她敲响了周不汝家的门。就像十二年前提了一个果篮去看望晕倒的他一样,这次,她又提了一个果篮。不知道是宿命轮回还是别的什么,当开门看到周不汝的那一刻,她再次目睹了眼前这个人同十二年前一样的苍白和无力。为此,她不禁皱了一下眉头。上楼之前,她原本计划好了,要对他说"好久不见"的,但门开之时从屋里扑出来的一股浓郁的焦香味儿立刻让她改变了主意。于是,她先将头和身子伸进屋里探勘了一番才问道:"你在干什么?"

"行刑,"他盯着她没有佩戴金项链的脖子说,"我在行刑。"

"行刑?"她瞪大了眼睛,并没有明白他的意思。

"嗯,我在火烧罪犯的尸体。"当他看见她的脸上露出不可思议的表情时,便又解释,"一只早已死掉的老鼠。"

"就只是区区的一只小老鼠?"她小心翼翼地问。

"那它也是罪犯!"周不汝语气中透出的那股子刚正不阿的凛然,让她立刻产生了一种判决神圣不可侵犯的肃穆感。

卫生间的门没有关,焦香味儿就是从那里传出来的。她走过去,看到一个不锈钢的小盆子上架着一根长长的铁扦,几张纸在盆里燃烧,火焰裹着铁扦上的一块黑乎乎的东西不停地跳动,发出毕毕剥剥的声音。

她听到他在身后说:"闻到了吗?就是它制造出了死亡的味道!"

她退出来,绕到客厅的沙发旁边,将果篮放在桌子上,说:"没有,我只闻到了焦香味儿。"过了一会儿,她又说,"当然,那也算是死亡的味道吧。"

"不,你大概搞错了,我说的不是这个味道,是另一种,就是——"她观察到他将右手举过头顶挥舞着,想作一番详细的解释,但那似乎只是徒劳了。一股迷蒙的雾霭在他的眼中迅速升了起来,最后,她只是看见那只被举起的右手在空中抖了几下,就又有气无力地慢慢回落了下去。"算了,那股味道在你进门之前已经被我破坏了。"周不汝又看着她光溜溜的脖子沮丧地说。

"其实在路上,我原本计划见面时要跟你说'好久不见'的,但在刚进门之前,闻到这股味道时,也被破坏了。所以,我现在只能对你说'生日快乐'了。"她坦白道。说着,一束紫色的花仿佛魔术一般地从她手里变了出来,又被递到了他的眼前。

"和你头像上的花一样。"他一怔,接过去闻了一下说。

"是的,薰衣草。"

"可是我一点也不快乐,尽管今天是我的生日。"

他将那束花并列放在果篮的一边,低着头拨弄。

"我知道,所以来看看你。"她兀自坐在沙发上,注视着他,以表示自己并没有说谎。沙发出乎意料的柔软,她刚一坐进去,立刻就像陷入一个无法反弹的深坑。这让她吃惊不小。他注意到了,但并未就此有所解释——沙发早就坏了,支撑垫子的一根木条几年前被压断,人一坐上去,垫子其实是会直接落到地板上的。而她以为,他的沙发就是如此设计的,甚至都没有要起身换个地方的想法。这样一来,她的肩膀正好与桌子等高了,平视过去,对面墙上的那幅画就迎接了她的目光——是被誉为世界十大著名油画之一的由十七世纪的西班牙画家委拉斯开兹所作的《宫娥》。它简直太著名了,赝品几乎遍及世界每一个城市。当然,她是见过原画的,就在收藏它的西班牙首都马德里的普拉多博物馆。墙上挂的这一幅,显然属于模仿手段比较拙劣的那类,不仅里面最为人称道的湍流多变的视觉旋涡没表现出来,而且,画中唯一冷静甚至郁郁寡欢的画师(《宫娥》作者委拉斯开兹本人)居然有着滑稽的笑容。如果没有见过原画,她根本不会去仔细甄别它;但一旦瞻仰过了"真实"且被它的艺术魅力所深深折服,以后再看见赝品,她就不由得会产生一种本能上的不适和抗拒。而上一次产生这种感觉时，是在不久前一个极为低调的大学同学聚会上。

参加那次聚会的人，全部是世俗意义上的"成功人士"，非官即富。尽管她中途就离开了大学，但目前拥有着省内最大的薰衣草种植园区，因此也在受邀人之列。一帮子"成功人士"重逢，不是回忆从前，便是畅聊当下，也就是在那时，她从他们口中得知，大学时期一直被她接济的同学周不汝，现在几乎已沦落到了人人喊打的窘境。虽然他们一再感叹，都是他那臭名昭著的父亲导致了他现在的局面；但又无一人不赞同，人之恶的基因，是会遗传的，所谓："龙生龙，凤生凤，老鼠的儿子会打洞。"那天，在那个高档会所内，她也是面对着墙坐，墙上挂着的也是赝品《宫娥》。虽然它远远要比周不汝家里的这幅更接近原画，但那依然让她产生了不适和抗拒的糟糕情绪，或者说，那种情绪其实大部分来自那些以倨傲不逊的口气对落魄的周不汝进行指戳的"成功人士"。他们是多么的虚伪啊，她印象中的"成功人士"绝不是这副嘴脸，他们完全可以称得上"成功人士"的赝品。聚会还没有进行到一半时，她就愤怒地逃离了。她甚至可以想象到，假如她不是那次聚会邀请的对象，她在他们的闲话中将会是怎么样的一副形象。她当年的事，可是轰动了兰州所有高校的爆炸性新闻，鬼知道他们从这衍生出多少令人作呕的话题来。

眼前，这个坦然吐露"我一点也不快乐"的人，脸上正挂满了如他家墙上这幅画的原件中那个画师一样的郁郁寡欢。他似乎一点也不再同十多年前那样，特别在乎自己视之甚高的面子，铜墙铁壁般的现实，已将他碰撞得不得不对生活俯首称臣？她又疑惑了，明明在昨晚一开始的对话中，他那股子"内心高贵"的轴劲儿还是那么显眼。于是她问他："你为什么不快乐呢？"

"因为三十而立，仍旧一事无成。"他真诚地回答道。

她本来想套用一些成功学上的伟人事迹来安慰他，至少也得带上"大器晚成""老有所成"或者"铁树开花"这样的成语，但话到了嘴边，说出来的是："谁又不是如此呢？"

"你就不是啊。"她看见他折身走到窗户边，站在窗帘投射到地板上的一片荫翳中。

"我？"她大笑起来，"你怎么会这样认为呢？"

她的笑声破坏了甫一进门就与他的默然构成的沉郁氛围，他甚至为此而感到有点生气。他说："你难道不觉得我依旧是我们班里混得最差的那个人吗？你与我拥有着共同的生日，但你在十二年前，就能捐出一千元来。你知道吗？我现在每个月的生活费都还达不到一千元的标准。我连省都没出去过呢，而你，已经从国外回来了。还有你拿来的果篮，那几乎抵得上我半年的水果消费量了。当然，这些尚可以算得上能改观的窘境，但真正威胁到我的是精神上的无依，我可以毫不保留羞耻感地告诉你，你是近两三年来，唯一登门的客人。我的人生简直一败涂地！"

他的滔滔不绝让她感到陌生，在记忆中，他从来都不是个喋喋不休的人。她吃惊地看着他，当听到"但真正威胁到我的是精神上的无依"时，一股电流般的震颤从天而降，从头到脚漫过了她的全身。这句话简直就是她在国外那些年的困境的真实写照啊，她原以为那种深夜哭泣的蚀骨之痛只有自己才有最深的感触。现在的他，何尝不是曾经的那个自己呢？那些暗淡无光的时日，不可见底的深渊，等不到太阳出现的黎明，她永远铭记在心。她决定去给他一个爱的拥抱，就当是拥抱曾经差点撑不过来的那个自己吧。她挣扎着，从沙发的深坑中缓慢地站了起来，步履坚定地走向了他。

她从光明面走过去的时候，他仍站在那片荫翳中。窗外挂着的木板正砸在玻璃上，斩钉截铁，声声雷动，她的一往情深反而被吓得不知去向。她看了它一眼，然后转过身去，不明就里地盯住他问："那是什么？"

"什么什么？"他的精力还在刚才那段话中盘桓。

她只好挑明了问："你为什么要在窗户外挂一块木板？"

"哦，它也是罪犯。"

"它犯了什么罪？"

"与那只老鼠同罪。"

"也制造出了死亡的味道？"

"是的。"

"那你为什么不对它行刑？"

"因为，因为，"他停顿着，叹了口气，缓缓地说，"因为它像极了我。"

她不明白周不汝为什么要说一块木板像极了他，当然，她也不想再深究了。再这样下去，她会疯掉的，自进门后，与他之间的交流，完全是无效的。于是，她对他说："好了，走吧，别为一只死掉的老鼠和一块诡异的木板纠结了，你的世界应该比这辽阔得多。我带你去个神奇的地方，保证你看一眼就喜欢。"

吃过午饭，她并没有上高速，而是选择了一条捷径。车刚上路，就堵得水泄不通。沿这条路一直往前，就会到达他们曾经的大学；而在十年前，这里还是比较冷清的地方，路两边是一眼望不到头的桃园和梨园，要不就是村庄的麦田和养猪场。如今,这里高楼鳞次栉比,过去的农民人人都成了富翁,房子多到八世同堂也住不满。

车一点一点往前挪,庞大的堵车队伍中到处是此起彼伏的喇叭声,尖锐刺耳,充满暴力,像刀,像剑,也像戟。如果没有喇叭可供司机发泄愤懑,她相信,他们是会挥舞着拳头说话的。她承认自己又做了个愚蠢的决定,这些年来,她总是一而再再而三地犯蠢。犯蠢似乎已成了庸常,将她的生活搞得乌烟瘴气,她也搞不明白自己为什么具有在两条未知道路中精准选择错误的那条的"超能力"。半躺在副驾驶位上的周不汝看上去像个蔫茄子,他将手指插进耳眼里叽里咕噜地朝她说话,她一个字也没有听清楚。她看了看他,伸出右手将他的左手食指从左耳眼里拽出来问道:"你说什么?"

"耳塞,"他说,"你有没有耳塞?"

她摇了摇头。

"那耳机呢?"周不汝拿出他的手机,打开音乐软件指着耳机插孔。

她记得好像有,但具体放在什么地方真的忘记了。她对他说:"我不确定,你自己找找看。"

耳机很快就被找到了,周不汝将它塞进耳朵的时候，顺便也闭上了眼睛。他说："医生告诉我必须午休，否则晚上的失眠永不见好；而我睡觉之时要么听音乐，要么必须让耳朵保持安静，不然就睡不着。"她没有说话，几年前，医生也告诉过她一模一样的话。现在时间是下午两点整，如果顺利，沿着那条捷径一直往西走，赶在日落之前，他们完全可以到达她所说的那个神奇的地方。

她要带他去她的薰衣草种植园区，地处河西，离她的故乡小城金昌还有八十公里。那里真就是花的世界和海洋，至今，她都想不出一个准确的词语来描述置身于它们当中的那种感受。浪漫、舒畅，抑或物我两忘？她不知道。作为一个"成功人士"，她有很多次都被要求在公共或者私密场合介绍她的薰衣草种植园区。一开始，她还富有耐心地向别人介绍，薰衣草种植园区占地多少亩，种植多少株，花期几月到几月，年产花瓣多少吨，哪段时间是观赏它的最佳时机等等；但到后来，她越来越觉得它们属于陈词滥调，并且也远远不能够传递出她所期望的那种效果。于是在下一次被要求时，她就说"那是一个神奇的地方"。往后的每次，她都这样说，如果对方继续要求介绍一下"那地方到底怎么神奇"，她就只好邀请他们来亲自感受一番。回去后，果然没有一个人再问"那地方到底怎么神奇",因为她知道,那地方的神奇之处只可意会,不可言传。

父亲死后,她去了巴黎。尽管自古至今,世人都吟唱着那里的千百种好,但对于她来说,兰州和巴黎的区别不过是一个噩梦发生的地方和另一个噩梦发生的地方。在巴黎的第三年,身边有一个叫作巴蒂尔的男子追她,他来自普罗旺斯——阿尔卑斯山脉蓝色海岸大区的一个城镇,家族世代做薰衣草生意。他在教堂向她表明心迹,交往半年后,就在她生日那天,他提出了发生性关系的要求。那时,她已二十四岁,完全到了可以充分享受爱的蜜意的年纪,但问题在于,此前兰州那个夜晚带给她的伤害实在过于巨大,大到让她以为性是世界上最肮脏、可怕的东西。她背负着对性的敌意,就好像背负着沉重的枷锁,因此,即便是面对她挚爱也同样挚爱她的恋人巴蒂尔,她仍然没有试图打破枷锁的勇气。然而就在被拒绝的当夜,恼羞成怒的巴蒂尔趁酒醉,将她锁到自己的单身公寓犯下了兽行。

事后,巴蒂尔倒是没有逃避责任,他将罪恶全部归结为太爱她的缘故。那时的她,已没有了第一次遭遇魔鬼时的歇斯底里,当眼泪滴下的时候,她说不出一句话来,只是靠在墙角一动不动。她不止一次动过死的念头，但每每想到家中就她一个孩子时，就仿佛看到了母亲肝肠寸断和心如死灰的样子。那些天里，巴蒂尔一直对她不离不弃，但这种不离不弃的方式是以他长跪在地上扇自己耳光，哭着乞求她的原谅为实践的，可是相比起当年那两个拒不认罪的魔鬼来，这简直可以算得上巴蒂尔的优点了。那一年出事后，父亲抱着她对她哭诉自己的无能，因为那两个魔鬼的未成年身份成了他们的免死金牌，他们似乎也知晓这一点，面对罪行，丝毫不悔过，且气焰嚣张。她不管，哭着喊着"必须让他们死"……随着枪声的响起，那两个魔鬼的生命就此消亡。在去法国之前，她会每隔一段时间了解一下那两个魔鬼的家人的生活状况，她带着恶毒的目的想看看魔鬼的罪行和死亡究竟能将两个农村家庭摧残到什么程度；但没想到的是，两家人似乎并没有悲恸，他们在情感上都很麻木，而且不出一年，竟各自又生了小孩。这让她感到生而为人的悲哀和无力。因此，面对着跪地不起的巴蒂尔，再想到那两个本不至于被枪毙，但因为她的坚持和父亲的操作而最终死去的未成年的魔鬼，以及两个麻木不仁的家庭，她妥协了。远走法国，逃避纷扰，而在法国，性侵罪不至死，况且，她和巴蒂尔之间的爱，是被神明见证过的。于是，她选择了那条背弃律令的宽宥道路，让他从眼前离开了。

之后，她便开始环游世界，那是少年时代的梦想。她本以为事情到这里就算结束了，在行走的途中，她会变得坚强勇敢。但刚从巴黎到达西西里岛不久，一个震惊的消息就从同学口中传进了她耳朵里来：巴蒂尔的妻子预产期将近，他回普罗旺斯陪产去了！

那一天，她整个人好似一片怒涛翻腾的海域，她为自以为是的慈悲而感到幼稚和羞耻。在怒涛的推动下，她的情感湮灭了理智。次日清晨，她那发酵成魔鬼的情感拎着一把瑞士军刀控制了她，它绑架着她，将她从西西里岛带到了巴蒂尔的故乡普罗旺斯。它要她杀了巴蒂尔，碎尸万段！从被魔鬼诛杀到变成魔鬼诛杀别人，角色换来换去，但那个一成不变的受害人，始终是她。找到巴蒂尔家并不难，他的父母听说她是儿子在巴黎的朋友，异常开心；他的妻子是纯正的金发女郎，城镇文学馆的翻译员，教养极好。他们对她的到来欢迎之至，一味热情款待，不问所为何事。在欢乐的音乐中，一家人和谐极了。巴蒂尔出去购物了，还有很长时间才回来。看着这个充满了阳光和善意的家庭，她心软了，实在不忍心让老人失去儿子，让妻子失去丈夫，让未面世的婴儿失去父亲。这种痛，她最能体悟。千里迢迢的杀人计划，被这样温暖地瓦解了。在巴蒂尔回家之前,她微笑着告别离开了。她不知道这个选择算不算犯蠢,但她知道,母亲再不能连她也失去了。

返回的路上,她遇到了归来的巴蒂尔,他们互相看到了对方,巴蒂尔惊诧地刹住车,停下了,但她没有停。她的周边是漫无边际的疯长的薰衣草,像大海一样辽阔和丰茂的薰衣草。她想,应该是它救赎了她,救赎了他,也救赎了所有人。只要步履不停地往前走,一直走,她就一定能满身都沾上这救赎世界的芳香。

下午六点,周不汝才从睡眠中醒来,哈欠连天的,好像比没睡之前还疲惫。他伸了个懒腰,看见窗外是一条孤僻的乡间小路,路两边是原始的水渠,田埂被葳蕤的杂草覆没,树木高低不一,沿着大地,朝路的尽头疾速行走。路的左面是片广袤的田野,一条细小的河流从中央孱弱地贯穿而过,与路依稀拉成平行之势。太阳尚未落下,依旧斜斜地挂在头顶,一点也没有黄昏的样子。他好像感到失望,转过头去朝她嘟嘟喃喃:"这就是你说的那个神奇地方?"

但她并没有回答他,而是反问:"醒了?"

"嗯,"他揉了揉眼睛,继续问,"可是我们究竟在什么地方?"

"途中。"她说。

他们没有再说话，又走了大概一公里左右，河流猝然向右转弯，阻断了路面。车缓缓行驶了一段，停了下来。她走出车厢，举手遮挡着太阳，茫然地看着远方，又看着横亘在眼前的河。周不汝问她："怎么了？"

她不说话，回到车内，叹了口气，开始倒车。周不汝又问："怎么了？"

"这里原先有座木桥。"她说。

周不汝盯着渐渐远去的河流问她："那究竟是桥没了，还是我们迷路了？"

"走这条路的时候大约在十二年前，那天父亲开车送我去大学报到，感觉一会儿就到了。这么多年过去，父亲……今天，我挺想他的，其实很多时候，我都特别想他……我是第一次开车走这条路。"

"冲过去吧。"他打断试图哭泣的她。

"你知道的，这么多年，我总是做出愚蠢的选择。其实我是想带你去我的薰衣草种植园区的，但一开始，我就选择了一条可能错误的路。"

"没关系，我也总觉得自己无能。"

"但对我来说，犯蠢是正常的。"

"这么多年来，无能也早就成了我生命中撵都撵不走的一部分，"他看着抽泣的她说，"可是今天……"

话没再说下去，但那股气息似乎还在。

她愣了愣,问:"什么?"

当呼呼的风声刮进耳朵里时,她听见周不汝平静地接上了上一句话,"我们不都而立了吗?"

# 如梦令

世界艺术地远去,而我与我的诗歌独自伫立。
——孙甘露《请女人猜谜》

——1——

不得已,败光那笔遗产后,我只好去蓝色妖姬做了侍者。

这是我的首份工作,主要给酒鬼们端盘子、递酒以及跑杂,偶尔也帮嫖客和姑娘们站岗,事后能拿到一笔足以果腹的小费——这令我倍觉悲哀。怎么能不悲哀呢?这种身份对换的落差让我无地自容,搁师范学院那会儿,都是别人站岗,我给小费。

仔细算算,在师范学院的四年里,我待在蓝色妖姬的时间,远远比待在教室、图书馆和寝室要多。我是真喜欢那里的幽暗、嘈杂和暧昧,打心眼里喜欢。用一个具象化的字讲:"乱"。我深知自己本性并非如此，这让我长期陷入抵牾。喜夜，蛰伏于光线之底，却又无法忍受与之适配的安静。蓝色妖姬是我在兰州唯一熟悉的地方，败光那笔遗产后，只能投奔而来。从前有钱的时候，我是大爷，就连呼吸都透着一股纨绔之气；现在是侍者，从一个"要求者"转换为"被要求者"，尝遍了卑贱顺着骨头蠕动的悲哀。没办法，我就是死了，姐姐艾怡也不会管。自打知道了那些事后，她一直对我恨之入骨。怎么会不恨呢？要不是我，爸爸不会死，妈妈不会死，姐夫也不会死，她也不会变成一个年纪轻轻的寡妇。为此，我时刻都无望于生活，像身负沉重罪恶感的羊膜动物，在这悲凉的世间踽踽而行。

我的身份是诗人（这仿佛是上帝的一个玩笑），但常羞于向别人提及，没什么好说的，人名大于诗名，正是我之悲哀，也是整个时代的悲哀。我知道这都是报应：倾尽千财，赢得浪名，觥筹交错过，高床软枕过，如今家破人亡，大家不过依旧是路人甲乙丙丁。好在蓝色妖姬的老板并不势利，尚念旧情，虽然我被酒鬼们呼来唤去，但也隔三岔五被他请去撮一顿，因此日子过得并不十分潦倒。只是孤寂罢了。以前有诗，逸兴遄飞，如今只剩酒。没有了诗，再美的酒，也不过是苦水。

最近有那么一个半月，我整个人就是酒桶，浑身酒气缭绕。

秋汛以来，黄河暴涨，阳光得以收敛，多半是雨水不绝。早晨下，午后下，夜里也下，兰州越来越像南方。于是每个午夜前后，我不得不穿过潮气逼人的街道，头顶寒星回家。我时常歪歪斜斜在路上，街面像船，一脚踩下去，那种来自脚底的霸气由下往上，直冲脑袋，让我误以为整个世界都被踩得颠簸。好在我就住在师范学院，走不上几步即到。即便再晕乎也不怕，地痞流氓算什么角色？老子喝一声，半条街都醒了。

家里变得越来越空荡荡，能换钱的东西基本都被我拿去换了酒。沙发换了酒，电视机换了酒，冰箱换了酒，洗衣机也换了酒，幸好我没结婚，否则老婆也在劫难逃。越是一个人的时候，那种由内而发的罪恶感就越深重——爸爸被我害死了，妈妈被我害死了，姐夫也被我害死了，如今，就连姐姐艾怡也离我远去。家破人亡的事实，让我对自己是个"克星"的定论深信不疑。

世界完全黑了。生不如死地活在这黑夜里，我只能用酒精让自己麻木——嗜酒是从姐姐艾怡变成寡妇开始的。

我觉得自己的初衷并没错,在《诗刊》发表了诗歌,不找姐夫庆祝,找谁?倒是可以找兽夫、屠留和瓜苏,他们名气很大。这么说吧,在兰州高校诗坛里暗传着一个流言,一个人是否会背他们三个人的诗,是衡量这个人是不是一个真正的校园诗人的标准(是的,没人要求大家去背,但大家都会背那么一两首,我也一度纳闷)。然而就是如此有影响力的人,所干的"正事"竟不外乎三件:吹牛、喝酒、泡妞。他们都独立出版了个人诗集,劝我也出一本,趁早成名。我去找姐夫商量,结果被一顿臭骂,仓皇而逃。

姐夫是师范学院中文系副教授,姓宫,名和雍。我嫌这名起得古怪,姐姐说你倒过来念,我一读,是雍和宫,不由得心生敬佩。宫和雍的学术研究方向是当代诗学,其人在国内诗评界占有一席之地,自然有资格骂我。和姐姐艾怡确定恋爱关系那年,他尚是她的硕导。起初,他们只能在私底下来往,无论是喝咖啡、看电影,还是约会,都要以"学术讨论"为幌子。虽然学校没有明令禁止,但要使这种颇具争议的关系公开化,还是极富挑战性。因此,直到姐姐毕业后又继续攻读博士学位之时,她才在爸妈联合张罗逼迫去见相亲对象的情景下,公开了雪藏已久的秘密——毕竟彼时,她已在父母的"安排"下,进了师范学院团委工作。这意味着宫和雍已然是她同事，那种令人心惊胆战的关系也宣告终结。既然事情摆到了面上，妈妈顺水推舟说："那么，不妨叫他来一起吃个饭吧。"

那时候，我也刚被爸爸一手"安排"进了师范学院，本来想读喜欢的地理学，但被强制选择了厌恶的金融管理专业，彼时也还没认识兽夫、屠留和瓜苏这帮狐朋狗友。所以，当妈妈说姐姐艾怡的男朋友要请全家吃饭时，正处于苦闷期的我，欣然答应。

地点定在滨河路一家高级茶餐厅。饭局开始不久，大家礼貌客套，彼此寒暄，聊了一会儿，妈妈开始询问宫和雍一些私人问题，矛盾立刻凸显了出来——宫和雍年长姐姐十二岁不说，而且有过一段长达六年的婚姻，生有一女，四岁，归前妻抚养（前妻也是师范学院文学院的老师，因婚内出轨导致婚姻破裂，现任丈夫为某知名商人）。前景似乎很有预见性了。爸爸副厅长级别；妈妈虽说只是一名话剧演员，但在省内也是数一数二的文化名流。尽管爸爸看上去表现得极有涵养，连连夸姐夫稳重踏实，修养深厚，但我还是从他极度的礼貌和克制的语气中，察觉出了疏离与冷漠。显然，他压根看不上宫和雍。

矛盾的激化是从回家后开始的。果然，甫一进门，爸爸就迫不及待以一种倨傲无礼的口气揶揄姐姐："行啊你，知道你带的这是个什么吗？"

姐姐似乎早料到会有这一幕，但没想到爸爸把宫和雍连"人"也不当。她激动地反问："大我十二岁怎么了？离过婚怎么了？你们厅里的厅长离婚后另娶了妈妈的弟子小王，你不是还祝福他们百年好合吗？"

孰料爸爸根本不在乎这些，他拿出了更为致命的理由："宫和雍前妻所嫁的这位商人，这些年来，为了获批某些重大项目，献媚赔笑送礼溜须拍马，没少在我面前低三下四！"意思到这里大抵就明朗化了——宫和雍被其前妻所抛弃，而其前妻又嫁了一个在爸爸眼中连品都没有的家伙。在惯以居高临下的姿态看待事情的爸爸眼里，这就意味着宫和雍是一个连"连品都没有的家伙"都不如的人。姐姐嫁宫和雍，恐怕他连承受"下嫁"的资格都不配有。

这种简单粗暴的身份转换逻辑，让姐姐感到了前所未有的荒诞，她彻底被激怒了，再次发问驳斥爸爸："你不觉得你这样很滑稽、很浅薄吗？甚至无耻！难道你从小教我的所谓的贵族意识，就是面子意识吗？真是够了！"

如果在此之前，爸爸对宫和雍还只是冷漠的话，那么，当姐姐再次发问完后，他对宫和雍简直就是厌恶了。在过去的二十六年里，姐姐一向以乖巧温和为亲朋所称道,而现在,她变得如此混账,很难说不是受宫和雍影响。于是,那种由来已久的偏执和霸道,此时立刻在爸爸身上发作了,他几乎以一种判决式的口气对姐姐命令道:"胆敢和他再有交往,就把你送国外去!"

姐姐似乎更好地遗传了爸爸这种执拗的基因,她以一种更加强硬的口吻回敬道:"那我就死给你看!"爸爸心脏病当即发作,妈妈则大骂姐姐。七大姑,八大姨,应时而来。姐姐趁乱而遁,从此再也没回过家。

那一年,姐姐与宫和雍几乎在没有任何亲朋好友祝福的境况中,领取了结婚证。他们的结合注定是孤独的,惨淡到没有婚礼,没有酒席。在爸爸的冷漠和无视中,他们的合法婚姻仿佛非法同居。本来,在这个时代,同居已不算什么事儿,但问题在于爸爸——似乎由他身份所带来的那份光芒,让姐姐也跟着刺眼起来,这样便使得她的一举一动在众人看来格外引人注目。很快,"艾副厅长的女儿艾怡和前妻出轨的副教授宫和雍搞在一起了"的谣言,就在师范学院传得沸沸扬扬。

爸爸调任副厅长之前是师范学院副校长,住家属楼。我从小在这里生长,早见识过这些以文化人自居的退休老教授嚼起舌根子来有多么下作——前些年,一位年轻的女音乐老师从后山水塔跳下身亡，警察封锁了整个后山后，他们只凑上去巴望了几眼，便立刻杜撰出死者作为小三上位未遂而自杀的故事来。理由是其中的一位老教授曾远远看见过她在死前跟师范学院某处长发生口角，而他恰好听到了一句"你知道这些年来我活得有多痛苦吗"。那位处长有妻室，倘若不是小三，她为何哭着对处长说此话呢？——这就是退休老教授们的逻辑。事实上，最终警察从其家人、朋友及现场遗书取证表明：这位女老师之所以轻生，实在是无法忍受近十年的重度抑郁症的折磨。这俨然已是这些老家伙的德行——引导劝善我们时，他们是正义的化身；诽谤中伤我们时，他们是流氓的领袖。

或许混官场的人，确实要比普通人想得深刻，当诋毁姐姐艾怡声誉的谣言在师范学院四起时，爸爸意外地保持了一个官员所应具备的那份"淡定"。这次倒下的是妈妈，在退休老教授们的长舌围困之下，急火攻心的她被连夜送进了医院。

妈妈住院后不日，爸爸就接到了赴北京参加培训学习的通知，长达两个月。那正是十月下旬，几场秋雨后，兰州日渐偏寒，虽然离立冬尚有半月，但爸爸的外出、妈妈的生病以及姐姐的离家突然让我初识到了一个青年的人生悲凉。此时，倍觉孤独的我开始变得敏感和神秘，整天拿一个笔记本在上面涂写情绪，试图做无声的表达和倾诉；也正是在这个时候，我结识了师范学院的校园诗人兽夫、屠留和瓜苏。

某一夜酒后，我们摇摇晃晃地登上了学校礼堂的天台，看着偌大的高校群，在被酒精所放大的谵妄里，正式向世界宣誓：我们要做二十一世纪最伟大的诗人。而喊出这个口号时，我并不知道后来的祸根，已经在我的身体内部暗自萌发了青芽。

——2——

爸爸走后，家里的气味迅速变得寡淡起来。

我隔一两天回去一次，每次都发现垃圾桶里堆满了外卖餐盒，油渍流到了地板上，踩一脚就是一个黏糊糊的印记。妈妈已出院在家，看见我，象征性地打个招呼后，通常不是继续睡觉，就是裹着毯子窝在沙发的暗影里安静地吸烟。看得出，有关姐姐的谣言不仅抹杀了她在话剧舞台上的那份光鲜，而且还凛冽地袭击了她的日常生活。

一次夜起，我听到阳台上有人打电话，声音格外悲恸，走过去，是妈妈，她以一种近乎乞求的语气让姐姐回家来住，但没谈拢。挂了电话后，妈妈静立在那里，一动不动，像支孤独的铅笔。我轻轻唤她，她冷不丁回头看我，就在那一瞬，我从她的眼窝中看到了一种深沉涌动的委屈。我突然从她身上体会到了为人妻、为人母的无奈和不易，心底一酸，觉得这个女人夹在爸爸和姐姐之间，活得实在太过可怜。我试图酝酿一点话语来安慰她，但开口时，才发现面对从来没有过心灵交流的妈妈，气氛竟是那么尴尬。可能妈妈也察觉到了，于是在淡淡的微光里，她像一只被幽灵附体的猫，捂着脸轻盈地逃走了。

十二月底，爸爸打电话说元旦回兰州，这几乎是两个月来唯一让妈妈感到高兴的事。在此之前，还有一件事也曾让妈妈短暂开心——姐姐怀孕了。一开始，妈妈无疑是兴奋的，她的眼睛分明布满了银河般磅礴的光泽，这可能源自女性天生的母性。她连说话也变得弹力十足，喋喋不休，仿佛一个市井大妈。这么多年，我很少见她有如此充满烟火气的时刻。但很快，这种情绪就在妈妈脸上黯淡下去了，她意识到了家里真正拿事的人还在北京学习。是啊，多年以来，我们都习惯了爸爸的那套官场做派，家里的事，他永远拥有一票否决权，否则，我也不会高考志愿填了省外，而意外被师范学院所提档。爸爸竭力反对姐姐和宫和雍的婚事，那么，对于一个陡然而来的外孙，他能接受吗？显然，妈妈也明白，在这个强权高于一切的家里，"妈妈"这一称呼，仅仅只是个不具有实质意义的傀儡角色罢了。

元旦前一晚，妈妈让我打电话给姐姐，叫她和宫和雍次日一起去机场迎接爸爸。我不知道这是否可算妈妈再一次发出的和解信号，但我能预感到，不久之后，爸爸和姐姐之间的这场"冷战"，将开启新的局面。

元旦当天，姐姐竟真的去了机场，而她本来约了医生做产检。我想，或许是天然的母性让姐姐艾怡的心开始变得柔软，她想在孩子出生之前，修复与爸爸之间冰冷的父女关系。

爸爸走出机场的那一刻，妈妈捧着一束粉百合花迎了上去，我跟在身后，看着这对年过半百的夫妻在大庭广众之下相拥，竟莫名感动起来。爸爸看见我，亲昵地拍拍我的头。我突然觉得一向冰冷蛮横的爸爸，也有双轻柔之手，眼角一热，哭了。宫和雍则一直站在十米开外的地方，在我们准备离开时，他才走过来说："校长，您回来了。"

在他的惯性思维里，爸爸还是当初师范学院的那个副校长；但爸爸连眼皮都没抬一下，就以一个路人的身份，与妈妈谈笑风生地从他和姐姐面前走过了。

快出大厅时，我忍不住回头去看宫和雍，才发现他涨成猪肝色的脸上还挂着一副讪讪的表情，而姐姐，则站在人群里孤独地哭泣。就在那一瞬，我突然发现我们家里的女人活得多么可怜，只要爸爸在，她们就没有正常意义上的尊严和温暖。

之后，爸爸很快升任厅长；而妈妈也成为新晋"梅花奖"得主，被任命为话剧院副院长；姐姐则剖腹产下一个女孩儿。姐姐坐月子那段时间，妈妈背着爸爸，偷偷去照顾姐姐。我也去过几次，每次都看见她将外孙女小心翼翼抱在怀里，一副开心、欢欣的模样。唯有在此时，我才被家的味道所感染。这么多年里，爸爸不是在单位加班，就是在外地出差；而妈妈，不是在排练厅练功，就是在舞台上演出。他们在我的意识里，一个是日理万机的官员，一个是光鲜靓丽的演员，从来都是不食人间烟火之人。或许是外孙女的可爱让妈妈暂时卸下了演员的做派，全身心投入了一种真实而非虚拟的人生喜乐里，那段日子，她每天没事就忍不住往姐姐家跑。爸爸虽然一如既往地老不着家，但妈妈这种非常明显的离奇行为，还是让偶尔回家的他有所怀疑。

秘密终于在爸爸的跟踪里败露了。

他以我们合伙欺骗他为由，大发雷霆，当即跑到阳台上打电话给姐姐，不仅骂她不要脸，而且还宣布和她断绝父女关系。于是在当晚，"艾厅长和女儿艾怡断绝父女关系"的消息，经过退休老教授们口口相传，便又在师范学院炒得猫狗皆知。

"断绝父女关系"，虽然在法律上并不成立，但由它衍生且被退休老教授们放大的负面影响，深深笼罩在我的心头。我怎么也不能够理解爸爸为何就容不下一个文质彬彬的宫和雍。

爸爸升任厅长后，就不让妈妈再登台演出。他说："一个厅长夫人，哪能随便给人演戏！"

妈妈气得掉眼泪，但又无可奈何，做行政她又不擅长，话剧院也没人敢给她安排活计，于是她就经常赋闲在家。尽管我不经常回家，但每次回去，都发现她呆坐在阳台上，颜色衰败，神情黯淡。有几次，我试探着要跟她说点什么，可每次靠近时，她都未卜先知似的努力挤出一个微笑给我，然后就以各种借口走开了。

多么可怜的女人，她仿佛被豢养起来。

终于有一天，我再也忍不住，趁爸爸酒醉归家时，故意以一种冒犯的口吻质问他："为什么要逼得姐姐有娘家不能回，害得妈妈有理想不能追求？"

他先是一愣，接着二话不说就扇了我一个耳光。

打我,这正好证明他心虚,我受够了,抹掉嘴角的血丝,推开门,也像姐姐那样,逃走了。

我日夜借酒消愁。早上喝,中午喝,下午喝,晚上喝,凌晨也喝。被酒精放大的热情在脑子里肆意膨胀,让我误以为这就是灵感降临,在几个月的时间里,我斗志昂扬地将几个笔记本写得满满的,完成了由一个酒鬼到"诗人"的华丽转变。有了"作品"后,我便跟着兽夫、屠留和瓜苏,抱团打入大学城的诗坛内部,通过公开朗诵、比赛、行为艺术等方式,博人眼球,并顺利掌权了兰州高校的诗坛。

此时,我发现成为一个诗人真是件不错的事。似乎某些不能被世俗所接受的事情,只要有了诗人身份,就会拥有特权——譬如同时拥有多个女友。那段时间,我同时交往着的女友至少有四个。一个在音乐学院学习萨克斯;一个混校学生会;还有一个是地理系系花;剩下的那一个,则在本地杂技团上班,是一名获奖无数的杂技演员,比我年长一岁。吹萨克斯的女友皮肤吹弹可破,自从我们酒后开过一次房后,她就每日缠着要给我演奏;混学生会的善于交际,凡是带她出去参加饭局,一圈酒喝下来,她连人家穿几码的鞋都能搞清楚;系花是我和别人打赌看谁先追到,结果还不出一周,她就答应做我女友,从此以后,噩梦就来了,每到晚上,她都拉着我看恐怖电影;杂技演员和我相识于一场"高雅艺术进校园"的演出活动,台下加了微信,没想到轻易搞成了,每次约会,她都会突然将自己某个肢体深度错位,吓得我好几次夺门而逃。

一开始,我特别担心她们互相撞到了会生出巨大的麻烦;但在某天真的撞到了时,却什么事也没发生,她们甚至连对方的身份都没有问及,这真是令我感到匪夷所思。带着疑惑和讨教的心理,我将这事情说给兽夫、屠留和瓜苏听,他们竟然举着酒瓶没当一回事地跟我讲:"这有什么?诗人没几个女人,靠西北风写诗?"

我当然还清醒,并不完全相信这鬼话。然而,当我就这个问题分别跟四个女友讨论时,她们给出的答案竟都如出一辙:"诗人不都如此吗?"

这是个多么恐怖又荒诞的时代。受害者个个都活得心里坦荡,为情所累的反倒是施恶者。这太不符合我对世界的认识,再联想到爸爸的职位,她们瞬间让我感到了可怖,感到了荒诞背后隐藏的阴谋。于是,我开始刻意疏远她们;但这并不奏效,我不找她们,但阻止不了她们找我。而且,她们还给出了相同的理由:不为名、不为利、不为权、不为钱,只为你。

我明知这是他妈的鬼话,但还是忍不住彻底沦陷。

甚至有那么几次，我同时带她们去参加和兽夫、屠留及瓜苏等一帮人的聚会，她们之间不但没生出什么意外，反而互称姐妹，推杯换盏，一派其乐融融。面对此景，大家都调侃我堪为诗坛楷模。我呢，则在酒精的作用下早就虚荣心爆棚，左拥右抱，完全忘记了自己的处境。然而，当我整日沉沦于这些的时候，并不知道上帝其实已对我注视良久。

大一这个学期快结束的时候，纪委突然对爸爸进行了约谈，之后，他就被停职在家了。就像我之前日夜沉沦的那样，他日夜孤独地坐在书房里吸烟，整个人都被熏得黑魆魆的。

妈妈告诉我这些的时候，我正在酒后带着系花去开房的路上。后来，她还想再说点什么，但几次张口，都欲言又止，我也不便问。在我的意识中，爸爸是一个有通天本事的人，因此，我并不觉得停职反省对爸爸来说是什么大不了的事，于是转身又继续沉溺于酒色。

兽夫、屠留和瓜苏已经跟校外一些著名的诗人接上了轨，每次去参加各种饭局，他们总少不得带一摞一摞的诗集回来，上面无一例外地签上了"兽夫兄雅正""屠留兄惠存"和"瓜苏兄一哂"等。我跟着去了几次，也得了一堆。那些诗人在知道爸爸是艾厅长后,都轮番给我敬酒,甚至还拿出自己的诗歌让我"指点指点"。其实我又何尝不知他们这种自轻自贱的行为意味着什么,但那种被赞美发酵成的虚荣,对我这样一个初出茅庐的小辈来讲,实在难以抵御。

难以抵御的还有那四个女友。吹萨克斯的姑娘在我的故意疏离中愈加黏我了,她又学会了吹圆号和黑管,每次来找我,我都感觉像是置身于一场小型的器乐演奏会;混学生会的去了一趟宝岛台湾学习交流后,口才越发利索,隔三岔五跟我聊所见所闻,一聊就是好几个小时,只要她说话,我就绝没有插话的可能性;系花则稍有改观,从恐怖片换口味到了悬疑片,尤其喜欢那种特别烧脑的,每次看完,我总感觉脑子已经拧巴成了麻花,而她,竟还试图跟我讨论片中疑点;杂技演员在我的劝导下,已不做出各种吓我一跳的动作,但好为人师地教我练起了杂技基本功,非得逼我学下腰和一字马。四个姑娘姿色和身材不错,这令我心神荡漾,又无法自拔。

而当我如此堕落无度的时候,并不知道上帝之手其实已触摸到了我。很久以后,我想,当初爸爸被停职反省时,我如果能对此有所警惕,对自己的行为有所收敛,往后的事情是不是会沿着另外的方向发展呢?然而没有,当时的我的确是沉陷在巨大的欲望旋涡里,对身边的危险，无一丝察觉。于是，上帝甚至都没有发出任何针对我个人的信号，就直接将我推进了黑暗里。

盛夏的一个天色微明的早上，我在酒店意外地接到爸爸的电话。他从来不会主动给我打电话，这令我感到非常奇怪。先是一阵沉默，在那沉默中，我能清晰地听到他沉郁的呼吸，这种呼吸和他之前被停职反省后，妈妈打电话给我时的很像，似乎也有什么难言之隐。这根本不是他以往的行事方式。我感到了担忧，小心翼翼地问："怎么了？"

但他什么话也没说。我俩都在沉默中听彼此的呼吸，毕竟他之前扇了我耳光，我还做不到主动和解。过了半分钟，电话那头，爸爸突然以一种近乎乞求的语调说："你能再叫我一声爸爸吗？"

重重的担忧笼罩了我，甚至还有些许恐惧，我听到了自己颤抖的声音："爸，怎么了？"

接着，他深深叹了口气，那口气中饱含一个男人的秘密和隐忍。我一直在等待，可是，等了良久才有他的声音传来："你好自为之吧。"

我还想再问时，电话就被挂断了。我预感到爸爸可能遭遇了什么巨大的麻烦，而他这种行为，像是在做什么重大决定，我得问清楚，但打过去再问，那边已是关机状态。

吹萨克斯的姑娘在我臂弯里刚睡醒,任性地翻骑在我身上,一对硕大的乳房顺势堵上了我的嘴,这是最让我销魂的姿势。我刚要迎合她,电话又响了,是妈妈。我接起来,她在哭。吹萨克斯的姑娘不满有人打扰我们的乐趣,硕大的乳房又移过来堵住了我的嘴,我还没来得及问什么,电话里就传出了妈妈绝望的声音:"快回家来,你爸跳楼了……"

尽管我曾是那么讨厌爸爸,但从未将自杀与他联系在一起,这个讯息,像一阵电流,刹那间令我全身觳觫。接着,就在这觳觫中,如窒息一般的眩晕又凛冽地袭击了我。之后,在浑身的瘫软中,我的眼前完全黑下去了。我知道,制造这种黑暗的是一双36E的豪乳,它们沉重地压着我的双眼,让我失去了视觉。

黑暗中,我感到了自己身体的战栗。

这世上从未有过的战栗。

——3——

爸爸的追悼会上,除了妈妈、姐姐艾怡和宫和雍以及几个亲戚,我几乎再没见到别人,尤其是爸爸生前围着他转的那一帮部下。

人走茶凉，况且我明白，谁也不愿意和一个坐实了"收受巨额贿赂及与他人通奸"之名的死人有交集。妈妈着一袭黑色长裙，形销骨立；姐姐搀着妈妈，看不出有任何表情；宫和雍忙前忙后，时而招呼客人入座，时而指挥大家摆设，仿佛他才是爸爸真正的儿子。

哀乐在耳边循环，和爸爸有关的往事也在脑海循环。我知道爸爸早上才死去，尸骨还未寒，追忆其"往事"，简直是亵渎，甚至是一种意念上的"弑父"——将死去的爸爸再一次置于死亡。

"我是有多恨他吗？"我问自己。

一个声音立刻跳出我的肺部，它说："是的，你恨他，特别恨，简直不能更恨。"

追寻着这个声音，记忆被卷入了此前熟悉又不可逆的时空，在那里，我看到了儿子的懦弱和爸爸的残忍。五岁那年，喜欢小提琴的儿子，被爸爸强送进少儿英语班，每周日晚，要求必须背会一篇英语课文，否则不许吃晚饭。儿子哭闹，妈妈求情，无济于事，经常被饿晕后，儿子不得不流着眼泪，吐出一个个饱含屈辱的字母。九岁，儿子带着同桌送的一只小鸡回家，被爸爸勒令不准再和那个"鸡贩子的崽子"来往，并将扭断了脖子的小鸡，扔在儿子面前以作警示。此后数年，儿子总被同一个噩梦惊醒——"咔嚓"一声，他感觉自己的脖子被人扭断了。十三岁，儿子期中考试被数学老师批错题，多扣去十分，名次居后。家长会上，爸爸当着所有家长的面，骂数学老师"眼瞎"并告诉校长，说数学老师"草菅人命"，数学老师被开除后不堪重压开煤气自杀，年仅二十三岁。儿子关起门来哭，被爸爸发现，痛骂"丢老子的脸"。十五岁，爸爸发现儿子早恋，警告无效后，派秘书调查女孩家底，并向工商部门举报其爸妈的花店手续不全，罚钱关门。女孩父母转开饭馆，男孩爸爸雇流氓，故意往饭菜里掺玻璃滋事；开宠物店，几十只猫狗兔皆被下毒。一夜之间，女孩一家连根消失。很久以后，儿子收到一封信，里面说"当时我们一家受到生命威胁，在那里已无立足之地"，笔迹很熟悉，女孩写的。十八岁，儿子高考志愿报了外省院校的地理系，却意外收到爸爸所在学校经济系的录取通知书，儿子知道志愿系爸爸篡改，去质问为什么要剥夺他的权利，爸爸也眼丢给他一句话："父为子纲，你哪来的权利？"

这个当年如恶魔的人，死了，现在尸体就躺在我的眼前。这意味着副校长、副厅长以及厅长等一批官职所赋予的各项权力，也随着他的死亡而瓦解坍圮。曾经那么不可一世的混蛋，原来死了也和普通人没什么区别，甚至，连普通人还不如。告别仪式从早上持续到了晚上，由于气温原因，尸体必须在第二天清晨之前被装进殡仪馆的冷冻柜。

身为这具尸体唯一的"香火"，我得充当孝子的角色，为他守灵。曾经直立行走于世界的爸爸，现在死了，尸体就躺在我身旁，与这世界平行。按伦理纲常，我必须跪倒在地，以示对死者的尊敬；但我不愿，因为爸爸不配。灵堂里烛光幽深，我与一具尸体相对，就是我与整个世界相对。在这样一个特殊的夜晚，我想和世界谈谈。我与这世界谈谈，就是与这具尸体谈谈。爸爸是唯一听众，我明白他听不到，但我自认为所说的每一句对他来讲都振聋发聩。

首先，我要谈的是作为爸爸这个话题。毫无疑问，他是不配做爸爸的。他有什么资格呢？作为计划生育政策的被执行人，他的孩子本该只有姐姐艾怡，但为了子嗣传承，他又创造了我。当然，我清楚地明白，他的本意并非创造我，而是任意一个男丁，只要是个男丁。而我，恰好是这个男丁。我是带着任务来到这世界的，任务是传宗接代，是光宗耀祖，是出人头地，当然也包括以孝子的身份，为他守灵。此刻，我就在他的尸体旁边，但我不愿意。

其次，我要谈的是作为官员这个话题。毋庸置疑，爸爸更是不配的。从他的遗体告别仪式就可以看出，生前门庭若市,死后门可罗雀。他有什么值得人称赞的政绩吗?至少我没听说。但"收受巨额贿赂"这一罪名,他是坐实了的。不管生前是校长也好,还是厅长也好,多么威风过,多么气派过,但无法更改的事实是:他作为一个罪人死去了。他的罪名将如同他的名字一样,被钉上历史的十字架。

最后,我要谈的是作为丈夫这个话题。显而易见,这该由妈妈来谈;但铁证如山,他"与他人通奸",世人皆知。作为省内数一数二的文化名流,妈妈一直以爸爸为追随对象,视他为人生依靠,甘愿放弃所爱伴他左右,可他竟然辜负这个可怜的女人,令其蒙羞。且不说他的专制摧毁了妈妈的理想,单"通奸"这条,他就应该被道德审判,定下不可撤销的罪名。

既然作为爸爸、官员、丈夫,他都是不合格的,我为什么还要为他守灵?仅仅因为我的身份是"孝子"?我无法控制地厌恶起这个角色来。我想,当初爸爸宣布断绝关系的为什么是姐姐,而不是我呢?不,应该是"而没有我"呢?这个无耻的混蛋,他生前残忍,死后就应孤独,否则怎么对得起所犯下的罪行?我冷冷地望向爸爸的遗体,目光仿佛一道判令。好人上天堂,坏人下地狱。这个人死了,无论是从世界上,还是从我心里,他都已经死了,而且必须入地狱。我在心里对爸爸进行了审判，我判他入狱，入地狱。

下半夜的时候，我正犯迷糊，宫和雍过来告诉我："一个女婿半个儿，下半夜由我守着，你去休息。"这话正中我下怀。

妈妈也没睡，在堂前坐着，如一根蔫了的秋瓜。见我出来，她直勾勾地瞪着我。我被看得发毛，脚步试探性地往前迈，妈妈问我："你出来干什么？"语气冷硬，带着苛责，甚至是呵斥。

她从来没这样过，我有点无所适从，忙搪塞道："姐夫守着呢。"

妈妈"唰"一下起身说道："他是他，你是你。"

"我不愿意！"我回答。

妈妈跨过来，目光如炬："你为什么不愿意？为什么？"

"你是揣着明白装糊涂吗？为一个贪官和奸夫……"

"啪"，突如其来地，一个耳光将我的下半句话死死堵在了喉咙。妈妈用力至极，我扭过被打偏的脸，惊诧地发现，她枯萎的眼窝里噙满了水雾，嘴闭得紧紧的，努力不让水雾变成眼泪。

这个可怜的女人第一次打我。我无动于衷，冷笑着看着她。

终于，妈妈哭了，眼泪汹涌澎湃，仿佛一面镜子，立刻将我的理直气壮反射成了惊慌失措。就在这惊慌失措中，我忽然意识到了我对妈妈的不敬，岂止是不敬，这简直是赤裸裸的侮辱——我在用"一个贪官和奸夫"这句话高声宣布她的失败：你看，你的男人不仅是个贪官，而且还是个奸夫，作为他的女人，于你，就是耻辱。

妈妈还在哭。我愣了一会儿，心虚地逃进灵堂里去了。

宫和雍规规矩矩跪着，这让我感到不可思议。他和姐姐的婚姻并不被爸爸祝福，甚至遭到极力反对。"一个女婿半个儿"，他都没被爸爸承认过身份，哪有硬给人当儿子的？他似乎看出了我的心思，解释道："死者为大。"我又不觉冷笑，这都他妈的什么狗屁逻辑？生前恶事做尽，凭什么一死，就可以被赦免？多少人将死亡当作一道赦令，还要被世人尊大？

天快亮时，宫和雍起来打扫灵堂，顺便问我："爸爸临走之前给你交代过什么吗？"

我想起了那段吞吞吐吐的通话，他貌似想要向我交代什么，但最终只说了一句"你好自为之吧"。

"怎么了？"我问宫和雍。

"你姐艾怡也接到过电话，爸爸对她说了句'对不起',还说'还有一些具体的事情你妈妈会作交代'"。我转头望向堂前的妈妈,她一副生无可恋的样子。我叹了口气,再没和宫和雍说什么。

爸爸的尸体是第二天清晨被装进冷冻柜的,殡仪馆的工作人员都戴着厚口罩,我也闻到了,腐臭的味道已经在灵堂里四下游窜。人人都捂鼻掩口。这多么贴切地诠释了"遗臭万年":"遗臭"首先从生理学意义上出发,剩下的"万年",就是背负历史意义上的骂名了。

第三天,爸爸的尸体被推进了焚尸炉。据说,火化场经常把死者的尸体搞混淆,随便塞一个进去,罢了扒拉点粉末给家属,就说是死者的骨灰。鉴于此,我和宫和雍紧紧盯着,待到尸体拉出来,揭去白色面罩检验时,我们发现爸爸的面部以及颈部多处开裂,真是触目惊心,惨不忍睹。

半个小时后,工作人员将一个锦袋交给妈妈,妈妈疑惑地问:"那么大个人进去,怎么才这么点儿?"

宫和雍说:"火化场有规定,家属只能拿走一小部分骨灰。"

妈妈开始抽泣,我没管。

那时,我尚不知道妈妈已经对这个世界产生了绝望,后来我想,如果妈妈抽泣时我能正视她的悲伤,给予她一点儿子应给予的温暖，或者承认自己的错误，或许事情尚有可挽回的余地。

但——

爸爸的骨灰本来是当天下午就该下葬的，但被妈妈放在了自己的卧室。她对我们说："等我死后，一起下葬。"而她说这些的时候，我并没有觉得有什么不妥，很多人家不都是这样做的吗？百年好合，也算是践行了对婚姻的允诺。但妈妈不是，我们太大意了，都低估了她对爸爸的爱意。

爸爸"五七"过后，妈妈喊我们回家吃饭，她看上去状态很好，穿了平时最喜欢的衣服，化了妆，还亲手做了满满一桌饭菜。妈妈对姐姐说："弟弟还小，你和宫和雍要多照看他，不要任他由着性子胡来，你要发誓。"

姐姐发誓后，妈妈对宫和雍说："艾怡母女俩，你要多担待。"宫和雍答应了。

妈妈又对我说："不要恨你爸，他那么做，都是出于爱。要听姐姐和姐夫的话，有事多找他们商量。"

我感觉到妈妈似乎在交代后事，这让我再一次感到了战栗。我问妈妈为什么要说这些，她说："没什么，明天我去上班，剧院里一摊子事，以后就没时间照顾你们了。"

我松了口气，心想，或许真是我多想了。吃完饭，妈妈找姐姐聊天，我和宫和雍神聊几句，逗留了一会儿，看外面一片漆黑，就先回学校了。

刚回到公寓门口，宫和雍就打电话过来。他平静地告诉我："妈妈走了。"

我问："走了，是什么意思？"

他说："也跳楼了。"

我停在原地默默计算。从家到寝室，按最近的路线，我要走过马列大道、学府路、杏坛路，拐弯，穿过美院竹林和十三号公寓，它们的直线距离是六百多米。而现在，这六百多米的距离，就是我生、妈妈死的距离。这是一条不能回头的路。我没有立刻回家，而是异常安静地站在公寓的台阶上向着家属院的方向看去，那里一片漆黑，黑得凝滞。

妈妈，一个著名的话剧演员，在这个黑得凝滞的夜晚，也跳楼死去了。

---4---

此后，姐姐艾怡很长一段时间都没有缓过来。作为妈妈跳楼的目击者，她一度几近崩溃，要不是宫和雍日夜照料，我真担心她挺不过那个夏天。这不只是

父母双双跳楼自杀造成的悲痛，还有来自四面八方的流言。

退休老教授们自然又是最热衷和积极的。流传在他们口中的版本有"儿女争遗产致寡母跳楼"说，有"小三上门逼寡妇跳楼"说，有"不堪纪委调查压力畏罪跳楼"说。不仅如此，各种报纸也对妈妈自杀做出诸如《当代名伶自杀之谜》《被贪官豢养的戏子》《女艺人自杀背后的官场真相》等起了各种猎奇式标题的报道。

妈妈自杀，仿佛触摸到了社会舆论的敏感点，这种病态的高潮狂欢很容易波及我，只要出现在公共视野中，就有人对我指指戳戳。

——"那个贪官的儿子。"

——"那个通奸犯的儿子。"

——"那个戏子的儿子。"

各种贬义的词语就是对我身份的限定。人言杀人，我深深感到了人性的阴暗。此后，我几乎没在白天出过门。当夜晚降临时，我才开始收拾行装，戴起帽子，躲着行人，徒步穿越师范学院，一头扎进蓝色妖姬里。

好在兽夫、屠留、瓜苏以及那四个女友并没有抛弃我。我们纵情高歌，我们无耻下流。当我们谈论诗歌时，我们谈论的是诗人的隐私；当我们谈论爱情时，我们谈论的是床事的技巧。这种令人倍感空虚的生活让我跌进了一个巨大的磁场，爸妈的离世、社会的舆论，正与我相去甚远。我无意与之背道而驰，但酒精及情色的吸引力，足以抵抗一切环绕在我身边的负面情绪。

兽夫、屠留和瓜苏已经在兰州诗人的帮助下，荣登《诗刊》，一路凯歌高唱地被吸纳为省作协会员。俨然，他们已是盘踞于高校的一方诸侯，大权在握，牢牢把控着兰州高校诗坛。不久，他们在某文化机构的赞助下，独立出版了个人诗集，每人一本，书名分别为《禽兽》《屠刀》《苏醒》。他们也劝我赶紧出一本，说成名要趁早。我被说得心里酥痒，但又拿不定主意，去找宫和雍商量，结果他说："这是胡闹。"

我跟他掰扯，说："现在的诗坛乌烟瘴气，被少数当权派把控，诗歌毫无艺术感，刊物上全是赤裸裸的人情稿和关系稿。"他似乎也比较认同我的看法，有意和我深入探讨。

我看如此，就兴奋地搬出了曾在醉酒之夜登上师范学院礼堂向世界宣布的誓词：要做二十一世纪最伟大的诗人。结果不言自喻，宫和雍当即说我："不知天高地厚，痴心妄想。"到激动处，他甚至让我"哪凉快哪待着去"！

于是，我仓皇而逃。

——看来，宫和雍绝不是那个能把我捧上诗坛的导师，这个学究派，可真是老古董。我想，他至今尚没有一本属于自己的专著，怎么会容得下初出茅庐的我出版个人诗集呢？就算我说"要做二十一世纪最伟大的诗人"，也没有挡着他的学术之路啊。他要不是思想顽固，就是心胸狭隘。在这种想法的指引下，我便发誓要整出点大动静给宫和雍看看。我决定找一个安静的地方放逐自己，进行诗歌创作。要么去敦煌沙漠，要么去甘南草原，二者在我心里都是圣地。

唯有将自己放逐，才能洗净心灵，写出传世诗篇。于此，我想到的是唐代的高适、宋朝的范仲淹、明代的李开先、清朝的吴兆骞，他们，一个个身处边疆，却都志比天高。我想要的，正是像他们这样的丈夫胸怀，只有把自己放逐荒原，才像是将自己放在了亘古诗源处。

我不动声色地与兽夫、屠留、瓜苏夜夜买醉，但一有空闲就着手对敦煌和甘南的各种状况进行查询和对比。我向往突然消失的离开，不挥手，也不带走云彩，就只是一个人出走了。敦煌和甘南，一北一南，一边是戈壁沙漠，一边是雪山草原，都远离喧嚣城市，接近幽静神明。该选择哪一个呢？我不知道。

直到在一个销魂的夜里，我梦见自己独自行走在广袤的沙海中，头顶开满了光芒万丈的白莲。我想，这该是居住在沙漠的菩萨对我心底的叩问，发出了指引的神谕。醒来后，天上挂着一轮莲花般的明月，它的白光，普照世间。这就是诏示。轻轻地推开沉睡的紫花搂在我脖子上的玉臂，仿佛是即刻就要践行"消失"，我抛下一切可以联系到我的设备，背上包，像一个朝圣的信徒，迫不及待地跳上了去往敦煌的夜车。

火车甫一驶出兰州，就直接从城市进入了秃山。这是我始料未及的，仿佛这座城市就建在星球边缘一样，窗外是黑，绵延无尽的黑。时间走了好久，可窗外的风景似乎凝固不动。偶尔穿过几个隧道，拐出几道大弯，总有星星点点的村庄像被抛弃的孩子，孤独地卧在秃山脚下，灯火依稀。同样的布局，同样的萧索，夜风擦着车窗呼啸而过，我枕在铁轨之上，仿佛能听到这些村庄的哀鸣。

火车从甘肃拐向了青海，到西宁后，经过门源，它还会再折进来。列车员说："我们绕过了乌鞘岭，将从张掖进入河西走廊。"

乌鞘岭是半干旱区向干旱区过渡的分界线，也是东亚季风到达的最西端，那里有藏语中最高的须弥山——马牙雪山。我不知道绕过一个头顶三尺见神明的地方,去往另一个头顶三尺见神明的地方算不算舍近求远,但我想,既然在梦中召唤我的菩萨来自沙漠,就算绕过尼泊尔,我也没意见。

我睡了一会儿,醒来时吃了一惊。车子还在行驶,窗外却还是秃山,山顶上泛白的光芒让我误以为到了菩萨所在的圣地,但身边立刻有人告诉我:"我们已经到了酒泉,那是祁连雪山。"

末了,他还不无幽默地说:"小伙子,睡觉地动山摇呀。"

我知道,他指的是我睡觉打鼾,四个女友对此早有抱怨,而只有我自己明白,父母自杀后,我已经很久没有睡过一个囫囵觉了。近十个小时的深度睡眠,远远不足以弥补我那些失眠的晚上。对,在无数个不成眠的夜晚面前,十个小时,可不就是一会儿吗!

铁路边再次冒出了萧索的村庄,火车进入了敦煌境内。不久,视野里终于出现了高耸的烟囱和陈旧的厂房,但远方就是戈壁滩。低矮的楼房在地界开阔的区域矗立,它们严阵以待,像排列在沙场的兵将,整齐、一丝不苟,姿态真是肃穆极了。火车缓慢地前进,仿佛一只大鸟在空中滑行,隔着窗户,我好像真的可以感觉到迎面有细沙吹来。到站还有一段距离,但旅客们背着包,拎着箱子,都争前恐后地拥向了车门处。

火车走了将近一千公里,最初的迫不及待丝毫没有消减。即使在跟着水流般的人群下车后拥到大街上,看见到处都人满为患时,我依然觉得这里远离喧嚣,接近神明。

我并未在市区逗留。我雇了一辆出租车,直接将我带到了沙漠腹地的一家客栈。客栈挨着鸣沙山和月牙泉,我来寻找的,就是这样一方山水世界,尽管它经过了长时间的开发建设,早已失去了传说中原始的神秘。白天,沙漠里的高温足以炙烤熟一枚鸡蛋,但仍有大批的旅客接踵而至,这当然不是一个理想的创作环境。在休息了一整个白天后,我在云霞攒集的傍晚出门。此时,游客归去,热浪遁走,沙漠以自己固有的面貌,安静地呈现在孤寂的旷野中。我徒步在大漠里穿梭,晚霞、驼铃、钟声、寺庙、沙丘、山岚,每一处,都像是与我进行着生命的对话,与我讨论着诗歌的本源。

我行走在晚风中,行走在一方没有烦恼的天地。我想,在那个盛大茂盛的朝代,此地商旅往来,贸易不绝,由此也诞生出了传世的瑰丽艺术,它之所以能保存,完全依赖菩萨的庇佑。那么,梦中的白莲召唤我来这里,难道也是要指引我写出传世的诗篇吗?

这样想着,我的心里便有了一种"不破楼兰终不还"的执念。我一直朝着大漠深处而去，天色暗下来，但它并不是如兰州的那般灰黑，真是盛大而又繁茂的蓝啊，就像是大海倒挂在了天上，每一颗明亮的星星，都是一只会发光的鱼儿。我躺在沙漠上，静静地看着宇宙旋转，此时，一切的烦恼和喧嚣，都在这颗与大地平行的心脏里得到了净化。

在敦煌的每一个夜晚，我都独自出门，在沙漠里漫无目的地行走。已经过去十天了，但诗歌一个字也没有写出来，我并不着急，我知道，在不久的将来，灵感会像梦中的白莲一样，与我不期而遇。而我所能做的，就是虔诚地在沙漠里将自己放逐。生活在敦煌，我第一次体验到了生而为人的洁净，回头想想，以前在兰州，我活得有多么肮脏。

一个夜晚，我在沙漠残存的余温里睡着了。醒来后，我再一次看到了那轮白色的月亮，她静谧，灵秀，自由，恩泽四海。她来了，我知道，灵感之神降临了，我一直看着她，流下了干净的眼泪。我看着她，就像已经看到了命运之神的垂青。深夜时分，寒意侵身，我像是她的孩子，对着这轮白月亮三跪九叩，然后一路小跑回了客栈。

那个不眠的夜晚，一组十五首的《敦煌》一气呵成。天亮的时候，我捧着它们，一遍一遍地诵读，一度激动得泪流满面,无法遏制。"这是菩萨的杰作啊!"推开窗户,向着沙漠腹地双手作揖后,带着一种重归世俗的心境,我又回到了小别半月的兰州。

刚回到学校,我就迫不及待地打开手机、微信和QQ以及其他社交媒体,我能想象到,在这消失的半个月里,那些找不到我的人该有多么疯狂。姐姐、宫和雍、兽夫、屠留、瓜苏以及四个女友,甚至可能还会惊动警方。"艾副厅长的儿子离奇失踪十五天",这个劲爆的消息,足以让师范学院退休的老教授们为之集体癫狂。

我期望看到他们这样的混乱。

但没有。事实上,没有,并没有任何人联系过我,甚至连一丝痕迹都没有。这样的结果让我陷入了巨大的失望和对世界的质疑中,怎么可能?这简直荒诞透顶,难道我已经到了被世人遗忘的境地?

不,这绝不可能。

带着羞愤和郁闷,我又去了蓝色妖姬。蓝色,忧郁;妖姬,漂亮女人。蓝色妖姬,忧郁的漂亮女人。在敦煌的洁净瞬间全无,我正好需要漂亮的女人来抚慰我的忧郁。蓝色妖姬里面正在进行着一场夜晚派对,音乐暧昧,灯光迷离,舞池旋转。只一眼,我就捕捉到兽夫、屠留和瓜苏以及我的四个女友。

他们在一起。搂抱、缠绕、蠕动、抚摸,像一窝蚂蟥,多么恶心的画面。

我尴尬至极,却又欲哭无泪,兄弟和女人,哪个也他妈靠不住。

都是一帮叛徒。

站在远处的我,手足无措。耻辱啊,真是赤裸裸的耻辱啊,我真想冲上去砍了他们,但又实在恐惧于对法律的僭越。

我还不能死。我发过誓,要做二十一世纪最伟大的诗人。

有女人走过来。在羞愤中,我一把拉住她,不容置疑地说:"我们打一炮。"

她惊讶地看着我说:"有病啊!"

我没有放开她,继续说:"我给你钱。"

她瞪我:"神经病啊!"

我攥住她的手腕说:"给你五百块,我们打一炮。"

她挣扎着,但并不能摆脱我,她说:"你走开。"

我的语气很坚决:"给你八百块。"

她掰着我的指头嚷嚷:"放开,你弄疼我了。"

我说:"一千块,我们打一炮。"

她不再挣扎,疑惑地看着我说:"想嫖?"

我放开她,道:"不是。"

她揉着手腕底气不足地说:"我可不是小姐。"

我拿出一千块塞进她胸口,说:"我们打一炮。"她低头看了看钱,没有说话。

我们来到卫生间,反锁了门。体内一股强大的力量牵扯着我对她进行猛烈撞击,像是在扮演一个刽子手,根本停不下来。她开始骂我:"你这个王八蛋,你给我停下。"

我死劲儿摁住她的脖子说:"你他妈闭嘴,老子给钱了。"

她急了,嘴里什么话都出来了:"你这个人渣,我他妈不是婊子。"

我使劲摁住她,一字一字地说:"我说是,你就是。"

她反抗:"你姐才是婊子。"

或许,她只是着急随口一说,但敏感的我一把扯住她的头发问道:"你怎么知道我有姐姐?"

她冷笑道:"整个师范学院谁不知道你有姐姐?"

我当下一惊,像是有什么秘密被她发现了,以一种审讯的口气继续问她:"那你也知道我是谁了?"

在扭曲的表情中,她冷笑着,仿佛是胜利者,从牙缝里狠狠挤出了三个字:"艾公子!"

突如其来的身份指认像子弹,准确无误地射中了我的心脏。我一下子就软了,双手也耷拉了下来。

她趁机用高跟鞋踩我的脚，我还没来得及做出相应的保护措施，裆部就被踢中了。真疼啊，倒下去的瞬间，我看见她从胸口掏出那一沓钱，在手心拍了拍，就像在完成一种大仇得报后的仪式，将它们狠狠砸在了我脸上。同时下来的，还有她扯着嗓子酝酿了良久的一团浓痰。我的身体僵硬着，无法动弹。我试图挣扎，但她的鞋跟立刻就又踩住了我的裆部，我屈辱地，像失败了的困兽，嗷嗷叫唤着，流泪。

就在那些钱窸窸窣窣滑进便槽里的同时，我在自己的哭声里，清晰地听到她说："恶心！"

——5——

此后很长一段时间，我都没再踏入过蓝色妖姬。

春光逝去。漂亮的女人们自信地展示自己的身体，她们裙裾飞扬，眼眉流光。兰州一年一度地开始躁动起来，我却沦落为一个路人。我的创作欲望接近枯竭，从敦煌回来后，我再也没有写出过一首诗歌。我的身体也没有一丝想法，有时，我试图带着其他姑娘去厮混，但我不行了。我成了姑娘们的笑柄。接下来的每个夜晚，我都处于惶恐与惊吓的状态之中，盗汗、心悸、痉挛、精神萎靡、噩梦不断，我成了一个不折不扣的病人。

我失去了往日的自信与风流。我拉紧帘子,躲在寝室的黑暗里,除了翻来覆去地睡觉,唯一能做的事情,就是流泪。精神的煎熬和肉体的自卑,让我产生了强烈的厌世感,我见不得一点光亮,听不得一点声音,寝室里的同学,人人对我避而远之。只有在夜晚,当大家都睡着以后,我才会拉开帘子,站在阳台上沉思。其实也不能叫沉思,因为我只是站着,脑子里还是空白一片。我学会了抽烟,开始很少,后来,瘾越来越大。猩红的烟头在寝室的夜晚一直闪烁,每晚都有一包烟卷,在我的肺里被燃烧成云雾,它们是黑夜的颜色。我像一个幽灵,尽量不弄出任何声音,散去烟雾,扫净烟尘,我又摸黑爬进了帘子里。

把《敦煌》寄出去后,我尽量活得简约、单纯,像只乌龟,一有风吹草动,便紧紧把自己裹起来,躲进小楼,不管春秋。而当我这么做的时候,整个世界都与我并行地安静下来了。这种安静仿佛来自另一个世界,与我置身的师范学院、蓝色妖姬、高校诗坛格格不入,宛如从未开化的亘古年代。

就在这种与众人隔绝的缝隙里,有一天我收到了《诗刊》编辑的用稿通知,虽然没能全发,但这也足够令我疯狂。一个在省级刊物上都没发表过诗歌的我,竟然可以在《诗刊》上发表诗歌，并且还是自投稿。摊上这样的好事，简直犹如走路捡金砖。

眼前的沉郁一扫而光。我唱着歌儿去喝酒，整扎的啤酒，我一个人喝。我只有一个人。我不知道喝了多少，但没醉。人生得意须尽欢，但也得找人分享才更见喜乐。我能想到的第一个人便是宫和雍。兽夫、屠留和瓜苏已不再是兄弟，这等喜悦，只能找作为诗歌权威评论家的姐夫分享。

我这样想的时候，并没有觉得有任何不妥，即将在《诗刊》发表诗歌不找姐夫庆祝，找谁？当时去敦煌的初衷，不正是要整出点大动静，吓他一跳吗？我兴高采烈地打电话约他，他一口应允；但乐极生悲啊，二十个小时之后，在他身上所发生的事情，直接就将我置于了万劫不复之中。

那天，我和宫和雍约在蓝色妖姬。我先要了一箱啤酒，不够，又要了两瓶白酒。这是我从敦煌回来后第一次约人喝酒，像之前一样，因为开心，怎么喝也喝不醉。在酒精的催化下，我带着炫耀的语气对宫和雍说："怎么样，你不得不承认我确实有潜质成为二十一世纪最伟大的诗人吧？"

然而宫和雍并不买账，他轻蔑地说道："狗屁诗人，发表了两首诗歌就了不起了？"

我拍着他的肩膀说："你就是不服气，有本事你也发呀。"

酒醉后的宫和雍咬着大舌头说："不是我吹牛，我在像你这么大的时候，诗歌早已发遍了全国刊物。"

我惊讶地问："那你怎么没做诗人？"

他冷笑道："诗歌有个屁用，买房子，娶老婆，评职称，没有钱，你有什么资格当诗人？还不是被你爸嘲笑？诗歌？那都是贵族才能玩得起的东西，当然，你天生有资格玩，我没有。不过，现在你也没资格了，你爸妈都死了，你固化的阶级地位已碎成了渣渣。"

我愤愤道："你这是嫉妒，自己干不了，又怕别人干成！"

我期待着宫和雍的反驳，但是，没有，在我说完后，他就一句话也不说了。我不满意，我要他心悦诚服地认输，承认自己并没有成为一个伟大诗人的潜质。于是，我以一种激怒他的口气说道："怎么样，尿了吧？"

他先是一言不发，后来被我逼得急了，竟呜呜咽咽地哭起来了。他哭啊哭，哭得那个委屈啊，就像一条丧家的老狗。

这让我感到索然无味，该哭的人难道不是我吗？简直受不了一个比我大了几乎二十岁的人，在我面前哭哭啼啼，我叹了口气，便以上卫生间为由走了。之后，我又溜达了一圈，可是回来后，却发现宫和雍不见了。我问酒保，他告诉我："他走了。"

我问去哪了，他说："不知道，只看见开车走了。"

应该是开车回家了吧，我想。他一定是说不过我，就开始呜呜咽咽，然后一头躲进家里，躲进姐姐艾怡温暖的怀里，真是个没硬骨头的孬种啊。还能怎么办呢？于是我也出了门，摇摇晃晃回家了。

父母自杀后，家里一直空着。没人住，里面就落满了灰尘。我来到他们跳下去的那扇窗户前，往下看，那里是用水磨石铺成的马列大道。爸爸和妈妈跳下去时，都是脑袋撞在马克思的石像上而死的。他们一生信仰共产主义，这样的死法，极具仪式感，又颇有深意。我看了一会儿，悲伤泛了上来，有些胸闷，就跳上床，捂着脸，倒头睡了。

深夜的时候，手机响了。

我从敦煌回来后，已经好久没听到它响过了。迷迷糊糊中，我接起来，是姐姐艾怡。她问我："在哪？"

我说："在家。"

"你姐夫呢？"

"不知道啊，我们很早就分开了。"

但姐姐告诉我，她刚才接到警察电话，宫和雍的车被发现掉在黄河里，车上还有一个女人，死了。

我的意识顿时清醒了大半，一骨碌坐起来问她："死的是谁？"

姐姐艾怡说："目前还不知道。"

我又问她："宫和雍呢？"

她冲我吼："我他妈在问你呢！"

死者身份很快就被证实了，叫鬼素手。我一度以为警察搞错了，这世界上怎么会有姓鬼的人？但一个老警察告诉我，这字做姓氏时不念 guǐ，念 kuí。鬼素手生前是师范学院教古代文学的老师，然而她还有另外一个身份——宫和雍的前妻。

鬼素手系窒息死亡。

警察告诉我这些的时候，姐姐艾怡也在现场。她问警察："宫和雍呢？"

警察说："不知道。"

姐姐发怒道："不知道是什么意思？你们警察是干什么吃的？"

警察也火了："我们又不是你家雇用的，怎么就老是围着你家转来转去？！"

姐姐问道："你什么意思？"

警察在一边吹冷风："什么意思你不知道吗？"

他这么一说，我们倒都哑口无言了——这几个月，发生的事情太多了。先是爸爸自杀,再是妈妈跳楼,现在,宫和雍又遇上这样的事。就是再有耐心的警察,遇上这样的事,被同一个家属逼急了,也会如此。

我们干坐着,气氛尴尬。再这样下去也不是事儿,我主动问警察:"宫和雍有没有生命危险?"

警察沉默了一会儿,说:"不好说,你们要做好承受一切结果的心理准备。"

我说:"他会游泳。"

警察叹了口气,说:"现在是汛期,就算是游泳健将,也不能保证活着出来。况且,你还说他喝了很多酒,意识不清醒。"

听到喝酒,姐姐艾怡又开始骂我了。父母自杀后,她曾禁止我喝酒,我嘴上答应着,其实却全部当了耳旁风。

就在她的骂骂咧咧中,鬼素手的丈夫也来了。他看上去老实敦厚,绝不像爸爸说的那样,是个会溜须拍马的奸商。他告诉警察:"出事前,她接个电话就出去了,说是下楼取快递,之后就一直没再回去。"

警察告诉鬼素手的丈夫,通话记录显示,昨天鬼素手的手机一共响了二十一次。其中只有一个陌生号码,剩下的那二十个都是他打的。鬼素手的丈夫也向警察交代,那二十个电话,他一个也没打通。警察还告诉他，那个陌生号码是个黑号，没有户主。那种卡，路边小摊就有卖的，很便宜，一个三十元到一百元不等，按卡里的预存话费定价。

经过梳理，事情到这里已经清晰不少。大概经过是：我约宫和雍喝酒后，他醉酒驾车，用黑卡打电话给鬼素手让她下楼，再将她弄上车，之后俩人在车上不知道发生了什么，汽车撞破护栏跌进黄河，鬼素手窒息死亡，宫和雍神秘消失。

这个结局让鬼素手的丈夫难以接受，自己的老婆竟然死在前夫的车里，他的情绪很激动，嚷嚷着必须让姐姐艾怡给他一个说法。

姐姐艾怡说："无论宫和雍做了什么，我活要见人，死要见尸。至于其他的事，在没搞清楚缘由的情况下，我只能保持沉默。"

警察也无奈，只好让我们先回家，说是有消息立刻通知我们。

从此，姐姐艾怡的生活中便多了一件事情，那就是隔三岔五给公安局打电话询问，从黄河里捞起的尸体，有没有宫和雍的。一有风吹草动，她就过去确认，但每次都无果而归。有几次，她还专门驱车前往一个叫作什川镇的地方，辨认一些已经面目全非的尸体。

两个月后，姐姐不抱希望了。我理解她的心情，这两个月来，宫和雍杳无音信，十有八九是死了。即便找到了，一具尸体又有什么意义呢？

但归根结底，我是这起案件的源头。假如我没有叫宫和雍出来喝酒，此后的一系列事情都不会发生，我因此陷入了深深的自责中。这个时候，我已经没有任何心思在学校里待了。光是众人围观的眼光就能把我灼伤，遑论各种流言蜚语。

这次不只是师范学院退休的老教授们，凡是认识我的人都说我是克星，克死了爸爸、妈妈、姐夫，现在就剩一个姐姐了。甚至有好事者还怀着一种当好人的心态，专门找到姐姐，让她珍爱生命，离我远点。

我整天整夜躲进蓝色妖姬，泡在酒桶里，发出感叹，虚无啊，虚伪啊，虚幻啊。正当我这样感叹的时候，省内的一家出版社却主动联系到了我，他们说要给我出个人诗集。我知道他们是怎么想的——《诗刊》发表了我的诗歌，这是契机；而更深层次的原因是，我现在已是一个站在舆论风口浪尖上的人，本身就具有巨大的商业价值。给我出书，他们既不用担心质量太差的问题，又能获得一定的流量，何乐而不为呢？

我明知这是阴谋，但绝不会揭穿他们，我也想在诗坛上混出名声。社会规则就是如此，各取所需，何必为了心中的不快而自毁前途呢？我答应了他们。为了抓紧舆论的时效性来获得最大的利益，诗集很快就出版了，名为《麋鹿》——是我自己起的。意义有二：一则自嘲我写的诗歌"四不像"，当然，是自嘲，也是自谦；二则取"迷路"谐音，摊上这么多事儿，眼下的我，实在不知道前方的路到底在何方。《麋鹿》的销量很好，这多半源于我身上所背负的社会舆论，有的书店甚至贴出了有我照片的大幅海报。在关于我的介绍中，那些文字被他们极尽粉饰，又不着痕迹地提及了我的身世。我懒得管，他们为钱，我为名，有诗集在，怕什么呢？卖得越多越好。

风头太盛，挡也挡不住。兽夫、屠留和瓜苏主动来找我了，他们夸我，奉承我，还假惺惺地对我表示关心。他们说："你家里出了那么大的事，我们也不好意思打扰你。"

我心想，什么操行？诗人都这么虚伪吗？当初背着我泡我的女人，现在看我出名了又来讨好我，一帮什么玩意儿！当然，我绝不会这样说，还是那句老话，反正日后大家彼此之间还要相互利用的，何必为了一时的不快把关系闹僵呢？

我又和他们混在了一起。当四个女友再次出现时，我竟不再心存芥蒂，甚至还有意和大家分享她们。他们假装惊讶，连连夸我"大度"，我笑笑，并不说什么，就好像之前他们背叛我的事，我从没看见过。

这种灯红酒绿的生活让我再一次堕落，彻底忘记了敦煌大漠那轮悬在头顶的白月亮。直到一个晚风沉醉的夜晚，在蓝色妖姬的门口，我目睹了姐姐艾怡与一个陌生男人的丑事。

―― 6 ――

和兽夫、屠留和瓜苏继续混在一起后，我们依旧日夜寻欢作乐于蓝色妖姬，累了倦了，就躺在里面的沙发上休息，只有饥饿时才会出门觅食。我们的饥饿，一般降临于深夜，彼时，唯一能吃到的东西只有烧烤。这种滥觞于兰州大街小巷的食物，是制作起来比兰州拉面还迅速的中式快餐。架在烧烤炉上一片一片翻烤，多慢啊，那得是七八好友围炉而坐的怡情行为；此地的烧烤，无论荤素，全部以热油煎烙，熟了后用大刀剁碎，夹在白吉饼中近十厘米厚，如豪华汉堡一样，天生带着一种诗意的狂野。

我们正需要这样的诗意的狂野。

我在酒吧门口的路边摊吃烤肉时，一眼就瞥见马路对面的姐姐艾怡挽着一个陌生男人的胳膊。这个场景出现得沉重又猛烈，像一记闷棍，立刻将我打蒙了。

等我意识到要去做点什么时，他们已经拐进了旁边的如家酒店。这完全出乎我的意料，这件事可以发生在任何人身上，但绝不会发生在姐姐艾怡身上啊。她那么爱宫和雍。即便在此时，我还对此事的可能性持有其他想法。

然而没有，我想多了。

他们开了一间房。我守在门口等了好久，也没见他们从里面出来。那一刻，在蓝色妖姬打炮时那个姑娘说的话立刻萦绕在了我的耳畔——你姐才是婊子。难道她也撞见过？我感到了莫大的侮辱。我有千百次想冲上去砸门，将他们曝晒在世人眼中，但最终还是忍住了。家丑不可外扬，况且，现在我们的处境，已经不容再有什么丑事发生了。

后来，等那个男人走了，我才上去敲响了那扇门。姐姐艾怡怎么也没想到出现的人会是我，她围着浴巾，头发湿漉漉地遮住了脸，开了门转身又去擦头发了。

她问："怎么又回来了？"

我没回答，她当然没有意识到站在背后的人是我。

她又问了一遍："怎么又回来了？"

我还是没有回答，狠狠地看着她，就像在看一个笑话。

之后，她转过身来，拨开挡在眼前的头发，直愣愣地定住了。头发上的水"滴滴答答"往下坠，像落地有声的证据。有那么几秒，我感觉我们之间像是隔着一道纱帘，姐姐艾怡正在我面前呈现出一种不真实的缥缈和恍惚。

地上的水滴聚集在姐姐艾怡脚下，将她涂了指甲油的十个驼红色的脚趾冲洗得越发鲜亮，简直像要流淌下来了一样。我盯着它们，感到了来自内心深处的怒不可遏的血气上涌。

我开门见山地问："他是谁？"

姐姐艾怡抬手继续搓头发："这是我的事，你别管。"

我又问："他究竟是谁？"

姐姐艾怡说："用不着你插手。"

我被她这种口气彻底激怒了，不，准确地说，那个男人的行为在我看来，是一种不可饶恕的侮辱。这种侮辱，经过发酵，在我的意念中已经膨胀无疑了。于是，我故意以一种挑衅的语气问她："你不觉得你这样活着很无耻吗？"

"是啊，"姐姐艾怡冷笑道，"我这样活着是很无耻啊，但要仔细论起来，你恐怕连活着都是一种耻辱。"这话说得有点过分，我当然知道自己有多不堪，但绝不至于连活着都是种耻辱。她这似乎是在故意挑明一些事情。

我不解地问她:"我究竟做了什么,在你眼中竟连活着都不配?"

她继续擦头发,沉默不语。她,一定有什么秘密瞒着我。

我说:"你说出来。"

"我答应过妈妈,绝不会说。"

"你已经说了。"

"我答应过妈妈。"

我步步紧逼:"你必须说。"

缓了一会儿,她开口了。

但她一开口,就吓到了我。

她说:"你并不是爸妈亲生的。"

不,这绝不可能,我不相信。

姐姐艾怡继续说:"一九九二年,爸妈都已是公职人员,要是违反了计划生育,就会被单位开除;但爷爷和奶奶一心想要个孙子,本来爸爸想把我送人,但妈妈不舍。后来,妈妈又怀孕了,检查出来是个男孩,衡量之下,爸妈就先假离婚了,打算等孩子生下来再复婚。于是妈妈为了避嫌,一直独居。但出现了意外,那个孩子生下来就死了。妈妈爱爸爸爱到骨子里,知道如果孩子没了,恐怕和爸爸复婚就没希望了。正好,当时师范学院有个学生早产,他们家里人要脸,都不愿意要那个孩子,但妈妈看是个男孩,就要了下来。那个男孩就是你。当年知道这件事情的人,现在都没了音讯,只要妈妈不说,我们谁都不会知道这个秘密。但妈妈在临自杀之前的晚上告诉了我,她太爱爸爸了。爸爸本来不至于那么快被纪委调查,尚有可扭转乾坤的余地,都是因为你。要不是你挥霍无度引起别人注意,爸爸也不会遭人举报,是你害死了爸爸。爸爸不死,妈妈也不会死。还有宫和雍,你不约他喝酒,他就不会开车掉进黄河。我答应过妈妈,要照顾你,绝不能抛下你,可是你,你看看你都干了什么?你就是个克星。你克死了我的爸妈,还克死了我的丈夫,你还有什么脸活在这世上?你怎么还不去死?你这个克星!"

姐姐艾怡几乎是用一口气说完这些话的。她说完之后还很激动,似乎还想说什么,但又说不出来,只是用手指指着我好几次后,重重地往我脸上甩了一个东西。离开酒店之前,我听到她恶狠狠地说:"我们两清了!"

那个东西砸在我的脸上,像一枚暗器,打得我的脸火辣辣地疼。之后,它又掉在了地板上,发出水花溅落的声音。

我弯下腰去，在从姐姐头上滴落的那摊水中，捡起了它。擦去水渍，我发现，那是一张银行卡。

从那天起，我开始嗜酒，整天整夜把自己灌得烂醉如泥，少有清醒时刻。命运的落差让我难以接受自己的身世。我的养父母受我牵连，跳楼自杀；宫和雍和我喝酒后，不仅把自己弄死了，而且还拉上了前妻。他们有的直接因我而死，有的间接因我而死。他们都死了，而我还活着，我生来就是个克星啊。

我常常在深夜悲痛欲绝，这种来自情感的疼痛感往往会越界到生理上，比如心绞痛、肌酸楚、脑缺氧。其实我倒是希望它们来得如暴风雨般猛烈，这样虽不能死，但至少可以让我觉得是上天在对我做出肉体上的惩罚，这也会让我感到活着的价值所在——但没有，这种疼痛感每次都只是持续那么一会儿。我知道喝酒并不能减轻罪孽，但只要喝不死，就往死里喝。嗜酒如命的人，从来感觉不到醉，这是件挺麻烦的事。对于我这样一个已经不记得上次笑是什么时候的事儿的酒鬼来说，喝不醉，就意味着虚幻、无聊、苦闷、孤寂、委屈、凋敝、悲戚、无助、焦躁、黯淡、空洞和低潮。

自从害姐姐艾怡变成寡妇后，自杀的行为在我身上上演过无数次，但一一失败了。直到最近一次跳河自杀失败后，我才屈从于宿命之手——我是一个克星啊，命硬，上天让我活着，就是为了让我承受生命之痛。我彻底绝望了，深深体会到什么叫生不如死。

最近我的身体出现了一点问题。先是精神恍惚，并伴有手脚颤抖。有时候整个人显得特别低沉，有时又特别亢奋。低沉的时候，全身没有一点力气；亢奋的时候，总想找人打架并杀死对方。

为此，我已经连续将两个夜晚下班回家路遇的流氓无赖的手指头扭断了，要不是老板砸钱解决问题，恐怕我现在早已在监狱里了。老板通知我先不要去上班了，好好去医院检查一番。

他认真地说："你可能病了。"

我当然会以为这是喝酒导致的，去了医院检查。做了一份测试题后，医生不仅要求我立刻戒酒，而且还嘱咐我学会控制自己的情绪，而不是被情绪牵着鼻子走。末了，他竟然还给我开了一堆药。

我根本不相信这帮蠢货。有个笑话是这样说的，一个老头肺部不舒服，经常咳嗽，去医院检查，医生告诉他，以后少抽点烟。半年后，老头咳得更厉害了，再去找医生。医生说："不是叫你少抽点烟吗？"老头说："我就是照你说的办的啊。"医生问："你现在一天抽多少？"老头说："一天半包啊。"医生又问："那以前呢？"老头回答："以前我不抽。"

败光那笔遗产后,家里已经没有酒了。现在,除了一张床,也再无可换钱的东西。我整天四仰八叉躺着,看灯把影子投射在天花板上。随着太阳的移动,影子像一把转动的尖刀,我看见自己被投射下来的灯光五马分尸,身首异处。

那一刻,我仿佛窥见了自己的未来。

这种毫无根据的事物联系性,让我感到了深深的恐惧。死神真正逼近时,我第一次觉察到了对死亡的恐惧。头顶的影像太吊诡,我害怕地翻了个身,手掌甩出去的惯性却一把打落了枕边的药盒。它们散落在地上,像重重的心事。

这都他妈的什么药?不仅名字拗口,而且我连一个都没有听说过。这蠢货医生,不会是想拿毒药害死我吧?不行,我得查清楚,揭穿他的阴谋,然后狠狠敲他一笔,去买很多酒喝。没有了酒喝的日子,诗人还有什么活头呢?还有什么诗意可言呢?

打开手机,输入药名。时光冷寂,在答案弹跳出来的那一刹那,我突然愣住了。

资料显示,那些药都是抗抑郁的药物,由于比较安全有效,目前应用较为广泛。

我患了抑郁症?

一页一页翻看资料,症状一项一项对应了。真相清晰之时，我已经浑身发抖，不能自已。

我确乎可以明白，之前的那些行为，并不是我想死，而是真的生病了。开始是想各种办法自杀，后来是掰断别人手指头。从自杀发展到杀他，暴力因子已经外扩——我的抑郁症病情已经很严重了。资料还显示："现在，我国每年每一百人中，就有三人患抑郁症，而城市正是引起抑郁症的最主要因素。"

缓缓闭上眼，我太累了。

我想休息。

想离开兰州，彻底离开，到甘南草原去，到那个干净圣洁的地方去。那里有我想要的安静和自由。

上次北上敦煌，是为了诗歌，为了求索；而这次南下甘南，是为了遁世，为了治病。

和上次"消失"一样，我依然没有通知任何人，包括姐姐艾怡、兽夫、屠留和瓜苏以及四个女友。

来到甘南草原，正是十月份。这里处于青藏高原边缘，由于海拔高，颇见初冬景象。牧草枯黄，草原萧瑟。虽不见大雪，但牧民家里已经生起火炉。一家人围炉夜话，好不温馨。路上又排起了磕长头的队伍，一步一磕，我知道，那是向着拉卜楞寺方向去的。每年此时，都会有大批的信徒从这里经过。这种古老又虔诚的行为，我是第一次亲眼看到。以前听说，总不尽信，以为人有信仰是好事，但要以这种方式来礼敬，实在过于恐怖。如今我亲眼见了，在被震撼到的同时，也被信仰的力量所感染。

他们口中念念有词，神情安详，步履笃定。牧民告诉我，那是在祛除罪恶，祈求保佑。

我不假思索地加入了磕长头的队伍，不为祈求保佑，也不为祛除罪恶，只为自赎、自净。

风餐露宿，跋山涉水。就在这治愈心灵的坎坷路上，我接到了来自兰州的电话，是公安局打来的。他们告诉我，姐姐艾怡死了。

一起死的，还有一个男人。

顿了顿，他们又告诉我："凶手是宫和雍。"

山风从额头刮过，耳边有诵经声传来。两只雄鹰站在山巅，天空高远，我揉了揉发涩的眼睛，尽量不让这荒诞的世界在眼中变形。

我没有说话。

他们继续说："宫和雍并没有死，当年他故意伪造了那场车祸。他的前妻鬼素手并非落水窒息死亡，而是由他事先捂死的。这几年来，他伪造了身份，一直生活在呼伦贝尔。这次偷偷回家，是为了取钱，结果就遇上了你姐和那个陌生男人在一起。"

我还是没有说话。

他们又说:"宫和雍还承认,当年,匿名举报你爸的人,也是他。因为,在他和鬼素手结婚前,鬼素手就被你爸包养了,之后数年,俩人一直保持着不正当的男女关系。后来,他娶你姐,不过是为了报复你爸。"

我仍然没有说话,一直沉默着。

最后,他们又说:"宫和雍还交代,他对这世界充满了深深的敌意,因为他根本没有生育能力,而两个妻子却都给他生了女儿。"

我没有坚持到听完就挂了电话。过去在兰州生活的二十多年,简直是一场不折不扣的噩梦。我不想再搅入其中。我尽量控制着自己不让眼泪掉下来,但从山间刮过的风,还是成功地扯动了我的泪腺。就在泪眼蒙眬中,我仿佛又一次看见了敦煌的菩萨。

菩萨高坐云端,对我说:"我要满足你一个愿望。"

现在,我最大的愿望是能在拉卜楞寺安稳地睡一觉。我希望梦见云朵一样圣洁的羊群,当我醒来时,它们就出现在拉卜楞寺门口。以前,我想做二十一世纪最伟大的诗人;如今,快要拜谒到活佛了,我决定换一换,做个草原上最普通不过的牧民,终生与这没有伤害力的素食生灵厮守。

被圣洁包围,在这佛光普照的人间高地。

在拉卜楞寺。

# 诗　人

一条姓黄的河流把兰州城劈成南北两半。

酒吧就在河里的船上。船像一条被钩住的大鱼，动来动去，始终挣脱不了绳子的牵扯。酒吧死心塌地地粘在船上，船上原来是露天茶座，一杯百合茶，能把翻滚的黄河静静地浸泡一个下午。好几所大学集合在这里以后，酒吧才渐渐多了起来。夜晚来临，大学的血管里开始高速流淌酒精，大学城上空被一层浓得化不开的酒气笼罩。风从河上来，吹不醒大学城里醉醺醺的酒鬼。酒鬼们吼着民谣，横行在大街上。车是爬虫，人像蚂蚁。牛皮吹起来，自己就容易在被酒精泡大的虚无里过分膨胀。大学城的酒鬼们并不逗留于精神的麻醉，精神在文艺荒芜的年代是多么愚钝，须用肉体刺激来复苏。酒鬼们这样说着，就摇摇摆摆地爬过人行道，爬过斑马线，爬过滨河路，爬过黄河滩，爬过晚风沉醉，直到爬进灯火缭绕的船上酒吧。

酒吧并不单单卖酒，大学城里的每一个酒鬼都心知肚明。不消说，这肯定是酒鬼们口口相传的。这种事情不好在台面上讲出来，也是不应该讲出来的，私下里说说就好——伤风败俗，毕竟大家都是体面的人。所以酒鬼们选择在夜晚去船上，还得偷偷摸摸去，最好一个人去，谁也不知道，哪怕留在船上过夜。夜里有黑暗把门，多么刺激的晚上，想干什么就干什么，想怎么干就怎么干，反正酒吧里的女人正求之不得。她们欢喜得很——看在钱的面子上。酒鬼们吹牛皮吹破了天，扬言要把整条船干翻，这是多么滑稽可笑的事情。

将近半个月，我每天晚上跟酒鬼们往船上爬，这简直都快成我家了。

入秋以来，黄河涨了几次大水，河水呼啸的时候，有点像怪物的模样。一下雨，黄河就肥了。雨水隔三岔五地落下，要是看不见泥土裸露的南北群山，恍惚中以为到了江南。当然，这不过是诗人的意淫罢了。有谁见过江南水乡里千百只的牛羊迎着刀子在午夜进城，天亮以后，被大卸三十二块摆在餐馆的案板上等待叫卖吗？

"诗人"是对酒鬼们的一个文雅的称呼。兰州城里多诗人，诗人多在大学城。诗人写诗速度很快，就像兰州城里的屠夫宰羊一样快。快则快些，但不一定全是狗屁。虽也出好诗，不过是少数。多数的末流甚至不入流的诗人跟着少数的二三流的诗人混，混来混去，名声渐渐在大学城甚至兰州城里响起来了。写诗嘛，就是如此，圈子比底子重要。不过兰州城的诗人跟别处的不同，别处是相轻，这里是相捧。所以兰州城里诗人的关系都很好，好到一见面就要喝酒，只喝黄河啤酒，拿整瓶吹，这样才像男人。等到喝得分不清东南西北时，才有兴致写诗。诗人说，只会喝酒的诗人是酒鬼，不会写诗的酒鬼是狗屁。我不知道这话有什么内在逻辑。诗人说，有什么狗屁逻辑，诗就没逻辑。这等于说，这话就是诗。喝醉酒的诗人说的每一句话都是诗。

我不敢再多问，我只是一个不入流的诗人。说这话的人是兽夫，大学城里最有名的诗人之一，另外两个是屠留和瓜苏。他们今晚都喝多了。半年前，我才开始跟着他们混。

鬼知道兽夫他们这几天晚上老往船上爬是去做什么，漂亮的女人蓝色妖姬里多的是，干吗总来船上？我跟他们去过一次蓝色妖姬，那里的女人可真是漂亮。蓝色妖姬也是个酒吧，就在大学城里，很出名，大学城里没有哪个酒鬼不知道它。我跟他们去的时候还是春天，那时候，兰州城里的女人还穿着羽绒服，蓝色妖姬里的女人就已经穿上短裙了。我们坐下来喝酒，穿短裙的女人就款款地走过来搂着屠留的肩膀要烟抽。屠留给她点了一支红塔山，她硬是问屠留要黑兰州抽。屠留只抽红塔山，他很尴尬。我兜里正好有黑兰州，于是给她点了一支，她拉着我的手说："走，跳舞去，我请客。"我知道她并不是真的要和我跳舞，大学城里的酒鬼都知道，酒吧里的女人说要跳舞，其实就是做一种暧昧过头的交易。春天的时候，我还不了解大学城诗人圈子的生活，我怕瓜苏他们骂我玷污了"诗人"这两个字，所以我果断地拒绝了她。短裙女人讪讪地离开了，屠留他们就一起大笑，我不知道他们在笑什么。当时我很紧张，我记得我的额头上和手心里全是汗，湿漉漉的，用了整整一包纸巾还是没有擦干。

我曾公开向像我一样跟着屠留他们混的几个不入流的诗人打听过，我说："兽夫、屠留还有瓜苏为什么天天晚上都要喝酒？为什么喝多了就喜欢吼民谣，吼着吼着就吼到船上去了？"他们对我说："你还想不想混了？这种事情能是你随便瞎打听来打听去的吗？"我后来一想也对，伤风败俗的事情，哪能明目张胆地打听呢？于是，我就趁着没人的时候私下里打听了一下，有知道的说，他们是为了船上的一个女人。那个女人把他们迷住了。

果然是女人。诗人摊上了女人是要坏事的,女人摊上了诗人也是要坏事的。这话我只敢自己说给自己听听,瓜苏他们要是听说了,那我就别想在大学城的诗人圈子里混了。

我们爬上的还是那只墨绿色的船。船上的酒吧是桐黄色的,刚刚刷过了清漆,风吹来的时候,能闻到很明显的味道。这种味道是掺着酒的,酒味从酒吧里飘出来。船上一晚上喝掉的啤酒有好几吨,都是黄河啤酒。黄河之都嘛,不喝黄河啤酒喝什么?白酒太辣,水又太淡,就啤酒,刚刚好。

闻着酒的味道,我站在甲板上看黄河。黄河真是一条很好的河,又宽又长,我能想到的词语就只有宽和长。今晚我喝的酒不多,没有兴致写诗。诗人不写诗,就比普通人还普通,所以我只能说黄河又宽又长。真的,别的词语我一个也想不起来。我不是乱说话的人,我说的都是大实话,黄河就是又宽又长的。

看黄河的时候,我看见还有一个人也在看黄河,站在船尾,是个女人。她看黄河的时候似乎很深情,勾着腰,绝不像我这样随便。我一边看黄河,一边看她,我很担心她要投水自杀。黄河的水深得很,每年都有人投水,进去就没了,连尸首都找不到。我一直盯着她,她的身材很好,我看不清她的脸。她或许是个不错的女人。借着酒胆,我有了想要上去搭讪的冲动。或许我可以挽救一个生命呢,我想。不,我纯粹是为了挽救一个性命。诗人都觉得自己是救世主,我当然也不例外。

我向她迈了过去。我快走近她的时候,她突然把身体勾得很低,看上去都快趴在船上了。我坚决以为她要投水了,我急急忙忙走过去准备拉她。黄河上响起了巨大的声音,是连续不断的声音,这是我没有想到的。这个声音出现得很突兀。我完全错了,她并没有想要投水,而是吐了。她好像喝了很多酒似的,吐出来的全是液体。我能从她身上闻到浓烈的酒味,还有浓烈的香水味。她吐完了,看见我站在一边,眯着眼睛问我:"你要干吗?"我尴尬地老实回答:"我以为你要自杀。"她哈哈大笑:"你这人太有意思了,我为什么要自杀?"我急得满头大汗,我解释不清楚,误会别人和被别人误会一样让人抓狂。我说:"我不知道,反正我就是觉得你像是要自杀。"她说:"你可真有意思。"

这时候,有男人透过酒吧的窗户向外喊什么。她站起来答应了一声,看来是在叫她了。她拿出纸擦了擦嘴,然后理了理头发。酒吧门口的灯光很耀眼,她迈着猫步向灯光里柔柔地走去了。我突然觉得有话要和她说，于是我对着她的背影喊："哎。"她转过身问我："干什么？"我才难堪地发觉，我只是觉得有话要和她说，却不知道要说什么。我只好沮丧地说："没什么。"她摆摆手说："你真有意思，再见。"在晃眼的灯光里，我看清了她的脸。那是一张致命的脸，美到让人沉醉，美到让人丧命。我见过无数漂亮的脸，这张最精致。我的心，就这么突然化了。

船上的风很大，船晃来晃去，好像它也喝大了。我站在船尾发呆。夜里的大学城满目璀璨，每一寸光亮都属于不同的名字，花花绿绿那么多，我用光双手也数不过来。我突然感到孤独，没由头的，诗人就是这么奇怪。风漫过额头的时候，孤独开始酝酿伤感。这时候，有个喝醉的声音透过窗户大喊我的名字，简单粗暴地打断了我的心事。声音说，兽夫找我有事。我就这么魂不守舍地匆匆拐进了酒吧。

兽夫坐在地毯上。船上的酒吧没有凳子，只有桌子。兽夫被一圈人围在中间，他的身边还有一个女人，一个丑陋的女人。他们看上去像一窝发了芽的土豆。我走过去的时候，兽夫说："把你的烟拿出来给她一支。"我拿出的是中南海。兽夫问我："你的黑兰州呢？"我说我今天没带黑兰州。兽夫说："你怎么能不带黑兰州呢？"我有点局促，我说我去买。兽夫对我不耐烦地摆摆手,说:"快去快回。"

我真不明白,酒吧里的女人怎么都喜欢抽黑兰州,怎么只喜欢抽黑兰州?其他牌子的烟难道不是烟?我很恼火,我真搞不懂酒吧里的女人,我也搞不懂兽夫他们。上次已经在蓝色妖姬经历过一次了,为什么他们就不记事呢?买烟的钱肯定又是我自己出了,他们是不会管的。每次喝酒也一样,他们只管喝,只管胡扯,从不管付钱,反正会有人付钱。没有办法,谁叫我是跟着他们混的呢?

我来到岸边的小卖部,晃晃悠悠,一步三摇。小卖部的女人忙着洗脸。她的背心下没穿文胸,我大胆地看了几眼,她也不避。不避就不避吧,反正我又不吃亏。拿了烟出门的时候,她突然对我说:"小伙子,要不要套?"我问:"什么套?"她说:"你不是从船上下来的吗?装什么糊涂?"我明白她的意思了,我说不要。我甚至有点愤怒,她怎么可以问我这样的问题?她把我当什么人了?好歹我也算是一个诗人。诗人怎么可以干这种事情?这简直是对我人格的侮辱。我越想越生气,越想越生气,上船的时候,干脆把气撒在岸边的石头上,一脚就把石头踢到河里去了。

"谁啊?"是一个女人的声音。

是她,她又在吐。她看见了我,她问:"你踢的石头?"我不知道说点什么,在风中站着。她说:"闲得没事干进去帮我拿瓶水过来。"我没有拒绝,我在想她为什么老在吐,不能喝就不要喝了,何必呢?身体是自己的,命也是自己的。

酒吧里乱糟糟的。兽夫在划拳,没理我。我把烟递给屠留的时候,他好像有点不高兴。瓜苏对我说:"你怎么才来?她都走了。"我知道他说的是刚才坐着的那个女人。真没眼光,我心想。怎么长成什么样的女人要烟抽都给?难道真的饥不择食到这个地步了吗?还是这样就可以刺激写诗灵感?诗人真是个奇怪的物种。

我问前台要了一杯水端出去,她在船尾等我。我把水递给她,我说:"你以后少喝点酒。"语气里带着怜惜。她反问我:"你是附近大学城的学生吧?"我点点头。她说:"怪不得这么有意思。"我说:"有什么意思?"她说:"你就像个学生。"我说:"我本来就是学生,这有什么有意思没意思的?"她说:"这就对了嘛。"我不知道她到底在说什么,我想要问清楚。她推开我,指了指酒吧,然后又迈着猫步进去了。

好奇怪的女人,我决定跟着她,我要问清楚那话到底是什么意思。她在门口突然转身停住了。她问:"你身上带了多少钱?"我摸了摸口袋,说:"不多,就几十块。"她笑道："我的价格是一千,你还差很多,没钱就别来船上玩。"我知道她误会我了。我说："我不是。"她把杯子推到我的怀里,亲密地拍着我的脸说："是不是都没用,我不讲价的。"她完全是以一种过来人的口气在教育我。然后她不容我解释,就从前台拎了几瓶酒到窗户那边去了,那里有几个男人在等她。

我站在那里不知所措。兽夫他们过来拉我到一边,神秘兮兮地说："怎么,你跟她认识?"我说："不认识啊。"屠留说："那她怎么和你那么亲密?"我说："我也很奇怪啊。"瓜苏看了我半天,阴阳怪气地说："你小子艳福不浅。"

那一晚,我明显感觉瓜苏他们开始疏远我。无论我怎么插话,都被他们忽视。离开的时候,我偷偷问和我关系比较好的一个末流诗人原因。他说："你还不明白吗?都是因为那个女人。"我说："这和我有什么关系?"他说："你抢了兽夫他们抢不到的女人,他们夜夜去船上,也没有被她摸过脸。他们都是大学城里有名的诗人,你算老几?"我说："那个女人到底有什么魅力,能把他们迷得神魂颠倒?"他说："你算是白跟着兽夫他们混了,你难道没听说那个女人是个诗人吗?"

果然还是叫我说对了,诗人摊上了女人是要坏事的,女人摊上了诗人也是要坏事的。我还有一句没说,女人成了诗人是要坏大事的。

此事过去后的好几天,我没有被圈子里的人通知参加大学城里的任何诗歌活动,这是个不好的信号。按往常,每晚大学城都是诗人和酒鬼的不夜城。我隐约感觉到,我已经被兽夫他们开除了,原因很可能就是那个女人。我一度感到很恐慌,也很委屈。我并没有做过什么,我为什么会有这样的遭遇?与屠留他们接上轨,是我花了整整两个月的工夫才取得的"成绩"。这一路上,我请吃饭、请喝酒,花了不少钱,难道就这么结束了吗?论才华,我觉得我并不比瓜苏他们差多少,我只是差一个认可我的才华的圈子。如今,我莫名其妙地因为船上酒吧里一个陌生的女人,被剔除出了这个圈子,我不甘心。

我主动去找兽夫他们,他们正坐在马路牙子上抽烟。我告诉他们,我并不认识那个女人。可他们跟我装糊涂。兽夫说:"女人?哪个女人?"我说:"就是船上的那个女人啊。"屠留说:"女人怎么了?"我说:"我真的跟她不认识。"瓜苏说:"你跟她认识不认识,跟我们有什么关系?"

我像一根电线杆子杵在他们面前。他们这都是怎么了？我还是不甘心。我说："我真的不想离开这个圈子。"兽夫说："哪个圈子？"我说："就是大学城的诗人圈子。"兽夫回头问屠留："大学城有诗人圈子吗？"屠留摇头说："我没听说过。"兽夫对我说："你看，屠留在大学城里这么有名，他都不知道有这个圈子，你是从哪里听来的？"天啊，他们这都是怎么了？我不能接受这样的回答，我的眼泪就这么不争气地流下来。我哭着对他们说："我真的不认识她，我只是给她递了一杯水而已，她吐了。"瓜苏看着我大笑，他说："你这人真有意思，说话就说话，怎么还哭了？好像我们在欺负你似的。"兽夫和屠留也跟着笑，那些跟他们混的诗人也在笑，他们笑得很放肆，笑得脸都扭曲变形了。笑了一阵，他们就走了。他们走的时候还在笑，就好像他们从来没笑过一样。

圈子就这么丢掉了我，没有任何迟疑，仿佛丢掉一块垃圾。这段日子，我成了一个落魄的诗人。我在大街上，在地下通道里，在楼顶的天台上行吟。我与天地对话，与自然对话，与一切没有舌头的东西对话，以纯粹的行为来掩饰我不愿承认的自卑。好在黑兰州和黄河啤酒并没有抛弃我，它们是我的物质伴侣，同样也是我的精神伴侣。我常常对着黄河坐穿黑夜。我就这么在命运的戏弄下修行、冥想。作为一个诗人，命运之神越是折磨你，艺术之神就越是青睐你。我就这么在一个人的寂静中写出了一组关于黄河的长诗，它很快被发表在一个国家级的诗歌刊物上。据我所知，大学城里还没有哪个诗人在这个刊物上发表过诗歌，包括兽夫、屠留和瓜苏。

我想，这应该是可以让大学城的诗人圈子为之沸腾的大事；我想，我是怎么被大学城的诗人圈子抛弃的，应该很快就会被怎么请回去。到那时候，说不定我在圈子里的地位会有很大的提升，至少应该可以和兽夫他们平起平坐。我掩饰着自己内心的躁动，我一直在等待着这一天。我做到了兽夫、屠留和瓜苏以及大学城的所有其他诗人都没有做到过的事情。这是多么令人高兴的事情。不过我并没有炫耀，我强迫自己保持着低调。我低调地过了半个月，屠留他们也没来找我。难道他们没看到那本刊物吗？不应该啊，我想。这个刊物在全国的发行量很大，每一个真正的诗人都不会忽视它的。又过了几天，我终于还是没能一直低调下去，我拿着那本刊物去找瓜苏他们。

他们还在那只墨绿色的船上喝酒。我把那本刊物递给兽夫，他问我："怎么了？"我说："我在上面发表了一组诗歌。"屠留说："很好啊，怎么了？"我说："没什么，我就是过来给你们说一声。"瓜苏说："你是来向我们炫耀的吧？"我说："不是，我就是过来给你们说一声，我发表了诗歌，我能不能重新加入这个诗人圈子？"兽夫说："你怎么还是一根筋啊？我早就说过，大学城从来就不存在什么诗人圈子，何来重新加入一说？意思是你以前在这个圈子里待过？你是个诗人？"我没有说话。屠留说："就是啊，哪来的圈子？你的诗歌写得不错呀，何必要跟着我们瞎混？我们都不务正业，带坏了你。你是大诗人，你完全可以自己组一个圈子，你有这个实力。你都在这么牛的刊物上发表了诗歌，我们谁也没发表过，你看你多厉害。"我说："我没有这个意思，我真的是想跟着你们一起学习写诗。"瓜苏说："你别跟我开玩笑了，这年头，哪还有诗人写诗啊？"

我感到了莫大的侮辱，一个想要成为诗人的酒鬼被一群身份是酒鬼的诗人赤裸裸地侮辱。这种侮辱让我感到天旋地转，不是船在转，是我自己。他们简直就是一帮文痞，不，简直就是一群流氓。我当初为什么瞎了眼要跟着他们混？我几乎是狼狈地从酒吧里逃出来，像一只决斗失败的动物那样。

有人从甲板上走过来，被我的狼狈撞到了。我抑制住流淌的悲伤，低低地说了一声对不起。我想赶紧离开，但我的衣服被拉住了。我转身，是她。她说：

"你这段日子怎么没来船上？老实说，是不是凑钱去了？凑够了没有？我可是不讲价的，一千块，一分不少。"她还是老样子。

就是她，就是因为她，我才被大学城的诗人圈子所抛弃。要不是她，我何至于落得如此下场？我的所有愤怒和不满都被激发出来。我一把推开了她，狠狠地对她说："滚开，你这个不要脸的贱货！"她一定没想到我会说出这样的话来，她先是一愣，然后把手里的包径直砸向我的肩膀。我挡了一下，没挡住。她大骂我："你就是个精神病！有病治病，跑船上来干什么？"

我没再理她，我是个懦夫。船上人多，我怕纠缠久了，会从酒吧里冒出来一个醉醺醺的酒鬼，把我抓起来扔进黄河。我斜斜地逆着晚风仓皇离开了船。那只墨绿色的船，我的噩梦。尽管它是一只漂亮的船，周边最漂亮的一尾船。

我厌恶诗人，我厌恶酒鬼，我厌恶这一切，他们全都是垃圾，我发誓我再也不写诗了，这些句子在我的大脑里瞬间饱满起来——而这一切的根本原因是一个女人，一个在船上人尽可夫的女人。她竟然还是一个女诗人，尽管我从来没见过她写的诗。我为什么要和他们一样？不行，我要戒诗。

我带着一腔怒火上了岸。小卖部的门开着,那个女人又在洗脸。我走进去,我说我要一包黑兰州。她看着我说:"你怎么了?"我说:"什么怎么了?"她指着我的肩膀说:"你的衣服破了,还流血了。"我一看,果然有一个口子,肯定是船上的那个女人刚才用包砸的。现在的女式包,用金属裹角一点也不奇怪,她用力真猛。

小卖部的女人扔给我一条创可贴,说:"用水洗洗吧,不然会感染。"她去倒水,我看见她依旧没有穿文胸,这可能是她的习惯。两坨肉抖来抖去,似乎要跳出来。我解开衣扣。肩膀上是一个已经凝固了的三角形血口,像某种鸟的嘴巴。我擦完以后,她过来帮我贴创可贴,她的手触摸到我裸露在灯光里的皮肤。凭男人的直觉,我知道她正在进行一种叫作抚摸的动作,细细的,像鱼儿在亲吻一样。我感觉她在诱惑我,用一种充满诱惑力的成熟手段。

这是一个多么干涸的物种。我有点腻应,迅速拉好了衣服,动作是粗暴的。她有点脸红。我问:"多少钱?"她说:"不要钱。"怎么会不要钱?这个女人疯了吗?我扔下那包黑兰州跑了,就像跑出船上酒吧那样狼狈。

有什么东西从我的身上掉下来了,我停下来看,地上躺着一长条塑料包装，布满英文字母，是套。我从来不在身上带这种东西，哪里来的？是船上的女人塞的，还是小卖部的女人塞的？这个世界到底怎么了？我对它充满了质疑。我埋葬不了自己的眼泪，多么荒诞，多么现实。我在拒绝女人吗？好像不是。我到底是怎么了？我解不开自己的心锁。人们常抱怨别人不了解自己，可是自己对自己又何曾真正弄明白过？我真是一个虚伪的酒鬼，一个虚伪的诗人，我搞不懂我自己。

我开始陷入一种混沌状态，把自己封闭起来，但又渴望打开。我不读诗，也不写诗，我拒绝诗歌，我拒绝一切酒鬼和一切诗人，我把诗歌从我的身体里抽离出去。我把自己架空了，我过上了比普通人还要普通的生活，过着与世界斤斤计较的生活，过着鸡毛蒜皮的生活。是谁说要诗意地栖息在大地上的？简直就是误人子弟，是蛊惑人心。

我小心翼翼地把自己层层包裹起来。兰州的秋天快结束的时候，我活得像一颗疲惫的洋葱，蓬头垢面成了我的日常形象。我变成了一个脚踏实地的人，仰望星空，唉，那都是不切实际的幻想。我的裤脚肮脏，鞋上布满了灰尘。

有时候，我会碰见兽夫他们。他们依旧成群结队地去喝酒，在马路牙子上抽烟。能躲开时，我尽量躲开；躲不开时，我就假装不认识他们，低头匆匆走过。我能感觉出他们在背后笑我，笑就笑吧，反正又不是没被笑过。

不久前，他们在大学城搞了一个声势较大的诗歌论坛，请了兰州城不少诗人出席，很多酒鬼慕名而来——据说他们在讨论当下诗歌的走向问题。有诗人提出让诗歌回归诗歌，也有诗人提出让诗歌的固有形式解放诗歌。我没有去，这都是我走路的时候从路人的嘴巴里硬跑进我耳朵里的，诗歌竟然已经到了路人可以随便讨论的程度。这真是诗歌的大幸，这真是诗歌的不幸。

在满街都是诗人的大学城里，我羞于向世人坦白自己曾经是个诗人。

我再也没有去过船上，但船上的她，却出现在了大学城。这真是件离奇的事情，船上的小姐竟然也来大学听课。那是一节选修课，整个大学的学生都可以选它。我现在后悔选这课，因为它叫诗歌鉴赏。选这课的时候刚入秋，那时我还是大学城诗人圈子里的一员。现在，呵呵，我能说的也只有"呵呵"这两个字了。

我是在快要下课的时候发现她的，她竟然就坐在我的后面，那真是有如芒刺在背。发现她以后，我变得坐立不安，不由自主地在凳子上扭来扭去，凳子发出吱吱呀呀的怪声。身边的同学用一种异样的眼光看我，有一个甚至趴过来悄悄对我说："同学，你要是实在忍不住，就赶紧去上厕所吧，这种事情，是不能坚持的。"竟然有人对我说这种话。我的额头上渗出了汗来，我没有带纸，汗一直流进我的脖子里。我的衣服湿了一大块，我不停地用手掌来擦汗，但是汗竟然越擦越多。我的衣服背后也湿了一大块，她肯定看见了我的窘态。我竟然在一个船上的小姐面前如此丢人，真是点背到家了。我像猴子一样抓耳挠腮，我感觉全教室的人都在看我的笑话。

这个时候，有人戳我的后背。我回头，是一张纸巾，她给的。她把纸巾放在我的手里，然后目不转睛地看教授讲课，就当我不存在一样。

下课后，我故意拖着不走。我看见她走了。她走了好，这样我就不会和她再有交集。来大学上课又能怎么样呢？要不是因为她，我现在恐怕早已经是大学城里赫赫有名的诗人了。

教室里的人都走光了，我才慢吞吞地出去。阳光已经弱下来了，尽管走廊里很黑，但我还是一眼就看见了靠在墙上的她。真是见鬼，阴魂不散。我装作没看见她,从她眼前走过。她开始大笑,笑得我心里发怵。她哈哈大笑着说:"你还真是有意思,跟个小孩似的。"

我转过身,开门见山道:"你不在船上待着,跑到我们大学来干什么?来诱惑学生还是诱惑教授?你就不怕见到满教室的人都是你的老顾客?"

我看见她在发抖,我得意扬扬。她咬着嘴唇,什么话也没说,但我知道她很想说话。可我就是不想让她说。我继续说:"对,我就是不想让你说话。你凭什么说话?大学是你一个船上的小姐想说话就能说话的地方吗?我听说你也是个诗人,哈哈,你简直是我见过的价格最高的诗人。一千块,好昂贵,比兽夫、屠留和瓜苏他们加起来还昂贵。你应该听说过他们的,他们天天晚上都去船上找你,也是诗人,巴不得能和你睡一晚。但他们没钱,你应该给他们减价的,都是诗人嘛,说不定你们日后能创作出伟大的诗歌呢!"

她的脸上布满了泪水,我一点也不怜悯她。她捂着嘴巴走过来,我以为她会像上次那样,用包砸我,但她没有,她甚至没说一句话。她在我身边只是稍微停留了一下,然后就跑了。

真解气,整个秋天的沉郁一扫而光。我这是有多久没这么痛快地说过话了。我唱着歌儿去喝酒,深秋的黄河啤酒，我一个人喝，我只有一个人。我不知道喝了多少，但我没醉。

真是奇怪，我竟然高兴不起来。气也出了，仇也报了，我竟然高兴不起来。我想笑，却笑不出来。我努力做个愉快的表情，也做不出来。我看着镜子中的自己，满脸沧桑，胡子拉碴，眼角布满了皱纹。不过才几十天，我竟然已经苍老到这个程度。我才是二十几岁的年龄啊。我摸着镜子哭起来。我在哭什么呢？我不知道。我已经不是诗人了，可我为什么还是这么奇怪？我呜呜咽咽地哭，没有一个人在我身边。我不是孤独的诗人，我是孤独的酒鬼。

冬天的时候，兰州城灰暗起来。大学城里的每一个人都把自己捂得严严实实，一群长脚的"豆芽"在街上行走。他们匆匆来，匆匆去，都有自己的事情要做，世界也越来越陌生。

在寂静无声的季节里，我开始反思自己。这样的季节，正适合反思自己。这于我是一种难得的品质，自然要归功于我已经远离诗歌。我仔细回顾了自己的过去，我发现，诗歌伤害了我，我也伤害了诗歌。我根本不懂诗歌，更不是什么诗人。我历来把诗歌看得太重，而忽略了身边的人，包括我自己。我甚至从未正视过自己的内心，我写诗的初衷是想要成为一个万人景仰的诗人吗？不是，这不是我的初衷。当初，我很狂躁，写诗是能让我变得安静的唯一方式。

我开始正视我的罪过，我想到了船上的她，是我的功利心和报复心伤害了她。不管她是不是船上的小姐，但她努力在用诗歌洗涤自己。船上的小姐就不能热爱诗歌吗？她受制于肉体，但不受制于灵魂。相比于我，她是多么纯洁。

我开始越过斑马线，越过滨河路，越过黄河滩，越过寒风刺骨，到船上去找她，我要向她道歉。

河里没有一只船。整片黄河，我看不到一只船。河水稀瘦，甚至露出干瘪的河床和巨大的石头。黄河底部和我的面孔一样，满脸沧桑，仿佛遭遇了什么变故。那只墨绿色的船呢？它在哪里？

我又来到了小卖部，那个女人似乎已经不记得我了。这很正常，这种女人，经手的男人比经手的商品多多啦。我们的交谈还是从一包黑兰州开始，我点了一支烟，望着窗外的黄河发呆。她看见了我悲伤的样子，她说，唉。我不知道她在唉什么，但我知道这声"唉"和那些消失的船有关。

大雪封了兰州城，不是路，是喧嚣。假期很快来临，我到图书馆借了很多小说，是我用来打发时光的，可是我爱上了小说。我发现，这是一种比诗歌更能吸引我的文字。它的叙事以及架构,让我深深着迷,我为之废寝忘食。我对它的热爱,长于诗歌。我背叛了诗歌,我尝试着小说的写作。在另一种虚构里,我发现了更加纯粹的自己,我发现了自己的本真。

我本是个不喜欢喧嚣的人,身边没有一个朋友,寂寞也不能通过女人来排解。我身边没有一个女人,我只能和自己交流,用文字抵达内心,尖锐、柔软,我来者不拒。我在臆造的不存在里盛开,自己欣赏自己的绽放。

春天的时候,盛开的桃花淹没了大学城。基于大学城里写诗的人较多的现实,写小说的我很快在大学城有了名声。这不仅是写作人数的问题,一个很重要的因素是:我的小说得到很多小说家的认可,在省级、国家级刊物上相继发表。我在大学城的小说圈子里得到了尊重,这种前呼后拥的效果,不亚于当初的兽夫、屠留以及瓜苏在大学城的诗人圈子里所受到的追捧。

我耽于赞美和鲜花,谎言和巴结让我变得年轻起来。

黄河春汛,河里的酒吧再也没有出现。我几乎每周都去黄河边走走,我期望那只墨绿色的船突然出现在我的视线里,但这不过是我的一厢情愿罢了。小卖部依旧开着,女人和我的交流依旧从一包黑兰州开始,我每次都在那里抽完一支再离开。我望着黄河的时候,她总是在叹气。我知道她以为我会问她为什么叹气,但我就是不问,有些事情是问不明白的。

我又变成了酒鬼,我也和一帮小说写手整晚整晚地出入于大学城的酒吧。我当然不用花钱,抢着付钱的人多的是。蓝色妖姬是我常去的地方,穿短裙的小姐过来问我要烟抽的时候,总会满意于我的黑兰州。我也会和其他人一起大笑那些拒绝了短裙小姐跳舞邀请的人。我悄悄说:"哈哈,你看这个傻×多好笑。"我忘记了自己曾经也被兽夫他们这样笑过,我忘记了很多事,我忘记了自己曾经是个诗人。

直到有一天,我在蓝色妖姬里遇见了屠留他们,他们身边带着各自的女人,漂亮得让我妒忌。他们也听说了我的事迹,谦卑地主动请我过去喝酒。我当然不会拒绝,在大学城的写作圈子里混,最重要的是能沉下心,沉住气。人脉最重要,反正大家以后都要相互利用的,何必为了个人私怨自毁前途呢?

我们一起举杯,一起大笑,就好像我们刚刚认识彼此。蓝色妖姬里充满了放肆的笑声,这不像个酒吧,这像个妓院。

我被醉醺醺地扶回小说圈子,有人在我面前说悄悄话,他们说的是那只墨绿色的船的故事。他们说,瓜苏他们以前很少在蓝色妖姬，他们的阵地在那只墨绿色的船上。他们迷上了船上的一个女人，她是一个诗人，但她后来跳河死了。她是在警察查船的时候跳河的，有人举报了那只墨绿色的船，说船上有不正当交易。那个女人其实并不是职业的船上小姐，而是大学城里的学生。她白天上课，晚上去船上的酒吧里挣钱。她的价格是一千，从不讲价。唉，她这一跳，整条黄河里的船上酒吧就黄了。

唉，多么熟悉的"唉"。醉眼迷离中，我听见有个声音在问我："你说那个女人是不是可惜？反正我觉得她真是可惜。"

我问那个声音："你在唉什么呢？"那个声音说："一个女诗人，多么可惜，可惜她坏了整条河上的船上酒吧生意。多少人憎恨她呢？现在，大学城里有多少人在寂寞的夜晚连个去的地方也没有。"

我努力睁开眼看，但我的眼前模糊一片。我隐隐约约看见兽夫他们搂着自己的女人，就像从前搂着蓝色妖姬里的短裙小姐一样。我感觉自己是多么虚无，在大学城混了这么长时间，我竟然没有混上一个女人。可那个声音还是对我紧追不舍："你说那个女人是不是可惜？"

"真烦人，"我打了一个酒嗝，毫不客气地说，"可惜个屁，想当初老子也是他妈的诗人。"

# 朱履曲

弄世界机关识破，叩天门意气消磨，人潦倒青山漫嵯峨。前面有千古远，后头有万年多，量半炊时成得什么？

——张养浩《朱履曲·弄世界机关识破》

## 上篇

和甘如饴不清不楚之前，申由甲觍着脸纠缠过棠宁一阵子。那段时间，他几乎一有时间便去堵棠宁办公室的门，有时候还把自己的椅子从教辅室拉来，稳稳当当坐在她必经的地方大肆冷嘲热讽。没出半个月，全院师生都知道了棠宁因嫌弃申由甲穷而出轨了隔壁高校文学院的秃头副院长。

棠宁所在的院也是文学院，校师德建设委员会找院长谈话，院长再找棠宁传话，一来二去，所传的话就串了味。据院办隔壁图书室的甘如饴讲，棠宁是哭着从院长办公室跑出去的。这一跑,人就再没回来,连辞职手续都是她帮着办理的。"听说院长对棠宁提出了一些要求,但棠宁认为自己受到了前所未有的侮辱,坚决拒绝了。"至于具体要求是什么,甘如饴没有明说。后来,她对申由甲讲:"我只听说,院长那天拿棠宁出轨的隔壁学校文学院副院长和自己作比较:'他副的,我正的;他寸草不生,我倒茂盛葳蕤呢!'"

甘如饴本来不太看得上申由甲,觉得他在处理棠宁出轨的事上很不是个男人,可没几天,她就听说申由甲夜晚拎麻袋躲在一墙爬山虎丛中,伺机把回家的院长套头胖揍了一顿。院长伤了心肺,请假住院了好一阵子。当然,一切只是听说而已,监控没拍到,院长也没有追究。院里表面上依旧风平浪静,大家低头不见抬头见,彼此之间都笑眯眯;但风声传到甘如饴耳朵里,她还是对申由甲更添了一分鄙夷。自此,申由甲在甘如饴心中便面目可憎起来,她偏执地觉得之前棠宁一定是瞎了眼才会和申由甲谈恋爱。棠宁天生丽质,举手投足间便见风韵,谁都知道她是文学院的名片。

图书室的甘如饴一天到晚与书为伴,那些书全是文学院退休老教授们捐的,很多具备极高的文物价值,也有不少是教授们花一辈子心血攒成的学术著作。申由甲对此极为羡慕,他毕生的梦想就是成为像博尔赫斯那样能把图书馆当作天堂的学者型作家,因此对甘如饴的工作觊觎良久;但使遍了力气,也没能将自己弄进图书室去。文学院的师生们都知道他平时爱写点诗歌,曾参加过几个全国性的诗歌活动,出版过两本诗集,在这座城市的诗歌圈里小有名气。他虽总在简介中煞有其事地标明"就职于某高校",以示身份,可在教辅岗位上能有什么前途?每天不是处理这个学生告那个学生评优成绩有差池,就是处理那个学生告这个学生生活作风有问题。久而久之,他内心抱了严重偏见,总觉得来他这里的学生全身都带着社会的利欲、市侩和戾气,而去甘如饴那里的则相反,内心充满对知识的渴望和对学术的敬重。

他丝毫不知甘如饴对他的看法,隔三岔五地跑去图书室与她没话找话,在有一搭没一搭的闲聊中才发现甘如饴居然同他一样,也对目前的工作充满了极端的厌恶:"我仔细检查过,这间屋子里所有的书都发了霉,你们读书人真虚伪,哪里有传说中的缕缕书香?我真是受够了,感觉鼻腔里每时每刻都进进出出着呛人的老鼠屎味!"

申由甲一脸惊诧,但很快也就释怀了——甘如饴毕竟只念了三年护校,并没正经读过几本书,要不是她父母出车祸双双离世,又有为文学院奉献终身的祖父甘老教授亲自来找已是院长的弟子求情,这看守"天堂"大门的美差哪能轮到她?申由甲不禁又感叹自己命苦,博士考了三年依旧没戏,当初要是像绝大多数同学一样本科毕业就去当老师,恐怕现在小日子过得也有滋有味。

甘如饴特别好奇棠宁为何会和申由甲这样的人在一起,一次实在压制不住内心的冲动,当然,也算是对申由甲来图书室一贯尬聊的回应,便装作随意的样子巧妙地去套话。申由甲对甘如饴毫不设防,觉得她不学无术,心智也应在及格线上下浮动,便不把她当作看热闹的人,以为她是真心实意关心他,便掏了心窝。在冗长的讲述中,甘如饴才知道他们之间的情感故事不过是烂大街的俗套——备胎靠一天一首情诗终于逆袭成功牵手女神。"细节决定成败,"甘如饴假装感动,托着双腮努力耐着性子听申由甲自我沉浸式地抒发感情,"每一首情诗里,我对她的称呼都不重复。"很奇怪,就这一句,甘如饴竟然对申由甲产生了一种说不清道不明的好感。回想起遥远且懵懂的初中时代,还真有一个面目清秀的男孩子每天往她书包里塞情书。虽然最终同是女生的同桌因为嫉妒向老师告密而导致那段不酸不甜的感情就此终结,但那种难以忘怀的美妙感觉在一生中的任何时刻还是会让她怦然心动。日后，甘如饴就摘下了有色眼镜看待申由甲，也理解了他对棠宁的恨意：因爱生恨，爱之深，恨之切，大概说的就是这意思。

学校发通知要举办青年教师学术论坛：凡四十五周岁以下，且在教学科研岗位上的老师均可参加，自愿报名，须交论文，拿了等级奖，将获得出国访学的机会。这可是个大馅饼，文学院很多青年教师跃跃欲试。几日里，一向冷清的图书室居然门庭若市，很多青年教师都来借阅资料。甘如饴一个人应付不过来，忙得晕头转向，又没什么经验，出错几次后，免不得被那些自视甚高的青年教师嗤之以鼻。下了班，申由甲路过图书室，看见甘如饴单手托腮对着窗外盛大的落日发呆，模样孤独，侧影萧条。

这姿势绝对是天才女诗人的专属形象，申由甲心头不由得荡漾起一圈涟漪，走进图书室的瞬间又想：可惜她学养太浅，否则可以一起讨论诗歌。

甘如饴见了申由甲，并没有改换姿势，就那么安静地看着落日下沉，直到天色渐渐暗下来，才随口吐出一句像是酝酿已久的句子："人活着的意义到底是什么？"

申由甲对一个护校毕业生居然能问出这种哲学的

终极问题感到十分惊诧,但苦于自己也不知道答案,况且从甘如饴的口气中判断她并不是真的想搞清楚原因,便没有吭声。果然,甘如饴的问句只具有感叹意义,转眼她的思维就跳跃到了眼前:"你怎么也才下班?"

"你不也是?"申由甲又把问题抛回去。

甘如饴垂头丧气:"还不都是你们这些读书人害的。"

"我们读书人怎么着你了?"申由甲内心挺享受"读书人"这个称呼。

"也不知吃错了什么药,疯了一样都跑来借阅资料,本来这里的空气就不好闻,他们很多人还浑身发臭,我都快被熏死了。"甘如饴抱怨。

申由甲想到自己今早才洗过澡,便底气十足地说:"所谓知识分子一贯的穷酸臭呀。"

"那你不也是?"

"我和他们不一样。"

"怎么不一样?"

"我穷,但不酸不臭。"

甘如饴想到棠宁出轨的理由,便不打算再继续这个话题。俩人一起吃晚饭,聊天中,甘如饴才知道学校要举办青年教师学术论坛的事,她不知底细,随口问申由甲："院里所有四十五周岁以下的人都来借阅资料，你怎么不来？"

申由甲知道甘如饴不知他的底细，便撒谎："我最不喜欢争名夺利。"

"我觉得争名夺利没什么不好，只要通过合法途径、正当手段。"

申由甲拿了真话来撒谎："我需要的资料属于珍贵文物，不准外借，不准复印，不准抄录，连浏览都限制页数。"

甘如饴轻轻"哦"了一声，一晚上大部分时间都在沉默，吃完饭分别时，才认真对申由甲说："需要什么书你说，我偷偷带出来。"

第二天，申由甲就私下去找院长，一本正经阐明了自己的困惑——教辅人员是否有资格参加学校的青年教师学术论坛。申由甲以自己为例："我自参加工作以来，虽只带过一学期面向全校学生的现代诗歌鉴赏选修课，但就是因为那一学期的课，被学生以最高票评为年度最受欢迎教师。我干辅导员工作好几年了，就从来没有得过这荣誉。"

院长也不为难申由甲，不抠文件字眼，以"情况特殊"为由，一个电话打到教师工作处，三言两句就换来了申由甲的参加资格。申由甲原以为会受挫，准备了一肚子话进行反驳，甚至连甘如饴告诉他院长对棠宁提要求的秘密都码出来了，以备不时之需。没想到事情异常顺利，申由甲心里反倒慌了起来，感谢的话没准备，太激动了也说不出来，只好后退一步给院长鞠了一个异常标准的九十度深躬。出了院长办公室的门，申由甲腰杆子才硬起来，彻底有了去图书室找甘如饴的底气。虽还不知道写什么论文，但这并不妨碍他拿出最有文物价值的那本大部头进行现场定夺。甘如饴也给力，话不多说，交流全靠眼神，下班约申由甲在离学校几公里外的一处公园碰头。俩人刚见面，她就从包中掏出用蓝色丝绒布裹得严严实实的那本大部头来。申由甲开心得简直要喊出声来，兴奋之余，胆子也壮了，趁甘如饴没注意，揽过她的肩膀，冲着洁白的额头就吻了下去。

这夜，甘如饴一直像棵含羞草，紧紧跟在申由甲的身边，一副小鸟依人的模样，连说话也乖巧可爱了好几分。吃完饭，俩人一起沿着河堤散步，申由甲意气风发、侃侃而谈，甘如饴只觉得他不仅学富五车、出口成章，而且与少女时代所幻想的意中人形象完全吻合。她想趁热打铁告诉申由甲，那是她第一次被人亲额头，但话到了嘴边，竟怯了，一路上犹豫好久，才试探着挽住了申由甲就近的一只胳膊。申由甲看了一眼，并没有表态，依旧口若悬河地谈论北岛、张枣、于坚、翟永明。甘如饴一个人名也不曾听说过，从小她就不喜欢这些，只在课本上学过艾青、贺敬之、舒婷、海子，到现在，已经忘得差不多了。申由甲不表态，她心里就没底，只是靠猜测在申由甲希望得到赞美时投以礼貌的微笑。一路走来，甘如饴希望申由甲能说点别的话，但一直都没有期盼到。在离自家小区还有几百米时，她悻悻地抽走了挂在申由甲胳膊上的那只手。告别时，申由甲让甘如饴先走，说目送她进楼。甘如饴心底又亮起了一道光，拐进楼梯，迫不及待地从楼道的小窗口悄悄看申由甲。黑暗中，申由甲在摆弄手机，淡淡的光反射出来，脸上像炸开了一湾灿烂星河。甘如饴平静地看着这个比她差不多大了十岁的男人，突然想到自己今年已经十九岁，明年就到可以登记结婚的年龄了。

再见面时，甘如饴的心怦怦直跳，申由甲却一脸坦然，若无其事的样子。甘如饴心里很不是滋味，沉默了几日，决定正式跟申由甲谈一次。谈话的地方就约在申由甲亲吻她额头的那个公园，她想：他是读书人，敞开了说不好，给自己也没留后路，含蓄一点，或许成功率更高。公园是个对她具有极重要意义的地方，只要是明眼人，什么都会懂，多余的话一句也不需要讲。

甘如饴到得早，内心盘桓，走了走觉得好没意思，坐在一个古雅的亭子里面容忧伤地发呆。晚风吹过来，她双眼就噙满了泪花。父母自驾出车祸双双去世的那年，她才十四岁，刚上初中二年级，怎么也无法搞清楚全等三角形的判定条件的概念。葬礼上，两具一模一样的黑色棺椁停在灵堂，她想：三角形才三个角三个边都这么难，要是判定两具棺材是否全等，那这个世界简直就太疯狂了。事发突然，此前她从来没想过父母会先她去世，也没想过会在她还未成年时去世。可能也是一时蒙了，面对哭成一团的七大姑八大姨，她怎么都无法调动情绪让自己掉下眼泪。议论纷纷中，她听到大家说她"心硬""脸厚""冷血"，她觉得委屈极了，想告诉他们事实不是这样；但越是急于辩解，她越是感觉百口莫辩，因此索性一句话不说。她在葬礼上的行为让宾客印象深刻，全等三角形的判定也消退了她对学习的所有乐趣，初三毕业没考上高中时，没有一个亲戚愿意站出来帮助她。祖母早殁，照顾祖父的任务自然就落在了她头上。姑姑们和叔叔们的意见出奇一致：甘如饴靠老爷子的退休金解决吃穿住行，她不奉献谁奉献？又集体决定，让面临失学困境的甘如饴去护校念书：一是学成好照顾越来越年迈的老爷子，二是也算为她的将来谋一条出路。退一万步讲，大家都是读书人，你没文化，嫁人都困难。好在甘老教授虽年迈，但不昏聩，他知道甘如饴在护校并不舒心，等她一毕业，他就打破一辈子不求人的原则，亲自上门来找自己的得意弟子（院长）为孙女办事，硬是把一个人人都不看好的姑娘送进了人人羡慕的象牙塔里工作。甘如饴知道祖父为了自己的事，忍痛将一方收藏了大半辈子的顶级洮砚割爱给了院长，感动之余，她觉得特别对不起祖父，丢了他的风骨和志气。她也真诚地表达过这种意思，但一生都埋头于故纸堆的祖父却轻松笑言："要进一步解放思想与时俱进嘛！"

申由甲在亭子里找到甘如饴后明显面露不快，他嫌她藏身太深，故意寻他开心。甘如饴本想告诉他这亭子是公园里唯一的亭子，属于地标建筑，最易寻找，但一想还是算了。申由甲问甘如饴约他来这里的目的是什么，甘如饴毕竟年轻，在感情上没什么经验，不懂得把主动权掌握在自己手中，一紧张，酝酿好的计划瞬间都忘光了，连盆带钵全亮底给对方。"我还是第一次被男人亲吻额头。"甘如饴低着头说话，两只眼睛盯着申由甲的鞋尖瞅，耳根烧得发烫。她觉得自己好不知廉耻。

申由甲当即明白了甘如饴的心思，看了好一会儿也不见这个比自己小了将近十岁的姑娘抬头,就无声把她拉进了怀中。甘如饴的胳膊护在自己胸口,往外使了三四分力,见撑不开申由甲,便泄了气,只得在嘴里咕噜咕噜自言自语:"你干什么啊?讨厌。"

申由甲像是从这柔弱的声音里得到了力量和鼓励,把甘如饴裹得更紧了。甘如饴随便挣扎了几下,仿佛已提前知道了结局,就渐渐安稳下来,也不再自言自语,接着,就顺势将头枕在了申由甲的胸脯之上。怀里的甘如饴虽然还没散发出成熟女人的气息,但身形有如另一个棠宁,这是申由甲从未发现过的。许是为了弥补缺憾,许是出于一时冲动,申由甲心虚地怀着一种此前对待棠宁那样的仪式感,轻轻扳过甘如饴的脸,闭着眼睛就吻了下去。吻完了,再睁眼看甘如饴,才发现胸口的人儿正撑圆了一双眼睛在看他,样子木木的,显然是被吓坏了。申由甲也被吓了一跳,想了想觉得甘如饴年轻是年轻,但断不是还没接过吻的人,毕竟都快二十岁的大姑娘了,就问她:"你不知道接吻要闭上眼睛吗?"

甘如饴推了他一下,嗔怒道:"我怎么知道?老师又没教过这个!"

申由甲又好气又好笑,顺手拉住自己上衣的两角,用力往后一翻,整个衣服就在头顶搭成了一个"帐篷"。甘如饴不知道他要做什么,下意识地往后退了一下。申由甲越发得意起来,顶着那"帐篷"上前一步,恰好覆盖住了甘如饴整个上身。甘如饴对申由甲的行为实在感到不解,于是,她问他:"你要干什么?"

"老师没教过我教啊。"申由甲痞痞地说。

半明半暗的"帐篷"中,申由甲发现甘如饴在微微颤抖。对于他来讲,这或许根本不算什么;但因为甘如饴,他也变得小心翼翼起来。此刻,甘如饴的颤抖仿佛是一种来自上天的无声提示,一想到自己大眼前的姑娘十岁,他就尽可能警惕地用理智控制了发昏的大脑。他上大学时,她还是个小学生呢,这么一对比,他立刻觉得自己是在犯罪。但很快,他就释然了,毕竟他从来没打算要与她结婚。他的停顿让甘如饴生出紧张,她一直没有告诉他,其实,早在念护校时,她的初吻就不在了。那是一次混乱的经历,她跟着同学去西安参加人生中第一个草莓音乐节,当大家的偶像出现在台上时,台下的粉丝发了狂一样嘶吼。她并不是任何一个明星的粉丝,但被现场的气氛感染了,也跟着蹦跳。所有的人都摇摆不定,像鱼和海草纠缠在一起。就是在这个时候,她身边的一个陌生男子一把就抱住了她,她还没来得及反应发生了什么事,嘴巴就被对方的嘴巴堵上了。她受了惊,使劲儿拍打对方,但终究无济于事。后来,当她一巴掌甩在对方的眼睛上时,那人才松开她,捂着眼睛逃跑了。自始至终,她都没看清那人的长相,只记得他的嘴巴里有股食物腐烂的酸臭味。那是一次印象极其糟糕且给她留下心理阴影的接吻,此后很长一段时间,她都对接吻抱有极强的抗拒心理。直到毕业那晚,一个暗恋了她三年的男孩子向她表白,她才鼓起勇气把内心承认的初吻给了对方。那夜过去,大家纷纷各奔东西,此后,她再也没见过他。有时,她还蛮怀念那个夜晚,无关他,也无关初吻,只是怀念那种迟到但未缺席的感觉。而现在,申由甲的停顿让她感到了忐忑不安,她想,他一定是知道她撒谎了,他是经验丰富的老手,有什么事情能瞒得过他呢?纸终究是包不住火的,她开口坦白:"如果你觉得……"

"不,"申由甲打断她,"我只是内心充满了像要占你便宜的负罪感。"

甘如饴彻底松了口气,明白是虚惊一场,就又咕噜咕噜自言自语:"你们读书人真讨厌。"

申由甲又很受用,两张相差十岁的嘴唇立刻在"帐篷"中重叠了。

与申由甲接吻后,甘如饴就闲不住了,时不时去教辅室找他,见了面,也不说什么事,只是站在他身后静静地看着。教辅室还有其他人,申由甲也不好意思说话——主要是不敢,就在电脑上打开一个空白文档,写道:"我们到图书室去。"

甘如饴点头,却站着不动。

申由甲又在底下接了一句:"你先去,我随后就来。"

甘如饴一转身,脚尖擦着地面"刺啦刺啦"滑走了。申由甲冷静了一阵子,觉得甘如饴铁定是爱上他了。可他不喜欢她,也不想伤害她,可又能用得到她,一时间就很为难了。他知道现在收手还来得及,再往下发展下去,事态就不可控了。马和悬崖,他都看得见;但一想到棠宁那么不留尊严地作践他、侮辱他,他就突然什么都不管不顾了。走进图书室的时候,甘如饴正靠在门上抿嘴笑,申由甲一脸严肃地问她:"什么事?"

甘如饴说:"没事就不能找你了?"

申由甲说:"那么多人都在,影响不好。"

甘如饴嘟嘴:"怎么就影响不好了?"

申由甲看看门外没人,将甘如饴拉到窗户边说:"一来,我刚和棠宁分手;二来,你小我这么多岁;三来,甘老教授又是你爷爷。这些事分开讲都没有什么不妥,但你想想,要是叠加在一起,是不是就出问题了?"

甘如饴觉得申由甲说得有道理,但女人是不讲道理的,噘起嘴就要索吻。申由甲无奈,亲了一下,又觉得再这样下去,不要说前途和名声,恐怕就连尸骨都要毁在甘如饴手里了,于是就强制与甘如饴约法三章:不准再去教辅室找他,不准公开索吻,不准把他们的事告诉别人。总之,他们的关系只能在地下进行。他的理由也很"充分",拿蒸馒头举例子为他和甘如饴的将来画大饼——锅盖揭早了走气,馒头就蒸不熟了。申由甲的一番解释让甘如饴觉得心安,她想,他果然跟护校里的那些小男生不一样,考虑问题比他们周全太多。

熬了几个大夜,申由甲的论文总算出炉了,题目比较混搭,叫作《王阳明"心学"与"十七年文学"中的现代性关系及渊源探考》。甘如饴看不懂,不知道什么叫"心学",也不知道"十七年文学"是哪十七年。她只知道校门口有一条风味小吃街,里面有她最爱的油炸五花肉店,就坐落在巷口东头,而这个巷子的名字恰好叫"阳明巷"。她把疑虑讲给申由甲听,申由甲哈哈大笑起来,敷衍着胡乱掰扯几句,就把这答疑解惑的事儿顺手推给了甘老教授。末了他还郑重交代:"回家一定要问。"甘如饴嫌申由甲故作高深,白了他几眼。

次日一见面,申由甲就迫不及待地跟甘如饴腻歪,这是他此前从未有过的,反常的情况让甘如饴感到莫名其妙。甘如饴不明就里,虽肢体和表情都配合着申由甲,心里却咯噔起来。申由甲也不说话,只是一张嘴使劲往甘如饴脖子里拱,拱得甘如饴心里直发毛。待申由甲拱完了脖子再拱胸口时,甘如饴半真半假地躲到一边道:"你们读书人怎么也流氓兮兮的?"

申由甲扑过来边拱边说:"读书人也是人。"

甘如饴扳起他的头,认真问:"今天究竟怎么了?"

"没什么啊,你看这天气多好,微风轻拂,浮云淡薄。"申由甲说。

"你!你!你!"甘如饴连戳申由甲胸口三下说,"我是说你究竟怎么了!"

申由甲又油嘴滑舌:"我对你的爱一日不见,如隔三秋。"

"从昨天到现在,我们才是半日没见。"甘如饴说。

"那就一个半秋。"

"刚才还三秋呢,才眨眼就少了一半。"

"不见面隔三秋,见了,我连这一半都还不要了呢。"申由甲说着就去揽甘如饴的腰,直把她哄得云里雾里,真真假假一概不辨了。甘如饴跟流行,穿了洛丽塔风的花裙子,申由甲的手已经伸进裙底,准备扯下白丝袜。甘如饴毕竟是女生,情感再怎么充沛,理智还是有的,一把推开他,咯咯咯笑着从书架里飘走了。图书室正好来了人,申由甲装模作样取书,余光看见清晨的阳光打在甘如饴的额头上,整个画面都是那么洁净、和谐。有那么一瞬间,他真切地感到自己在玩火,但随着那束光的转移和消失,他就再也不觉得有什么了。

甘如饴忙完了再找申由甲,已看不到人,走到教辅室门口,斜着身子发现他对着电脑一筹莫展。有人打招呼,甘如饴敷衍地笑笑,也不吭声,脑子里却回荡着申由甲才定下的约法三章。她倒偏要看看申由甲蒸的是什么馒头,蹑手蹑脚靠近他身后,瞅见他直愣愣对着的电脑屏幕上竟是前一天才跟她提过的《王阳明"心学"与"十七年文学"中的现代性关系及渊源探考》。甘如饴想起来他昨晚交代的事,自己还没办,心头惭愧,就又蹑手蹑脚退回了图书室。

大半日,申由甲都没再来找甘如饴,她心里也快快的。快下班时,申由甲经过图书室看见甘如饴又对着落日发呆,远远瞄了她几眼,走进电梯才给她发信息:"论文要提交了,想再完善一下,今晚就不陪你了。"

甘如饴盯着冷冰冰的一行字，直坐到日暮夜黑，也没等到下一句，就无声无息地走出了空荡荡的楼体。她并不喜欢现在的工作，只是祖父觉得大学里安逸，能让她免去很多身心之役。毕业后，护校里以前要好的几个室友各自散落一方，有的天南海北做医疗器械代理，有的想方设法进了体制内医院，有的开了美容整形机构。她和她们一起念书时就三观不同，但这并不妨碍同窗友情。前几日，一个发达了的室友发来语音，说正斥巨资打造一个网络直播公司，问甘如饴有没有兴趣。甘如饴回答得含糊其词，那姐们认真，一贯喜欢发语音的她居然发来一行字："你底子不差，再把美颜滤镜一开，能迷倒一大片。扭扭屁股就赚钱，运气好被导演发现了还能去当明星呢。你要相信我。"甘老教授一直告诫她：近朱者赤，近墨者黑。甘如饴想，申由甲是像祖父一样的读书人不假，但灵魂真不怎么有趣。

甘如饴回家后闷闷不乐，在自己的房间呆坐了一阵子，才去请教甘老教授什么是王阳明"心学"，什么是"十七年文学"。甘老教授自然欣喜，以为孙女才去文学院短短几日，居然就触碰到了文学的脉搏，便耐心解释起来。甘老教授功力深厚，谈起学问来旁征博引、头头是道，但王阳明个人经历还没讲完，甘如饴就打起了哈欠。甘老教授察觉到后先是皱了眉头,又讲了几句,见甘如饴心不在焉,就问她是替谁开口的。甘如饴不好意思搪塞,遂拎出申由甲的论文题目来。甘老教授盯着看了许久,话也不说,眉也不展,神情寡淡,看不出悲,也看不出喜。有那么一瞬间,她分明从祖父的眼神里捕获到了一个老人对青年时代的追思之情;但转眼间,却又倏忽不见了。甘老教授的沉默让她感到深不可测,而对于申由甲的这个论文题目,她是一丝儿的底气都没有。直到临睡前,甘老教授才散淡地对甘如饴说:"明天让这个申由甲带论文来家里一趟。"

申由甲早上把论文拿给院长看,并没有得到肯定。院长嫌他标新立异,直言学术应该温柔敦厚。申由甲最看不惯四平八稳的学术,院长又劝他:"年轻人还是要静下心来多坐几年冷板凳。"

申由甲说心里话:"我不想跟着你们搅和一潭死水。"

院长觉得申由甲在挑衅,冷冷道:"哗众取宠。"

申由甲从院长的口气里听出了威风和杀气,铩羽而归。因此,这一整天时间,申由甲都在极度的愤懑中度过。当甘如饴来向他传达甘老教授的意思时,他甚至觉得是院长向甘老教授告了密,来唤他过去当面羞辱，毕竟院长是甘老教授得意弟子的事实在文学院尽人皆知。

"你爷爷说了什么吗?"申由甲问甘如饴。

"什么都没说。"

"表情呢?"

"也没有。"甘如饴不敢把真话都说出来，自从和申由甲接吻后，凡事她也小心翼翼。

申由甲拎了一大堆高档补品上门，这让甘如饴感到格外高兴，她觉得申由甲是真心爱她的。进了门，还没怎么寒暄，申由甲就被甘老教授叫去了书房，门被关得严严实实，甘如饴一句也偷听不到。她在厨房里择菜、去鳞、烧水，准备做甘老教授最爱吃的松鼠鳜鱼。

鱼做好了，书房门还关着。甘如饴等了会儿，见还没动静就去敲门。甘老教授来开门，她看见俩人都乐呵呵的，心底一下宽了。甘如饴留申由甲吃饭，申由甲以"论文重要"为由推辞了，任甘如饴再怎么挤眉弄眼都不顶事儿。甘老教授也为申由甲开脱："这会儿时间就是生命，不留你了。"

申由甲出了门，甘老教授和甘如饴落座吃饭。甘如饴还沉浸在一开门见俩人都乐呵呵的喜悦中，趁着兴头向甘老教授问东问西打听了不少旧事。甘老教授

——与她细说,松鼠鳜鱼吃完了,见甘如饴放下筷子,才问她:"你是不是在和申由甲谈恋爱?"

甘如饴像被发现了秘密,脸红道:"谁说的?"

甘老教授说:"你别管,只回答是与不是。"

甘如饴想到申由甲的约法三章,遂撒谎:"不是。"

甘老教授也不再相逼,缓了几秒才慢悠悠说:"申由甲做学术是不错,但不适合与他恋爱。"

"谁和他谈?"甘如饴急忙辩解,"我才看不上他!"

"没说你和他谈啊。"甘老教授温和地讲。

谎言被轻易拆穿,甘如饴只好默不作声。

甘老教授笑着说:"他野心过于盛大,我是怕你吃亏啊。"

甘如饴撇嘴:"我就没看出来他哪有野心。"

"你年纪太轻,还不足以看透一个人的本来面目。"甘老教授又笑,"有时间还是多读点书。"

"那他的论文呢?"甘如饴不忘再追问一句。

"论文虽有离经叛道的嫌疑,但给目前的学术界提供了一种新的研究方法和可能性,还是大有可取之处的。我就怕那帮蠢驴木马不识货,把他一棍子打死了。"甘老教授平静地说。

"那怎么办?"甘如饴说,"拿到青年教师学术论坛论文的等级奖对他来说至关重要,关系到他的前途命运。"

甘老教授再次笑："不是没谈吗？还为人家着急。"

甘如饴也笑："那也是同事嘛。"

甘老教授故作神秘道："看他造化吧。"

青年教师学术论坛如期而至，文学院的推荐名单里，申由甲赫然在目。论坛进行了三天，学校里的上百号青年教师各显身手，最终获得等级奖的共有二十个人，基本保证了每个院有一个名额。文学院的获奖者也出来了，但并不是申由甲，而是一个从教十余年的副教授，教授唐宋文学，提交的论文题目是《"唐宋八大家"对后世散文创作发展之影响》。公开信息显示，学术论坛邀请的文学类学术评议委员正好是文学院院长。获奖名单公布的那天，申由甲又去找院长，他开门见山道："《'唐宋八大家'对后世散文创作发展之影响》这文章有一点点意思吗？"

院长反问他："那你觉得什么有意思？"

申由甲不好意思直接说《王阳明"心学"与"十七年文学"中的现代性关系及渊源探考》有意思，就说："我觉得那文章没有创造性。"

院长说："学术和创造是两码事。你在诗歌创作上有天赋和能力不假，但学术它就是要一步一个脚印往踏实里走。"

申由甲自恃被甘老教授私下唤去关门指点过,好歹也算个"关门弟子",就有些不把院长放在眼里,血气方刚地挽了挽袖子说:"我觉得我真的是个人才,可惜不被赏识。"

院长冷笑:"以前也有人对我说过同样的话。"

申由甲并不想问说过这话的人后来怎么样了,他明白,院长既然说了这话,就一定挖了坑在等他自己往下跳。他说:"有朝一日我要是从这里离开了……"

院长打断他:"这话也有人对我说过了。"

院长的话让申由甲不知所措,气势上再次败下阵来。他憋了好一阵子,也没再憋出一个字,只好满脸通红灰溜溜地离开了。

甘如饴得知获奖名单后,心想申由甲肯定伤心难过,而此刻,也正是最为考验她这个女朋友的时候:如果此刻都不能陪伴在他左右,分担他的忧愁,那未来也就不配分享他的快乐。这么想着,她也就不管不顾约法三章的事,风风火火闯进了教辅办公室。申由甲座位上冷冷清清,电脑关着,问了几个同事,都说没看见他来上班。打电话,关机;去院办问,大家也纷纷摇头。倒是有一个平时和甘如饴走得近的女同事,见她急匆匆的,连鼻尖上都渗出来汗珠儿,就不动声色地将她拉到办公室外面讲悄悄话。

"你和他是不是在偷偷谈恋爱啊?"

"没有啊。"

"连我你都瞒。"

"是他追我的。"

"这种人你还是远离为好。"

"我还没答应呢。"

"坚决别答应。"

"怎么了?"

"他和棠宁的事你知道吧?"

"嗯。"

"他故意把屎盆子扣棠宁头上,搞臭人家名声。"

"不是棠宁出轨吗?"

"信他个鬼,他根本没有一句实话。"

甘如饴觉得申由甲不至于如此愚蠢,此事若系捏造,纸终究包不住火,何必呢?她想起祖父甘老教授的"肺腑之言",又努力把从认识申由甲到现在的点滴连缀在一起,试图拉出一条哪怕是不甚清晰但也能有迹可循的线索;但直到晚风将附近松林的阵阵清香送进图书室,她也没能从发动全部思维调动出的各种记忆碎片中琢磨出一丝端倪。

次日就是校运动会,全体师生都处于一种"半放假"状态。甘如饴通过各种关系和方式,也都没能联系上申由甲，就仿佛他整个人从这世界上蒸发了一样。往年开运动会，申由甲无一例外会亲自上阵，写几首诗歌交给广播站；虽然文学院从来都没有在运动会中取得过理想成绩，但恰是因为有申由甲的诗歌，反倒比其他院出彩。今年缺了申由甲，各种比赛项目又一如既往地不见文学院拿名次，观众席上大家都一副病恹恹模样，连那有气无力的"加油"也懒得喊了。已经有好几个同事都向甘如饴打听申由甲的去向，她装作风轻云淡地一一敷衍，心底却暗流涌动。她觉得大家看她的眼神明显是像围观一个"弃妇"，他们的眼神里只有"看热闹"三个字。

眼不见心不烦，甘如饴躲在家里不去运动会观众席，而把自己关在卧室里无止境地逗弄家里的橘猫。猫不时发出如婴儿般的啼叫，那声音叫得甘老教授身上一阵紧一阵松，不得不中断每日规定的写作计划。甘老教授几次欲敲门，然而徘徊良久后，终究还是提着个小马扎出门去看附近的老头们下棋去了。一整个上午，他都表现出持续不断的忐忑不安来，直到晌午准备回家吃饭时，那种让他倍感焦虑的情绪才稍微退去一些。开门后，并不见甘如饴在客厅，甘老教授绕到厨房，也找不到孙女的身影。和煦的阳光从窗户穿过阳台上的花木丛，落到了客厅中央的茶几上，甘老教授迎着暖意走到沙发旁稍微沉静了一会儿，便听到有呼噜声从甘如饴的卧室里飘荡出来。那声音有两股，一粗一细，时而交叉，时而分离，像剪不断理还乱的情绪。细的肯定是甘如饴的了，粗的，甘老教授就不知道了。有那么一瞬间，他甚至怀疑粗的是个男声，但他心底又笃定，甘如饴绝没到不经说明就把男生带回家来睡觉的程度。就在这种猜疑与相信并存的情绪中，甘老教授对着不断飘荡出一粗一细两股呼噜声的卧室门犹豫起来。女大不中留，甘老教授想，可他毕竟还是长辈。

甘老教授陷入了矛盾当中。又坐了一会儿，太阳已经移走了，花木的影子也逐渐消失。当暖意退去时，腹中阵阵饥饿引起的不舒服让甘老教授感到身上的温度在一点一点下降。他知道，这是早年因贫而积攒的旧疾，它会在每一个不按点吃饭的时刻严肃地教训他。有细小的汗珠从鼻尖渗出来，他定了定神，告诉自己不要慌。他擦去汗珠，缓步走到厨房去寻找立刻就能下咽的食物，但除了一些蔬菜、鸡蛋和生肉，他什么也没有发现。他的日常用度都交给甘如饴操办，平日里不进厨房，这会儿，他是不可能很快就找到食物的，况且，就算找到了，他也来不及去食用。因为就在前一刻，他听到密封的厨房里竟然传来了一阵喟叹般的风声。那声音清晰又悠长，让他误以为进入了一片水域。他感觉整个自己都变得轻盈起来，像踩在船上，回到了遥远的故乡。他的故乡是一座北方的村庄，村庄附近有一条从东往西的倒流河，河里可行船，但他从未坐过。他在那里度过了高中之前的所有日子，成年后，才来到了现在的城市。父母去世后，他再也没有回到过那个村庄。早在多年前，他就从新闻上知道，故乡的那条河流干涸了，河床被开发成沙石厂，挖得乱七八糟，竟然发现了金矿。船在水里穿梭，但移动之间，先前的那种轻盈之感已变得不均匀。船开始像打摆子，左右摇晃，之后，就上下起伏幅度很大地跳动起来。当被一阵猝然而至的气流冲击之后，世界变成了弧形，他还没来得及呼喊，就跌入了茫茫黑夜。像是灵魂出窍一样，船撞到了水岛，而他，也被顺势甩了出去。沉重的坠地后，疼痛随之而来。不过他还顾不上承受这些，就感觉背部被湿润的浮萍接住了，他自己，也正被上帝之手平放在冰凉的水面上。那水托着他，就像托着一张纸，接着是安静，绝对的安静。他感觉不到风，也感觉不到船，更感觉不到水面，当失聪和失明完全将他覆盖时，他仿佛已经去了另外的世界。

## 下篇

甘如饴再见申由甲是在学校工会举办的单身教职工联谊会上。

甘老教授去世后,她变得像一株植物那样沉默,如果在图书室中找不到她,就一定能在宿舍里找到。除了这两个地方,她在其他地方逗留的时间绝对不会超过半个小时。无论工作时还是闲暇时,她尽可能让自己保持安静。因为只有安静下来,她才会感到简单和安全,才会让别人找不到破绽。可是,当消失的申由甲出现在单身教职工联谊会上的消息,通过那个平日与她走得很近的女同事之口传到她的耳畔时,她还是感到从心底冒出的一阵震颤轻易就撼动了自己努力克制已久才到达的安静状态。

单身教职工联谊会在教职工活动中心举行,甘如饴刚工作那会儿,曾被女同事带去那儿打过几次羽毛球与乒乓球。前几次,她真的以为她们是去打球的,因为那里除了能打羽毛球与乒乓球,还摆满了各种健身器材。直到后来有一次中场休息,她才发现女同事去那里根本就是醉翁之意不在酒。活动中心四周有很多小房子,木门白墙,挂着各种活动剪影和规章制度,看上去并无什么特别。那次中场休息,女同事以去洗手间为由离开了。甘如饴坐在长凳上捣鼓手机,等了很长一段时间还不见女同事来,就闲转着推开了其中一间小房子的门。房子里布置得古典别致,看上去是个茶舍,甘如饴还在打量中,立刻就有一个男青年迎上来,满脸笑意地问她:"来啦?"

"嗯。"甘如饴不知道对方为何如此热情,没搭话。

男青年殷勤异常,又是帮她拉凳子,又是帮她倒茶,等到甘如饴不明就里地喝完了三杯红茶后,那人居然约她晚上一起去看新上映的国产文艺片《山河故人》。

"'贾科长'导演的,"男青年兴奋地挥舞着双臂,差点把甘如饴的茶杯打翻,"终于等到你,还好我没放弃。"

"嗯?"甘如饴知道他说的是电影,但心里还是吃了一惊。

"等你也一样。我没意见,你呢?"男青年说。

"什么?"甘如饴觉得他可能认错人了。

"我说我对你没意见,你对我呢?"男青年眼神期待。

"你是不是对我有什么误会?"甘如饴很不好意思,"我为什么要对你有意见?"

男青年瞪直眼睛问她:"你不是来相亲的?"

甘如饴赶紧站起来,再次环视了房子一周,确认道:"这儿不是茶舍吗?"

"是茶舍啊,"男青年一脸不快,"周边还有棋社、书吧和电影院呢。"

甘如饴羞赧地逃跑了。

女同事在原地张望,看到她从茶舍出来,竟然惊讶地站起身来,张大了嘴巴,做出夸张性的迎接动作。

"你去那儿了?"女同事拉住甘如饴的双手,看着茶舍的方向,神秘兮兮地问道。

"我不小心走错了门。"甘如饴回答的语气中饱含对自己误入茶舍的懊悔和解释。

"哦,"女同事做恍然大悟状,"我以为你去找朋友呢。"

"里面的人真是太奇怪了。"甘如饴不免要将所见所闻倾吐出。

女同事抢话:"有人要约你?"

"是啊,身份都搞不清楚就要约我看电影,还问我对他有没有意见,简直要吓死人了。"甘如饴尽量将肢体语言表现得丰富、夸张。

"他们就那样,"女同事说,"一群饥渴的单身学术青年。不过有几个倒还不错。"

甘如饴从女同事的话里听出了隐藏的意思，正徘徊于问与不问之间，女同事却不打自招道："嘿，也没什么，其实多接触接触就觉得他们也挺有意思。"

甘如饴讪笑："我只觉得……恐怖。"

"恐怖？都是同校老师，素养好、学历高，其中还不乏帅哥和钻石王老五，有什么恐怖的？你年龄还小，又没什么社会阅历，还什么都不懂呢。"女同事一副"过来人"的姿态只让甘如饴觉得她们之间的代沟深不可测，简直像鸿沟。

果然没过多久，甘如饴就听说女同事常去教职工活动中心"钓"那些单身男老师，狗熊掰玉米，钓一个丢一个，搞得单身男老师们个个互为情敌。她因此知道教职工活动中心并不是什么"表里如一"的好地方，在她心里，那地儿比婚姻介绍所还差几个档次。现在，往事历历在目，甘如饴恨不得飞过去扇申由甲几巴掌。

甘如饴想起女同事之前打听她和申由甲是否恋爱的事，故意抛出轻飘飘的话："和我有什么关系？"

女同事讨了个没趣。她分明看见甘如饴的脸色由白变红，又渐渐变紫了，但又不想把两个人弄得都没有台阶下，就借口有事离开了。甘如饴缓了好一会儿才回过神来，她知道自己的样子很难看，可又觉得只要做到了嘴巴硬,全身也就会有坚不可摧的铠甲保护自己。

就像关于祖父去世的这件事,无论姑姑们和叔叔们怎样指责和罩骂,甘如饴始终一言不发。她知道自己已经失去了最后的依靠,唯有咬死牙关,才能撑过绝望。那份尸检报告明摆着就是她的行为鉴定书,"猝死"二字几乎等同于"渎职",否则,甘老教授又怎么会一命归天呢?大家一致认为她就是十恶不赦的凶手。丧事期间,她一直被勒令跪在甘老教授尸体旁边,虽然膝盖下面的垫子由海绵和绒布缝合而成,但那东西依旧硌得她膝盖发肿。与在父母的丧事上一样,这次,她同样没有哭。她哭不出来,但她被庞大的悲伤所笼罩。她认为,她才是所有人当中最悲伤的那个人。多年以前,被他们用来形容过她的"心硬""脸厚""冷血"再次与她相遇,有所不同的是,这次她又听到了"无耻"和"克星"的字眼。那时,面对它们,她感到莫大的委屈;而当下,她只觉得这类词语多一个,她身上的那层铠甲就会加厚一层。她的这种"宁死不屈"让所有人暴跳如雷,他们无一例外地认为这简直就是赤裸裸的挑衅。因此,在甘老教授的骨灰下葬的当天,家里的长辈们刻不容缓地给她下了死命令——搬出这个家去。

她没有抗争，因为她知道，他们期待这一刻不是一天两天了。姑姑们和叔叔们都有正经的工作和不错的收入，日子过得也很体面，他们根本不需要甘老教授的这所房子；可即便如此，他们也绝容不下她。愤怒如洪水猛兽，已经让他们失去了基本的理智，在他们眼中，多年前她就已经是个"怪物"了。

搬家是在大家的监视下进行的，和甘老教授有关的东西，一件不许她拿走；和她有关的东西，一件不许留下，界限划得很清楚，大有一刀两断的意思。她的东西虽然比较零碎，但要认真整理起来也耗费不了多少时间。行李箱自然不够用，于是那些床单就派上了用场，大包小包拎出来，全部码在门口。当收拾完最后一包东西时，她才发现整个屋子里的光线是那么暗淡，似乎所有东西都失去了鲜艳的光泽和本来的温度。她不觉叹了口气，刚要转身离开，却发现有个东西正朝她走来。那东西穿过暗淡，不急不缓地移动着步伐，走到她跟前时，竟然抬起脖子幽怨地看了她一眼，之后侧着身子卧倒在了她的脚踝边。不用去看，她都知道是那只橘猫，祖父死前的那一刻，她正搂着它睡得香甜。如果说这世界上还存在能与她相依为命的东西，她想，应该就是它了。但事实上，它是甘老教授生前从邻居那里领养的。起初它还只有老鼠那么大点儿,是她用牛奶把它养大的。那时,她已经在念护校,经常瞒着老师和同学将它带进教室,就安置在自己的一顶毛线帽子中。知道的人都调侃这是一只有文化的猫,毕业时,她特意抱着它拍了大合影。对要离开的这房子,她还真没什么割舍不下的;但要离开这只橘猫,她并不心甘情愿。她俯身抱起了它,准备请求屋内的长辈们让她带它走。她已经想好了措辞,也预备了被拒绝后的另一套方案;可是她的目光还没有落到具体的哪个人身上时,那扇使劲被推过来的铁门就冷酷地将她、橘猫以及她的那些尚来不及说出口的言辞一起轰出了门外。

怀里的橘猫安静得犹如熟睡的婴儿,她看着堆满了楼道的包裹,蓦地就想起了申由甲。她还是不甘心,她想,如果现在还有什么可以称得上"希望",那必定是突然从她生命中消失的这个男人了。她在犹豫之后拨了他的手机号码,手机是通的,但没有人接,响了一阵,被挂断了。甘如饴敢肯定这一定是申由甲干的,她又拨了一次,语音却提示对方关机了。一瞬间,甘如饴感觉连气都喘不上来了,这个她曾经以为在未来可以让自己依靠的男人,现在居然以这样的方式侮辱了她。姑姑们和叔叔们在她看来早就不能称为"亲人",但申由甲不同,他们有过肌肤之亲。现在,她想到了"丧家之犬"这个词语,几分钟前被撵出家时她都不觉得,但被申由甲挂断手机后,她切身体会到了这个词语的精髓所在。

接下来,她几乎是抱着一种故意撕开伤口给别人看的心理拨通了院长的手机。通话中,她开门见山地表示自己被亲戚们赶出了家门,而作为文学院院长和甘老教授的得意弟子,于公于私,他都应该给她安排一个容身之所。院长一直没有吭声。甘如饴说完自己的诉求后,沉寂几秒开口道:"以后你要我做什么我都答应!"

院长那头还沉默着,甘如饴连下一句话都想好了——我还是处女。她闭着眼睛豁出去了,默数着一二三四五,她决定,如果数到十,院长还不说一句话,她就不要脸了。但刚数到七,手机中就传出了院长的话:"喂,如饴啊,你说什么?刚才电梯里手机信号不好,我什么都没听清楚,你再说一遍。"

她愣了一下,随后便感觉全身泛起一阵持续不断的痉挛。当再次表达意愿时,她冷静、理智了很多,也没有再提先前那些不知廉耻的话。事情很快就得到妥善解决,她被安置在院里的单身教职工宿舍,是个两人间;但另外的一个人早就与未婚夫在外租住,好久都没回来过了,整个宿舍里都弥漫着略微呛人的水果腐烂的味道。

那个和她关系不错的女同事的宿舍就在斜对面。女同事夜不归宿已是常事,要搁在以前,甘如饴必定对她敬而远之,但自从搬到这里来,她对什么都不在意。

甘如饴对申由甲参加单身教职工联谊会的这种态度让女同事心有不甘,没过多久,女同事就又折回来了。这一次,女同事对自己的"目的"毫不掩饰——她要甘如饴陪她去看看那些曾经被她吃过的"草儿"目前长势究竟如何。

"你把自己比喻成马?"甘如饴问。

"不,我是兔子。"女同事说。

甘如饴知道女同事在给她台阶下的同时又想成全她,便不再推辞。她们一起来到教职工活动中心,并没花多少工夫就瞅见了打扮得衣冠楚楚的申由甲。他虽然戴了面具,但甘如饴只是在人群中看了几眼,就认出了他。他混在那些男男女女当中,拉着几个女人的手在一一看手相,自信又潇洒,简直和前段时间愁于在学校青年学术论坛上谋取名次的潦倒形象有着天壤之别。女同事气不过,拽着甘如饴的手就要过去跟申由甲理论,但拽了好几次,都被甘如饴滑脱了。甘如饴站在那群狂欢的人群之外,只感到出奇安静,她想，眼前的心上人已不是从前的那个心上人了。

女同事放弃了甘如饴，气呼呼地闯进人群去拉申由甲。申由甲看到甘如饴，脚下虽一再犹豫，但到底躲不过女同事的一番拉扯。申由甲自知做了亏心事，整个人都变得局促不安，好在有面具，否则他就算脸皮再厚，也无法面对面前这个被自己亲吻过的姑娘。甘如饴则不，来这里之前，她纵然酝酿了千万种扇申由甲巴掌的方式，但在看到他拉着那些女人的手——看手相的场景后，就觉得一切都无所谓了。

"你哑巴了！"女同事帮甘如饴训斥申由甲。甘如饴不说话，也不制止，她有一种自己并不是当事人而更像是被女同事拉来看笑话的感觉。

"你还是不是人？！"女同事又扯着嗓子喊道。

申由甲还是保持沉默。他这副样子让甘如饴觉得陌生，在她印象中，从她认识他的第一天起，就知道他不是个能沉得住气的人。而现在他的沉默，则更加印证了他"不贞"的事实。何必要为难自己又为难别人呢？甘如饴想，或许退一步真的就海阔天空了。好聚好散，只要从这里离开，申由甲就跟她再没关系。她不想再看下去了，拉着女同事转身一起往回走。

"我要去北京读博士了，"申由甲的声音在她们背后凌空炸响，"你祖父推荐的。"

有那么一瞬间，甘如饴觉得申由甲这话像是说给别人听的，因此并没有觉得和她有什么关系。继续走出了两三步后，她才感觉脚下被什么东西给绊了一下，等她低下头去看绊她的究竟是什么东西时，却发现脚下的景象全都变了——地板裂成了黑色的伤口，而她正在急速下沉。她看见申由甲朝她跑了过来，她看见他的脚下空无一物，也是成片成片的黑色伤口。她看见他向她伸出了双手，可她并没有感觉到那双手的力量。不过，她似乎听到了一声女人的尖叫，但又确定那不是自己发出来的。因此，当申由甲靠近她身边时，她又听到那个女声正囔囔着对他诉说一段她似曾相识的陈年往事。

这件事在一夜之间就被推上了文学院的"热搜"。鉴于院里有过在棠宁出轨事件中反而站棠宁那头的历史，这一次，把申由甲推进博士门槛反倒被申由甲甩了的甘如饴毫无疑问地成了"众矢之的"。舆论一边倒，几乎所有人都拿甘如饴的"智商"开刀——了解申由甲人品的人巴不得离他三丈远，只有甘如饴瞎了眼要奉献自己成就别人，那就怪不得申由甲将头上那顶绿帽子撇给她。

申由甲将甘如饴安置进校医院就走了。他跟那个女同事说得很明确：他和甘如饴接触的这段日子里，甘如饴干净得就像一张白纸,假如他曾不小心把这张白纸弄皱了一点儿,那也绝对不是因为他想弄皱这张纸,而是出于"不得不"的缘由。女同事自诩"过来人",申由甲这点浅薄的见识和经验在她面前根本不值一提。当那个"不守规矩"的人是自己时,她从未觉得出轨有什么道德压迫感;而当那个人换成申由甲时,她竟由衷地感到义愤填膺。甘如饴只是情绪过度激动而导致短暂性昏厥,并无大碍。尽管如此,甘如饴也不想再看见负心薄情的申由甲。她侧着头,直接把申由甲隔离在视线之外。女同事明白她的心意,还没等申由甲把想要表达的那种意思完全讲明白,就张嘴将一口浓痰唾到了他的鞋面上。申由甲怒火中烧,盯着女同事瞪了几秒,终究偃旗息鼓落荒而逃了。

申由甲去北京后,甘如饴的生活过得越来越简单,除了吃饭,就是睡觉。院长找她谈过一次话,委婉地表示她当前的状态已不能继续在图书室工作——因为有很多人反映,她在上班时间睡觉,甚至还打鼾,损害了文学院的形象,伤害了文学院师生的情感。当然,院长关起门来又表示:鉴于他们的私交,他打算给她十天假期去调整,如果十天以后甘如饴还不能胜任当前的工作,就考虑调岗。

不去上班后,甘如饴的世界就只剩睡觉。有时候饿醒了，也没有任何食欲，她想，要不就这样死了吧，死了就什么都感觉不到。这样想着，结果就又睡着了，醒了又想死，就这样反复循环过了四五天，直到女同事带着宿管砸开了甘如饴的宿舍门。

"我以为你死了呢！"看到甘如饴微眯着眼睛，女同事气呼呼地把一包零食扔到了她床上。

甘如饴闭着眼睛，滚出两行泪来："你就当我死了吧。"

女同事从未见过甘如饴流泪，看到这里，往事一下浮上心头，软肋被击中，动作和语言都柔和了许多。她把宿管送出去，又关好了门，才侧坐在甘如饴床头徐徐说："其实我当初还不如你呢。"

甘如饴不知道女同事口中的"当初"是何时，但她似乎听到了一种"心有戚戚焉"的感觉，便说："我觉得你内心一直都很强大。"

"你知道有个成语叫，久病成医，吗？"女同事对甘如饴说，"意思就是病久了就对医理熟悉了。"

甘如饴说："嗯。"

女同事继续说："当初我被渣男伤害后，发誓这辈子只允许我伤害别人，绝不能让别人再伤害我。于是我就利用渣男使在我身上的那些招数'套路'别人，现在，我不敢保证自己是这方面的行家，但至少能做到游刃有余。当初我把心捧到渣男面前时，渣男拿刀子捅我心窝子；如今我捅别人心窝子，他们反倒争先恐后地把心捧给我。人都是贱兮兮的，越对你好的越不珍惜，把你伤得肝肠寸断的那个，反倒最割舍不下。"

"我仔细想了想，我其实并不爱申由甲，只是心有不甘。"甘如饴说。

女同事说："我当初也一样，觉得这样的人不值得爱；但已经付出那么多，不讨个公道太委屈自己了，就以死逼渣男出来见面。结果警察都来了，渣男自始至终没露面。男女间的事，一个愿打一个愿挨，哪有什么公道可言。"

甘如饴说："道理我都懂，但就是走不出来。"

女同事又以身说法："哪能这么快？我到现在都没走出来呢。但你越是什么都不做，就越走不出来。草原这么大，参天大树没办法下口，一望无际的'草儿'却是唾手可得。"

女同事走后，甘如饴想想也对，越是什么都不做，肯定就越走不出来；但伤天害理的事，她是绝对干不出来的。她打算出去旅行一趟，净化自己，即使不能洗去这些烦恼，冲淡一点也是好的。于是洗漱，简单带了点行李，她便去了火车站。因为是漫无目的的出行,所以车票也可以随便买。她来到车站广场,看到最近的一趟车是开往西安的,便毫不犹豫地买了票。

旅途中,她将车票拍照发了朋友圈。她知道,此行是与申由甲有关的最后一点记忆,而她之所以公开记录它,大抵也是出于想为遗忘追加一道仪式——很明显,当初申由甲对她额头的那一吻,是开启了他们那段感情的庄严仪式。她想,就算她是这段感情中认输的那一个,她也要输得有始有终。列车在疾速行进,她终于还是在快到西安时拨通了申由甲的手机。这次申由甲倒是没拒绝,很快他就接起来了。甘如饴目睹残阳一路西沉,内心唯有一片安详,列车渐渐减速,她也缓缓吐出了想对申由甲说的话:"我出来旅行了。"

"嗯,出去走走也好。"

"我一个人来的。"

"我知道。"

"我每到一地都可以给你打电话吗?"

"可以。"

"那你会接吗?"

"会。"

"那说好了。"

"好。"

申由甲的"温和"让甘如饴不知道再说点什么,

这太意外了，意外得让她觉得正身处一个自己幻想出来的世界。她想，如果打一开始，申由甲就是这样"温和"的，中途也不会发生那么多事情。她还在假设种种可能，手机里却传来申由甲迟疑的声音："其实我配不上你的好。"

甘如饴一怔，默默挂了电话，在起身下车的人流中不禁哽咽起来。车厢里人声鼎沸，旅客们行色匆匆，谁也不会去关注一个陌生姑娘的失声痛哭，因为这就算在平时也不过是人世间最普通的事情。但它对于甘如饴却有不同寻常的意义：她从未想过申由甲会道歉。现在，她内心那座由"不甘"而建筑成的高楼大厦随着申由甲的道歉已轰然倒塌。她曾以为自己身披铠甲坚不可摧，此刻才清醒地意识到，其实自己柔弱无比，甚至一句迟来的道歉都能将她击得粉碎。因此，这趟出行也就不再具备之前的意义，现在，烦恼虽不至于完全消除，但也绝不会再压得她喘不过气来。她跟着大家下了车，打算在西安逗留一晚再另做计划。

找了酒店，躺在床上打开朋友圈，甘如饴在众多的点赞中一眼就注意到了唯一一条评论——下车联系，而它的主人，正是之前说在斥巨资打造一个网络直播公司的那个室友。念护校时，她和甘如饴的关系并没有多亲密，因为她一直在校外住，很少到寝室来。每次见面，她不是炫耀自己的包，就是炫耀自己的衣服；但大家也都知道她虽然爱虚荣，心地却不坏，出手也阔绰，隔三岔五就请室友们吃饭K歌，要是借钱久了不还，也绝不会催着要。当然，甘如饴跟她不亲密的主要原因在于她自己在心底早就给她定了性。如今，见识过女同事"钓"男青年，又经历了申由甲的烂事，甘如饴勉强在心理上接受了她。

她们约在一个咖啡店见面，室友依旧打扮得花枝招展，但没了从前爱炫耀的毛病。知道了甘如饴在图书室上班后，她当即做了个"NO"的手势，对甘如饴的职业进行了全盘否定。"干大事的人都把命运掌握在自己手里，你看哪个精英是朝九晚五给别人打工打出来的？"室友一开口就讲大道理。

甘如饴说："我干不了大事。"

"我从前也没想过自己有一天会成为一个有钱人啊。"室友说。

甘如饴只好说："我觉得我现在过得也挺好的。"

"那是因为你还没尝过有品质的生活的滋味。"室友自以为是的优越感让甘如饴既难堪又不屑。

整个晚上，甘如饴都在室友的说教下默默地反复喝那杯咖啡。其实更多的时候，她并没有喝，只是让咖啡浸湿嘴唇即可——因为只有这样，她才觉得不至于太无聊且显出无聊来。因为说来说去，室友的目的只有一个——拉甘如饴做她公司的带货主播。

"与其捧红别人，何不捧红自己人？"室友口中的"自己人"差点就把甘如饴感动了，是啊，目前能把她视为自己人的人还有几个呢？但毕竟拙劣的煽情并没有确定无疑的可信成分，甘如饴最终还是以"再考虑考虑"为由，婉拒了室友的盛情邀请。

从西安回来后，甘如饴再去图书室，发现新来了一个穿黑裙子的漂亮的长发姑娘。她随便寒暄了几句，就知道对方是刚毕业的硕士研究生，属于学校招聘进来的。她们又随便聊了聊，甘如饴感觉这姑娘人挺不错，落落大方，人也温和。从见到甘如饴后，她就一口一个"甘老师"叫着，即使在知道了甘如饴的年龄比她小后，也并没有改口。聊完了，甘如饴兴冲冲地去找院长，告诉他自己已经提前调整好了状态，随时都可以上班，不必等到十天假期过后。谁知院长能给甘如饴放十天假，就没打算让她再回来。图书室新来的那姑娘是某个校领导的亲戚，早在他给甘如饴放假之前，那领导就向他打过招呼。况且现在甘老教授已死，他更没有什么可顾忌的了，便关起门来，倒了水，虚情假意地对甘如饴嘘寒问暖一番，前前后后该问的都问完了，就是不提让她继续去图书室工作的事。甘如饴刚开始还有问必答，觉得院长平易近人，什么都替她考虑，后来就越听越觉得不大对劲，便又拐着弯把话题绕了回来。院长见状，尴尬一阵，紧皱眉头，喝了好几口水才满脸为难地说道："其实这事本来该及时通知你的，但这几日事情多，怕影响你调整状态，就暂时搁置了。"

甘如饴此时大概已猜到院长的意思了，便问："意思是我要被新来的那个姑娘挤掉了吗？"

话音没落，院长就正脸严肃道："话可不能这么随便说。人家是学校招聘来的，又是硕士研究生毕业，走的是正规渠道。"

甘如饴已经完全明白院长的意思，她也知道人走茶凉，即便祖父心爱的那块洮砚再价值不菲，恐怕也无济于事了。现在，她的脑海一片空白，被叔叔们和姑姑们联合赶出来的那一刻，她都没觉得天塌，此刻，何止天塌，她感到连地都要翻了。

甘如饴站起来，朝院长走去。她感觉自己的瞳孔在放大，越往前走越大，随时可能裂开。她走到靠近院长的地方，抬头望向他，院长的眼睛里飘出云雾一般的疑问，持续而浓郁。她觉得院长的样子好笑又幼稚，但她没有笑出来，她开始伸手解自己的衣扣，她一件一件将外衣脱下来，丢在院长的椅子上。待解下文胸后，她整个上身就赤裸在院长面前了。院长眼睛里面的云雾更加浓郁了，甚至黏稠。女同事的"教诲"在耳边一遍一遍地重复，她调整了一下呼吸，对院长说："你要我做什么我都答应。"

院长没动。

甘如饴以为院长被吓到了，用胸脯挑逗着蹭院长的胳膊说："真的，什么我都答应。说话算数。"

"你还是处女。"院长迟疑着抽动嘴角说。

院长的话像五雷轰顶，甘如饴立刻想起了之前被长辈赶出家时给他打电话的经历。此刻，两句话重叠在一起，过去和现在实现了无缝衔接。一瞬间，她感到了前所未有的屈辱。原来，她在院长面前早就已经是一丝不挂。刚才脱掉衣服时，她从没觉得有失尊严，她坚持认为那是条件交换时必须亮给对方的诚意；但此刻，她感到院长在利用她的话故意羞辱她。她终于知道她才是可笑又幼稚的那个人，女同事的经验并不具有普遍性。当屈辱感像内心深处的邪火不由控制地蔓延时，她决定报复眼前这个男人。她说："我是。"

"那你所说的'什么'具体是指什么？"

"你何必明知故问。"

"你不觉得羞耻吗？"

"我只想要公平交易。"

225

"可我为文学院和我的导师感到羞耻。"

"那当初你对棠宁提要求的时候觉得羞耻了吗?"

院长觉得她在挑衅。他的嘴角依然在抽动,但他的手却坚定地指向了门的方向。他平静地说:"出去。"

甘如饴已经做好了准备。她深深知道,唯有这么做,她才有资格不离开图书室。于是,她抱起椅子上的衣服,认真地问院长:"你确定要我出去吗?"

"滚。"院长说。

甘如饴冷笑一声,将那些衣服抱在胸前,转身打开门保险,冲着面前的陌生空气大喊大叫着跑了出去。

事情闹大了,惊动了学校领导,虽然院长一再辩解他对甘如饴什么都没做,但架不住甘如饴一直哭哭啼啼。大家又说,男人的作风问题这种事,宁可信其有,不可信其无。况且,经过初步调查,院长对于一个他负责的省级科研项目上的一笔资金去向语焉不详。因此,学校对院长做出了停职配合调查的决定。而关于甘如饴的这件事,学校当然是希望知道的人越少越好。学校派人和甘如饴之间展开了几轮谈判,见甘如饴坚持己见,实在无法说服,便满足了让她继续留在文学院图书室工作且配备一套小型教师公寓的条件。

女同事来小型公寓做客,闲谈间,她对甘如饴的钦佩之情溢于言表,也透露出好像完全知道院长是被诬陷的意思。甘如饴当然不会承认,当初大喊大叫着跑出院长办公室的那一刻,她就决定把这事的真相烂在肚子里。她竭力伪装出受害者的姿态,表现出心有余悸的样子,在女同事的质疑中毫不让步。但女同事似乎早已看穿了甘如饴的把戏,她有好几次都阴阳怪气地揶揄甘如饴:"没想到你小小年纪就有如此心智,我当初要是有你三分之一的智慧,也不至于现在还跟别人挤在破宿舍里。"

甘如饴不知道女同事为何如此自信,但为了把假戏做真,便严肃强调:"你最好不要在我的伤口上撒盐。"

女同事又和盘托出自己的秘史:"你以为我没'钓'过院长吗?为了创造机会,我都开好房主动把自己灌醉了,但他根本就不上钩!"

"我们的情况不一样。"

"有什么不一样?不都是主动送上门。"

"我是受害者。"

"我怀疑他根本对女人就不感兴趣。"

"那之前我还听说他对棠宁提出过非分要求。"

"那不过是谣言。"

"不可能。"

"你或许还不知道这个谣言的始作俑者就是我。"

"为什么?"

"因为他让我感到屈辱啊。"

甘如饴怀疑自己听错了。女同事进一步解释:"他以拒绝的方式宣告了我作为一个女人的失败。"

甘如饴不说话,她懂女同事的意思,因为院长也以同样的方式宣告了她作为一个女人的失败。

女同事又感叹道:"或许他也感到屈辱,你想,他又不能公开宣布他不喜欢女人。有些人活着,不就是为了那点可怜的尊严吗?"

女同事的一番话让甘如饴心惊肉跳。当初祖父那句"近朱者赤,近墨者黑"犹如一句咒语,折磨得她寝食难安。她想,人对人的影响还真是由表及里,和祖父生活在一起,她从未有过害人之心;和女同事相处还不到一年,她却连最下贱的招数和最恶毒的手段都学到了。她为自己的堕落感到恐惧,她想,一失足成千古恨,哪怕她今后做再多的善事,也挽回不了对院长造成的伤害。但有时反过来再想,她就又觉得这知识的殿堂也是弱肉强食的社会,同样要奉行"丛林法则"。倘若她不陷害院长,现在还不知自己在哪里安身立命。

就在被这一正一邪两种想法反复纠缠的一个早晨,甘如饴在文学院的大楼里再一次见到了从北京来开一个证明材料的申由甲。有了列车上的那次对话，他们彼此都没感到旧爱重逢有多么难堪。他们中午约好一起吃饭，闲聊中，申由甲不免要提起甘如饴和院长的事，他显得很是气愤："从前就知道他不是个东西，却万万没想到如此混账！"

甘如饴心里明白和自己在一起时的申由甲说这话，与不和自己在一起时的申由甲说这话已经不是一码事，无论是人，还是话。她想了想说："其实院长才是受害者。"

申由甲一脸愕然。甘如饴又说："是我故意在他办公室脱了衣服构陷他的。"

"你为什么这么做？"申由甲本不想问原因，但他实在想不出当初被自己操纵于股掌之上的这个小姑娘何以变得如此阴险毒辣。

甘如饴认真吞咽完了嘴巴里的食物，抬起头来正经地看着申由甲说："因为你只教过我这个。"

申由甲说："我的理想从来都很简单，只打算在学术领域有所作为或者在创作领域大展宏图，如果我在努力实现它的道路上不小心伤害了你，你要相信这真的不是出于我的本意。"

"我的理想也很简单，只要没有烦恼地活在这世上就行，像树像花像草那样，有水有空气有阳光就行。

我不要求功名利禄，更不奢望出人头地，可即便这样也没有被这世界温柔以待。"甘如饴低着头说。

"对不起，我配不上你的好。"申由甲十个指头交叉成拳头，支棱着下巴。看得出来，他特别感慨。

"你上次就说过了。"甘如饴没有抬头。

"可我还是想再说一遍。"申由甲长久地注视着甘如饴的额头，想起了亲吻她的那个黄昏。

"那你以后是不是就打算留在北京了？"

"应该是。"

"那地方适合你。"

"什么？"

"爷爷活着时说你野心太大。"

"甘老教授说我像极了他年轻的时候。那时他竭尽全力想留在北京，但终究没有实现。"

"那天爷爷没问你我们之间的事吗？"

"问了，他不希望我们在一起。"

"你不是和我约法三章吗？"

"甘老教授的眼神让我没有办法说谎。"

"他为什么不希望我们在一起？"

申由甲说："他说留你在身边他才心安。"

"那你们这算是交易吗？"

"什么？"

"为了让我不走,所以推荐你去北京读博士。"

"我不知道。"

"那你知道人是一开始本性就坏,还是接触了社会才逐渐变坏的?"

"你指的是我吗?"

"也包括我。"

"我只想当我到了垂暮之年时,回望这一生,不感觉有任何事情是带着遗憾的。"

"是不是即便你去不了北京读博,我们有一天也会变成现在这样?"

"我从来没想过自己去不了北京。"

"我突然想起一个笑话来。"

"什么?"

"说有一个人的女儿在北京工作,他被接去待了一个月后就回来了。别人问他,北京不好吗?为什么不多待些日子呢?那人说,北京好是好,就是太偏远了。"

申由甲不知道该说些什么,当他怀着告别的心情准备再最后瞅一眼甘如饴的额头时,却看见她正缓慢地抬起头来;而她的脸上,满是微笑,也满是泪花。

女同事又来做客,这次,她带来了三个消息。首先,她以骄傲的口吻宣布,她要辞职结婚去了,新郎并不是校内人，是一位纪录片导演，满世界跑，参加户外极限运动时认识的。然后，她像讲述"八卦"那样说，院长被调到了校图书馆任馆长，关于那个省级科研项目上一笔去向不明的资金也有了下落——他从一个藏家手里买了宋代古籍，而那些文字居然是写在肚兜上的，不过最终证实，那是赝品。最后，她以一种幸灾乐祸的口气告诉甘如饴，棠宁再次出轨，这次那秃头直接把她打进了医院，基本算是毁容了。

甘如饴问："上次你不是说申由甲故意把屎盆子扣棠宁头上，搞臭人家名声吗？"

女同事说："他俩都出轨，一个是肉体上的，一个是精神上的。"

甘如饴问："申由甲出轨了谁？"

女同事说："你啊。"

甘如饴大惊："可是他纠缠棠宁那会儿，我还没和他接触过呢。"

女同事摊开双手表示："这不矛盾啊，就像预谋甩了棠宁是他实现人生目标的一部分，计划追你也是他实现人生目标的一部分啊。"

甘如饴几乎是用一种"轰撵"的方式让女同事离开的。她在虚空无力中平躺下来，她想把自己变得像纸张那样薄，依附在大地上，没有任何压力。手机又响了起来，响了好久，一直不停，如电影《站台》结尾时从开水壶嘴中发出的汽笛声，她知道那隐喻着没能实现的理想和抵达不了的远方。她看了一眼，是室友的。棠宁离开了，申由甲离开了，现在，女同事也要离开；而她，将选择像树像花像草那样活着。她知道，像树像花像草那样活着可能一辈子都长不到云里；但她也知道，它们可能一辈子也不会经历背井离乡和与血亲分别，因为那早就是一种你中有我、我中有你的互生模式。以前，她总在拒绝室友，此刻，她决定接起电话告诉她，她要做她的主播。她如愿留在了图书室，而院长也去了图书馆，她觉得这不是巧合，而是上天在冥冥中刻意安排好的，虽然她还无法参透深意。她甚至已经看到主播镜头中的她就安静地坐在图书室的窗户旁边，手捧一卷书，呼吸均匀，气息平稳，唇齿轻启，而那些文字在阳光普照下，都化成了她口吐的莲花。

# 铁佛寺

## 上篇

打开门，客厅黑着。摸着走了两步，换上拖鞋，我刚要扶着墙去卧室，灯亮了。我一愣，看见锦瑟从沙发上直起腰来，头发奋拉得满脸都是，手却还在开关上放着。我问："怎么不去屋里睡？"

锦瑟站起来虚虚地说："等你。"说完了，又像是记起来什么似的，问我，"吴西凉的事处理完了？"

我说："嗯。"

她走过来，像没骨头一样跌在我怀里撒娇："那咱俩睡吧。"

我捋捋她的头发问："允儿睡了？"头发间扑散出一股清爽的柠檬味儿，明显是刚洗过了。

锦瑟指了指次卧的门，悄悄回答："喂了药就一直哭闹，野姨抱过去哄了。"

我蹑手蹑脚地走过去，准备拧开门，锦瑟赶过来拉了我一把说道："给你说了多少次了，晚上不要随便进次卧，就是记不住。"

我笑笑说："着急看允儿，就给忘了。"

锦瑟拉着我回到主卧，关上门说："不大碍事，明早就能好了，快洗洗上床睡吧。"

我说："你先睡吧，我还得忙论文。"

锦瑟问："铁佛寺那篇？"

我说："嗯。"之后，我便看见锦瑟幽怨地将本已撩起的睡裙又放下来，抱起她的海豚抱枕，靠在床头默默地开始玩手机了。这是没有办法的事，院里举办的庙宇文物文化论坛还有一周就要召开了，作为刚入职的老师，院长对我抱有很高的期望。他专门把我叫去他的办公室里交代相关事宜。院长的意思很明确：作为这次论坛的主办方，我们必须力压群雄，拔得头筹。我说："那是那是，院里很多老师都是这方面的专家。"

院长听我说完，拿起桌子上的茶杯，揭开盖子轻轻吹了吹，又放下说："小徐你没有听明白我的意思。"

"嗯？"我将脖子往前探了探。

院长说："院里现在有很多针对我们之间的传言。"

我装作不明白："什么？"

"说因为你是我带出来的博士，所以才会被留在了院里。"院长有些生气，将杯子再次拿在手中，又重重地放在桌子上说，"我冯子路是这么没原则的人吗？"

我低着头接话："不是。"

院长举起杯子喝了一口茶水，又走过来把手搭在我的肩膀上拍了一下，说："就是，在这次论坛上，你要亮出你的本事来，让大家看看，我留你，是因为你具备留在院里的实力！"

我说："实力是一方面，但您的提携更重要。"

院长说："以后不要再这样说了，你能留在院里，纯粹就是靠自己的实力。"

我又给院长戴高帽子："没有您，就没有我的今天。"

院长突然把杯子撂在桌子上大喝："你说的这是什么话？怎么一点也不明白现在的局势。如今院里比不得从前，老师们之间派系林立，斗争得这么厉害，我下个月就退休了，你要再到处标榜你是我的人的话，日后还怎么混得下去？铁打的学院，流水的院长，你怎么就是不懂？"

茶水从杯子里溅出来，沿着桌面往地下滴。我走过去，拿起门背后挂着的抹布，将桌子擦干净，又拎来拖把把地上的水渍也擦掉了。站回原位时，院长正侧身望着窗外出神，表情很是伤感。我一直以为他还很年轻,没想到明年就满六十了。父亲明年也六十,但头发胡子全白了,又有哮喘,大声说话都费劲。我动了恻隐之心,执拗地和院长"唱反调":"即便您退了,余威也还在。"

院长面向我,叹了口气说:"你这么'轴',将来肯定要吃亏。"

我说:"您教导我,做学问先做人,不'轴'出不了成果。"

院长突然淡淡地笑了:"哈,看你这小徐,真是,真是……"

我又表决心:"院长放心,我无论什么时候都是您的弟子。"

院长收住了笑,问我:"怎么样?论文就写铁佛寺吧。文献资料是少了点,但你一旦写出东西来,就能石破天惊、光彩夺目。"

论文的事,就这样定下了。也好,院长定的,也免得我写了别的,惹他不高兴。从念硕士起,院长就一直是我的导师,只要涉及写论文,都是他定什么,我就写什么。有院长这块牌子压着,辛苦是比别人辛苦了些,但好处也捞到不少——硕士和博士阶段的国家奖学金,与锦瑟结婚,留校任教的名额,甚至青年教师分配房子,这些都是院长一手促成的。因此我对院长说"没有您,就没有我的今天"这话,既是给他戴高帽,也是实事求是。人上了年纪,不都喜欢听话、会说话的晚辈吗?这事,我学得来。

从院长办公室出来后,我就去了院图书室查资料。院图书室有两间,里面收藏的都是专业书籍和本院师生的著作,由教学秘书田媚管着。她这人天生一副冷若冰霜的模样,穿衣打扮也全是素色,头发梳得一丝不苟,人倒是漂亮,就是看上去拒任何人都于千里之外。她比我年长十岁,但还没有结婚,也不知道什么原因。不晓得她年龄的人,都以为她只有二十来岁,论精神面貌,她的确要比院里那些一脸愁苦的女博士好很多。

我进去的时候,她正在涂指甲油,蓝色的。我说:"田老师,我找点资料。"

她抬头看了我一眼说:"好。"她又低头涂指甲了,多一个字也不说。

我翻了半天,除了一本地方志有点用,其他的都没啥用。志书上记载:铁佛寺原名大云寺,始建于唐贞观六年(632),清康熙三十四年(1695)为地震所毁,五十四年后重建。寺院由山门、献亭、中殿、方塔、藏经阁等建筑组成。方塔六层,一至五层为方形,六层为八角形。塔高三十余米,各层均有琉璃构件,镶成仿心，内容为佛、菩萨、罗汉、弟子及佛传故事。方塔第一层中空，内置一尊高六米、直径五米的铁铸佛头，造型丰满，眉目端庄，当系唐代原作。

就这点东西，能让我写出什么呀？巧妇难为无米之炊，说的就是这个情况。我还想翻翻，锦瑟就打来了电话，说允儿上吐下泻，让我赶紧回家。挂掉电话，我匆匆打图书室出来就往外面走，田媚看到了，快声快语道："哎，登记一下。"

我摊开手说："我没借书。"

田媚说："院里新规定，只要进入图书室，就得登记。"

我说："我家里有急事。"

田媚放下手中的指甲油瓶，指着门口一个挂着的笔记本说："院里可没规定，谁有急事就可以不登记。"

我耐着性子跟她磨："这又是谁规定的？"

田媚也不看我，又低头涂指甲油。空气里有一股呛人的气味。我憋着气登记完了，把笔扔到桌子上。就要出门，田媚才冷冷飘出一句话："对新规定有意见可以去找院办申主任反映。"

这不是让我找事吗？院办主任申时是副院长邓肯攀的人，院长一走，副院长就是接班人；而院里谁都知道，院长和副院长相互之间不对付。如今，院长面临退休,原先追随他的那一帮人,纷纷倒向了副院长。我是刚入职的老师,人微言轻,倘若跟大家有任何冲突,追查下来,我肯定最先牺牲。现在这样的局势,最适合夹着尾巴做人。

允儿进了趟医院,好多了。医生说,是天气太热的缘故。能不热吗?房子是二十世纪八十年代造的,又是顶层,南北也不通透,房东也没有安装空调。我买了三台电风扇,一台放客厅,一台放主卧,一台放次卧,但好像没有什么用。大家都说,今年夏天的气温是近三十年同比最热的。我来兰州这座城市才十多年,兰州之前二十年的夏天到底有多热,我并不知道;但在这十年中,气温确是一年比一年高。

锦瑟总抱怨结婚时我们没有买新房子,要不然现在也不会过得这么惨。当然,她也就是抱怨而已,我们结婚的时候都还在读博,哪有钱买房子呢?好在毕业后都留在了师范学院当老师,所以等允儿出生,房子也在院长的"帮助"下被分配来了——不过是期房,还得等两年。我安慰锦瑟:"等就等,有总比没有强。"

听得次数多了,野姨也插话。她总羡慕我们的好学问,说自己的儿女不上进,高中没毕业就出去打工,天南海北地打工,从兰州打到西安,再从西安打到成都、武汉、深圳。女儿好一点,嫁给了一个四川人,跟着老公回去开火锅店；儿子就不成器了，在广西被骗去搞诈骗，被警察端了老窝，他竟然还执迷不悟，又跑去天津，现在在吃牢饭。说多了她就哭，像祥林嫂。我有时候挺烦她，想换个保姆，锦瑟就说都是亲戚，何必为难人呢？野姨是锦瑟小姨的堂嫂，识几个字，以前开过大排档，人倒是精干，就是话多。我没事一般不主动和她聊，否则根本没有我插话的机会。她从来不谈及她的丈夫，我不小心问过一句，她说："死了。"但锦瑟又告诉我，那人没死，整天赌博喝酒，把家里的房子、家具、大排档全部赌输了，欠了高利贷还不起，最后就拿野姨抵债。野姨那么大岁数人了，老脸往哪里搁呢？偷偷报了警，逃出来，就来兰州做保姆了。

初次见到野姨，我还不敢称呼，这世上哪有姓野的啊？

野姨说："就是姓野啊，我爷我爸都姓野。"

我说："这姓怪少见的。"有一些常见的字，做姓氏时就不读本音了，我不太敢乱称呼。

野姨快人快语："习惯了习惯了，从小到大，每次谈起我的姓氏，大家都感到很意外，觉得长见识。"

我说："是是是。"

然后野姨就张家短李家长地扯一堆有的没的。我想翻书看看，又怕对她不礼貌，看表，打呵欠，都不管用，最后只得找个借口出门去了。随便逛了逛回家来，她仍旧没忘我离开时的话题，又给续上了。我向锦瑟抱怨，她倒是挺能理解人，那么大岁数的人了，离了婚，离了家，儿女又不在身边，心里孤单，憋了一肚子话没人听。

我说："这是把我们当儿女了呗？"

锦瑟说："野姨对咱允儿不错，我倒是乐意家里有这么个老人呢。"

锦瑟的如意算盘我最清楚——她父母还没到退休的年纪，我母亲又得时时刻刻照顾父亲，允儿谁来带？野姨说是管食宿就行，工资不要，但万一出个好歹怎么办？人年纪大了，又没医保，她这是要我们养老的意思了？还是一码归一码，得拎清楚。

"哎呀徐未，我之前怎么没发现你还这样精明呢？"锦瑟歪着脑袋看我。我不知道她这是夸我呢，还是损我。

我说："不精明不行啊，否则在院里都混不下去了。"

我说的是实话。随着院长退休的日期一天天临近，以副院长邓肯攀、院办主任申时为代表的一拨人，似乎越来越爱挑我的刺儿。以前我觉得田媚算是中立派，如今看来,她十有八九是已经归了副院长的队伍了。唉,都是墙头草。

回家之前,我又去了趟院图书室。田媚还在涂指甲,不过这次已经换成了黑色。我想,对付这个女人,就得以其人之道还治其人之身,便一个字也不与她说,直接拿起笔在笔记本上签了字,就进去了。我从余光中瞥了她一眼,她一直低着头涂指甲,并没看我。

志书已经不能再翻了,我翻了翻历年来的硕博论文,想从中找点线索,但没有一篇是写铁佛寺的。哪怕提到几句也行啊,但就是没有。铁佛寺离师范学院如此之近,偌大一个文物与文化学院,专家学生这么多,居然全都对它视而不见,这简直太奇怪了。

出门的时候,田媚抬头看见了我。她一抖,惊讶地问:"你什么时候进来的?"

我说:"就刚才啊。"

她做了一个嫌弃的表情,说:"你倒是告诉我一声啊,来去无声的,吓死我了。"

我得意地说:"我看田老师你忙着涂指甲,就没敢打扰。"

田媚脸一下红了。我继续往外走,她也没说让我签字。

我决定去趟铁佛寺看看。这么多年,尽管它就在身边，但我也的确没怎么关注到它。只在大一刚来那年，我因为好奇学校旁边竟然有座寺院，才和同学进去逛了逛。记得那时寺里挺破败的，所有的殿门都锁着，方塔门也是，只看到了藏经阁门口两只造型奇特且外表剥落严重的石狮子。石狮子可能也不是一对，左边的大，右边的极小，被一丛很是茂盛的丁香花遮挡住。鸟儿们聚在枝头叽叽喳喳，石狮子的身上落满了白色的鸟屎，让人误以为它是被泼上了白涂料。我们觉得也没什么好玩的，就胡乱看了一阵。倒是一进山门五六米处的正中央位置，立着的一座毛泽东塑像，让我们观望了良久。寺院里面怎么会有主席塑像？后来我们也没搞清楚，就走了。

刚读博士那年，母亲带着父亲来兰州看病，顺便来师范学院看看我。周围也没什么好去处，就又去了一趟。那次，所有的殿门也还是锁着，但方塔的门开着。门前有个巨大的香炉，一个中年妇女在卖香，且只卖一种，大约手腕粗细，一米见长，一根两百元。

问好了价格，我说："买一根。"

母亲悄声在我身边嘀咕："不能说买，得说请，不然佛祖要怪罪的。"

那是我唯一一次进方塔。只记得里面的铁铸佛头很是高大威严，绕着佛头走一圈，几乎是半贴在塔壁上去的。佛头的后脑勺上有一个方形的洞，用大红色的龙凤图案被面遮上了，但还是稍微露出了一个小角。我走过去，揭开被面往里面看，才发现佛头是中空的，里面什么也没有，空气阴冷阴冷的，比外面凉很多。铸成佛头的铁板大概有手掌这么厚，整个佛头看起来，就像一个铜墙铁壁的牢笼。母亲请完了愿，带着父亲也来绕铁佛头，据说，用手摸着佛头走一圈，无论请什么愿，都会成真。墙上就挂着很多面黄色的锦旗，都是称颂佛祖功德的，多为除病、中榜一类。母亲看到我揭开被面往佛头里面瞅，忙拍了我后背一把，责备我用脏手玷污了佛祖的圣洁。我觉得这并没有什么，院里有一座佛像艺术博物馆，陈列着很多从全国各地搞来的佛像，有时候上课，老师就带我们进去，拿实物讲解。我们都是很随便的，既没有刻意去净手，也没有肃穆的仪式。大家都觉得就是在认知一些艺术品，很平常心的。但母亲则不然，她一心认为我那就是大不敬，绕完了铁佛头，又买了一根香，硬是逼着我在香炉前三拜九叩。离开之前，她还往功德箱里放了一张一百的钞票，那中年妇女看到了，拿起木鱼槌，在她前方硕大的木鱼上敲了一下。那木鱼发出的声音真是好听啊，既清，又远，似乎还带着一种悠长的回音。直到我们都走近山门口的毛泽东塑像了，还能听到一些若有若无的淡淡的回声。

出校门往左拐，穿过一条不长的巷子，再往左拐，就是铁佛寺了。巷子虽不长，但是有名字的，叫大云巷。大云巷是南北走向，东向又有两条巷子与其各呈丁字形相衔之势，前面的，叫前巷；后面的，叫后巷。前巷后巷有很多小旅馆，历来就是情侣过夜的港湾。

巷子里面的小旅馆多为平房加建，一般都加两三层，最高的甚至有五层。因为需求量大，小旅馆老板也懂得赚钱，把原来的房间全部用石棉瓦一隔为二，只容得下一张双人床。无论这边做什么，那边都可以听得一清二楚。这就很不方便，也很尴尬了，但学生情侣又没多少钱，只住得起这样的小旅馆。大家都知道来这里是干什么的，有时候碰见了熟人，也就相视一笑，大有心照不宣的意味。也有单独去住的，夜晚免不得被左右房间的声音吵到，刚开始还屏息凝神地偷听，到后来，就有些厌烦了。先是咳嗽两声，以示警诫，左右也接收到了讯息，立刻停止，但没过一会儿，又响起来，再咳嗽，又停止。如此三番，那边就免疫了，纵使这边砸墙，那边依旧叫得欢畅，乃至后来，只能蒙起头，放任左右金戈大战，呐喊起伏。

一度，师范学院和铁佛寺都嫌前巷后巷的小旅馆不文明，带坏了天之骄子，玷污了佛门清净。况且，那边还属于违法建筑，存在很大的安全隐患，就报了警，但石沉大海，不了了之。师范学院也曾多次发文，禁止学生在前巷后巷住宿，但屡禁不止。只有某一年秋天，那里发生了一起社会闲散人员奸杀师范学院女学生的案件，才让大家有所忌惮，前巷后巷也出现了暂时的冷清状态；但过了不久，又门庭若市了。作为在师范学院待了十多年的人，我也曾夜宿此地，那时，我还没有与锦瑟认识，我当时的女朋友叫高雅，是同班同学。就是在这里，我们把各自的第一次都献给了对方。考研时，我们报了外省同一所学校，她成功了，我则调剂回师范学院。开始我们还有联系，我去过她的学校，她也来师范学院找过我；但后来，感情就淡了；最后，就不明不白地分开了。我和锦瑟的第一次是在一座主题酒店进行的，烛光晚餐、玫瑰浴缸、情趣大床，可能因为都不是第一次的缘故，结束后就觉得兴味索然，随便说了几句话，我们就躺下呼呼大睡了。有时我也会想起高雅，她属于内敛不张扬的姑娘，说话温声细语，与锦瑟判若两人。我觉得对不起她，在那么廉价的地方拿走了她的第一次。有时候我又觉得，可能我们就是大家常说的那种有缘无分。

　　铁佛寺山门大开着，几乎和几年前没什么区别；但墙壁上挂上了醒目的画院筹备委员会的牌子。我进去的时候，一个身着黑色太极服的老头正站在毛泽东塑像前背对着我，可能听见了脚步声，回过头时，我看见他嘴巴里居然同时叼着四根香烟，雪白的络腮胡子有半尺长。我心想，这个人真奇怪。他也不理我，又转过身去。待我走近时，才发现他把四支香烟一一点着，取下三根恭敬地放在毛泽东塑像的底座上，一根留着自己抽。接着，他又拿出一根给我，我受宠若惊地摆摆手，说自己不抽烟，他才作罢。

我也不再与他纠缠，只顾往里面去，他在后面说："快下班了。"

"嗯？"我转过身，与他打了个照面，问，"这里不是不关门吗？"

他将香烟掐在手中说："那是以前。"

"现在有什么不一样吗？"

"这里很快就要变成画院的办公处了。"

"那铁佛寺还在吗？"

"在啊。铁佛头在，铁佛寺就在啊。"

"哦，我很快的，逛一圈就出来。"我说。

他不再说话，拿起一把蒲扇，出山门去了，我也继续往里面去。几个殿门依旧锁着，但方塔门开着。从前的香炉换成了大鼎，黄铜铸的，带饕餮纹。大鼎里面有很多燃着的香，胳膊粗的有，手指粗的有，筷子粗的有，牙签粗的也有，只是都快燃尽了。一个中年妇女正忙着把香、烛、黄表纸往方塔中搬，看见我，摆摆手说："小伙子有事明天再来吧，佛祖现在要休息了。"她已经不是从前我来时的那个中年妇女了。

我走到方塔门口说："我不烧香，就来看看。"

她说："进塔是要收钱的，一次五十。"

我说："我是师范学院的老师，专门研究寺庙文物和文化的，经常来，从来没人收过费。"

她说："那也不行。"

我说："之前那个女的在时，从不收费。"

她说："那都是老皇历了，现在方塔由我承包。"

"这还能承包？"我转身问她。

"那有什么不能的。"她边回答，边用怀里抱着的香烛碰碰我，意思是别挡路。

看来今非昔比了，不掏钱怕是不能进。我摸了摸口袋，一共就摸出了三十一块钱，全部递过去说："喏，就这么多。"

她接过去数了数，说："还差十九呢。"

我说："再没有了。"

"那不行，佛祖要怪罪的。"她说。

我耐着性子跟她讲，我就在师范学院，这几天肯定还要来，我要写个关于铁佛寺的论文，下次一起给吧。现在身上真的就只有这么多了。

她嘀嘀咕咕地走进了方塔,也不知道在说些什么,等出来时,两只手里各拿着一个二维码名片:一个是微信支付,另一个是支付宝支付。她狡黠地说:"你手机里肯定有钱呢,扫哪个?"

我终于被惹出气来了,问她:"你这么斤斤计较,就不怕佛祖怪罪吗?"

"那不会,"她指着大鼎和鼎前的皮垫子说,"我可恭敬呢,你看,新换的,香火钱都花在佛祖身上了,自己一分没拿。"

"行吧行吧。"我扫完了二维码,走进方塔。我又绕着铁佛头走了一圈,走到后脑勺那个被遮住的方形大洞时,又忍不住揭开看,迎面的,还是一阵阴寒之气。她搬香烛看到了,忙不迭拉了我一把,说:"你这人怎么这样!看着也斯斯文文像个文化人,做事情怎么不知天高地厚呢?佛祖的脑壳也是能乱看的吗?肉体凡胎玷污了佛祖的圣洁!"

我不屑地从鼻子里哼了两声,转过身去看能不能从塔壁上发现点什么有价值的东西。眼睛在寻找,心底却在想:要谈圣洁,我比你圣洁多了。果然,仰着脖子找了一会儿,便看见有一块玄色的石碑镶嵌在塔壁的南面,上面记载:"清康熙三十四年(1695)夏四月六日戌时（晚7至9时）忽遭震变之灾，寺庙倾塌，民众无存，死伤男女不可胜记，地声如雷，经年不息。"然后呢？我觉得必定还会有一块碑，又绕到塔壁北面，果又有一块玄色石碑镶嵌其上，只见碑文是："至清康熙五十四（1715）年，善男信女，化缘募资，重修宝塔。"这就和我在院图书室查到的资料是吻合的了。然而，从唐贞观六年（632）到清康熙三十四年（1695），期间的一千零六十三年，铁佛寺都完好。一场地震，就将其毁掉了，那必定是特别大的地震吧。而且，震后地底下一直还有雷声般的回响，这听上去不仅诡异，而且有些惊悚了。天色渐渐暗下来，塔里安静得可怕，本没有风，但我看见铁佛头后脑勺的那块大红色被面一直在微微颤动。是佛祖发怒了吗？我突然觉得脊梁背一阵发寒，拿出手机对着两块石碑匆匆拍了照，就赶紧出来了。

中年妇女还在搬香烛，我看她搬完还得有一会儿，便又绕到方塔后面的藏经阁门前去了。门前的那两只一大一小的石狮子还在，但又多了一只断了角的麒麟、一只没了前左爪的卧虎、一只缺了半边牙的大象雕塑。论模样，论造型，它们的确是古朴大气；但因为都是残品，就没有多少价值了。可是，这都是从哪里找来的呢？又摆放在藏经阁门口干什么？这样想着，我便背着手又在周围走了走。冥冥中，我总觉得要写出院长所说的论文来，那个思路的切入点就隐藏在附近某处；但走了好几圈，也没有发现其他的东西。

天色又暗了不少。我突然想到，这个中年妇女成天在这里，她应该接触了很多形形色色的人，刨去那些求佛的香客，总会有几个是奔着欣赏或者求知的目的来的吧？说不定，他们能给我提供一些思路呢？这样想着，我就又折回到了方塔，但那个中年妇女已经不在了。我原先以为她也是这地方的管理者呢，但从她离开时也不通知我的行为来看，应该只是一个打着佛祖的名头诓挣香客香火钱的生意人。

从方塔离开，绕过中殿，便又回到了山门前的走廊。穿黑色太极服的老头在有板有眼地打太极，看见我，也不说话。我走过毛泽东塑像时，看见底座上三根香烟在闪烁，像刚点的，绝不是之前老头放上去的那三根。这突然激发了我的好奇之心，我走过去，站在一边请教："大爷，这铁佛寺怎么放了个主席塑像啊？"

他没有停止动作，但反问我："不可以吗？"

我直言不讳："放在政府大院、人民广场或者大专院校可能更合适。"

他说："毛主席是一代伟人，放在哪里都合适。"

我说:"是是是,但我想问的是,主席塑像放在铁佛寺是不是有什么讲究?"

他问:"什么讲究?"

我想到方塔中那尊精美无损的铁佛头以及碑文上记载的"地声如雷,经年不息",便带着一种可商榷的语气说:"比如说——出于一种文物保护的考虑。"

话音刚落,他突然看了我一眼,且目光在我脸上有稍微的停顿。那明显是一怔啊。我被他看得心惊肉跳,心想,是不是不该那么说啊?就在这时,他停了身形步伐,做出了收势的动作。结束后,他慢慢往前走了一步,背着手问我:"小伙子,你是什么人?"

他这个动作,容易让我想到曾经我做了错事,准备要收拾我的父亲来。我后撤半步,做好了随时可以出逃的准备,然后才反问他:"怎么了?"

他可能也注意到了我们之间的紧张气氛,便换了种轻松的口气说:"没什么,随便问问。"

我估摸着他不可能对我造成威胁和伤害,便放心地回答:"我是隔壁师范学院的老师。"

他若有所思地说:"哦。"然后就不说话了。

我想,他可能知道点什么,便又说:"我是专门研究庙宇文物与文化的。过几天学校要召开一个全国性的论坛,我想着师范学院离铁佛寺这么近,干脆写篇关于它的论文吧，结果去查资料才发现，此前根本没人写过它，文献记载也少之又少，所以只得实地过来考察一番，找个切入点。"

"那你一定认识田媚吧？"他问。

"认识啊，她是我们院里的教学秘书。怎么？大爷也认识？"

"哈哈哈哈，巧了，她是我侄女儿。"

"亲的？"

"亲的。"

"哈哈哈哈，那我岂不是得称呼您田伯伯了？"

"算了算了，还是叫大爷吧。"

"那就田大爷吧。"

"好好好。"

"田媚人不错呢。"我向田大爷献媚，想着能跟他套个近乎，搞点研究铁佛寺的文献资料。

"呸，好个屁！"田大爷说。

我心里一个激灵，想，果然还是不能说谎话啊——近乎没套着，文献资料应该也泡汤了，但还是怀有一丝侥幸，又接话："怎么了呀？"

"四十好几的老姑娘了，连个男人都找不上，田家的老脸都给丢光了！"田大爷气得吹胡子瞪眼睛。

原来是为这啊，看来又有转机了。我窃喜道："现在城市里优秀的高级女性知识分子大都单身,能配得上她们的男人,真的太少了。"

"你结婚了吗?"

"结了。"

"有孩子吗?"

"有。"

"那说个球!"

"田大爷,这不是这么回事……"

"算了算了,"田大爷把手摆得像拨浪鼓道,"不说她了——你刚才说什么保护来着?"

终于又把话题拉回来了。我转身面向毛泽东塑像说:"这尊主席塑像是不是出于一种文物保护的考虑才摆放在这里的?"

"你怎么会这样认为?"

"一九五八年那会儿大炼钢铁,铁佛寺那么大的铁佛头没有被熔掉,可算是奇迹了;到了六七十年代,全国很多寺庙都被毁掉了,而铁佛寺还存在。还有,方塔里面的碑文记载,康熙三十四年(1695)的大地震后,这里地声如雷,经年不息;而主席是一代伟人,在民间,其地位至高无上,佛祖镇不住的地雷声,主席或许能行。"

"你叫什么名字?"

"徐未。"

"哈,看你这小徐,真是,真是……"田大爷的这句话简直和院长在他办公室里跟我说的一字不差!田大爷问我:"你看见中殿南北两侧的那两排长房子了吗?"

"看到了,但没怎么注意。"

"那以前就是我上中学的教室。"

"铁佛寺以前是学校?"

"有一段时间收公用作教学,这尊主席塑像就是那会儿我们的校长掏钱捐建的。"

"那他老人家还健在吗?"

"早就去世了。"

"哦。"我有点失落。夜风穿过山门,打在脸上,有一种让人伤感的凉意。虽然铁佛寺在闹市,但我依旧感觉到了身在山巅林海的那种孤独。我暗自对照田媚的年纪,推算了一下田大爷的生辰,他上中学那会儿,正值运动如火如荼,谁又能说,校长私自捐建主席塑像,不是为了保护铁佛寺呢?可惜,田大爷并不是真正能参透校长心思的人。

我向田大爷告了别,就出山门去了。刚走了两步,他又在背后喊我:"小徐,你等一下。"

我停住问他:"怎么了?"

他颠着步子迎上来说:"你刚才说到铁佛寺资料的事,我这会儿忽然想起来,我之前在文化馆工作的时候,曾主编过一本专写兰州名胜古迹的书,里面收录了一篇他早年写的关于铁佛寺的文章。书在家里,我回去翻翻,找到了明早带给田媚,让她给你。"

"他是谁?"我一时没跟上田大爷的思维。

"冯退之啊。"

"冯退之是谁?"

"就是我中学的校长啊。"

"啊啊,冯退之?怎么也姓冯啊?"我自言自语道。

"就是你们院长他亲爹啊。"

"你知道我们院长姓冯?"

"还不是因为田媚啊,"田大爷说,"一回家就叨叨院里的长短,烦都烦死了。"

"你们住一起?"

"我哥去世得早,她就是我养大的。"

"哦。"我仰着脑袋,故作恍然大悟状。这信息密集,炸得我有点回不过神来。谢过了田大爷,我就转身离开了。走在路上,我越想越觉得这事不对劲。院长指名让我写铁佛寺,难道是有什么暗示吗?他明说让我不要到处表示是他的人,否则以后惹麻烦上身,但没想到其中还隐藏着他父亲捐建毛泽东塑像这么一

257

个事情。我如果要写论文，肯定会提及他父亲当年为保护铁佛寺不受损毁而不动声色做出的这个贡献；但此事一旦公布，我不是明摆着就成了副院长邓肯攀那一派老师的众矢之的吗？

院长他究竟是什么意思呢？

走到前巷的时候，锦瑟打电话过来问我："几点回家？"

我看看手表，时间是晚上八点半。师范学院离我租的房子不远，步行过去，大约需要半个小时，我说："九点整吧。"

锦瑟问我："整吗？"

我说："对啊，整啊。"

锦瑟故作羞涩地说："那就整吧，好久都没整过了。我在家等你，快点哦。"说完，她便挂了电话。妈的，原来她说的整是这个意思啊，我又气又笑，这女人。

锦瑟就是这样，自从生下允儿后，这方面的需求似乎越来越旺盛了。我是院里的新老师，刚开学就被通知担任新一届硕士研究生的班主任。院里就一个硕士点——文物与文化学，五十几个新生，全是我管。除此之外，我还兼着院里学术期刊《文物与文化》的编辑，每天差不多要亲自拆三十多封投稿信，电子邮箱根本不敢打开，收件箱里的数字成百成百地上涨，看一眼就头晕。本科生也需要我上课，就像打车轮战，被这些事情轮番碾压上一圈，晚上回家，继续挑灯夜战熬论文。身体本就吃不消，却偏偏又遇上了锦瑟从狼向虎进化的年纪。我们明明三天前才整过，可她居然说那是好久前了，我真有些怯。

　　要是和高雅结婚，我相信这绝不是问题。在这件事情上，她永远都是被动的。我不知道是出于女孩子天生自带的矜持，还是后天传统教育的结果，反正只要我不要求，她是从来都不张口提的。她对这些事情看得很淡，我甚至一度怀疑她是性冷淡。据我所知，大学毕业离校的那几天，很多情侣都是以昏天黑地、没完没了地做爱来告别彼此的，似乎，这已经成了当今大学生毕业时的一种不可或缺的规范仪式。但到了我和高雅身上，就变成了手拉手去爬山、钓鱼、放风筝等一系列"方向正确"的事。那时，我安慰自己，没事，他们都是毕业就等于永诀，可能一辈子不再见了；而我和高雅，我们约定不分手，博士再读同一所学校。刚上研一的时候，我去她学校所在的城市看她。一路上，一想到我们见面时脱光衣服立刻上床的场面，我就激动不已，兴奋久久不能抑制。可见到高雅，她似乎一点也没有我想象中的那种热烈和激动，依旧端庄，连手都不拉。她先是领我逛校园，然后吃食堂，等再把市区好玩的地方大致游上一遍后，已经是夜晚十点。预定的酒店就在她学校旁边，等领了钥匙开房，我洗完澡出来，她既没有表现出要留下的讯息，也没有发出要离开的信号。而电视机里在播着无聊的新闻，气氛陷入深深的尴尬。她捏着一瓶苏打水，一小口一小口地抿，喝了好久，怎么也喝不完。我转过身，点了一根烟，站在窗户前抽，抽到一半时，楼下的车里一男一女开始打架。男的撕扯着女的的头发，把她从车里拎出来，像拖着一个箱子一样，拖着在地面上行走，女的发出尖锐的叫声。我掐灭了烟，握紧了拳头，走到高雅身边，粗鲁地剥光了她的衣服，把她抱进浴室，尽情用力地在水中撞击。那一夜，她像个发情的小母马，也发出尖锐的叫声，疯狂极了。后来，我们都筋疲力尽地瘫在了床上，她翻过身，下巴抵着我的胸膛，用手一下一下地摩擦我的下巴，红潮未退的脸上尽是满足。我问她："你身体明明很不老实，可见了我，为什么却要沉默？"高雅说："因为我能忍啊。"

我想，能忍也是导致我们分手的一个原因吧。我不联系她，她就能忍着不联系我。到最后，只能不明不白地分开。

我们最终都跟着各自的导师读了博士。博二时，青岛某拍卖公司举办了一次海洋沉船打捞文物学术论坛，我们俩都经授命代表各自的导师参加。学术论坛无聊极了，说是文物，其实就是一些破碎后又粘起来的瓷片。与会的专家、学者因为拿了拍卖公司的一笔钱，大都对那些破烂玩意儿大加赞赏，从瓷片上的一个小花纹出发，长篇大论、洋洋洒洒，最后竟能拐弯抹角地扯到世界和平上去，简直是瞎扯。文人无骨不如狗，我对他们失望极了。我在报告厅里给高雅发信息，邀请她去海边走走。她没有回我，但在离开座位经过我身旁时，轻轻拉了一下我的衣服。我们沿着海边走，什么话也不说，就只是走。快走到栈桥的时候，很多人拎着小桶，站在裸露的石头上弯着腰不知道在干什么。等走近了，才知道他们是在捉螃蟹。螃蟹并不大，尺寸和指甲盖差不多，为了找话，我故意不屑地说："这有什么好吃的？连塞牙缝都不够。"高雅似乎看透了我，只是笑笑，并不发表意见。后来，我试着拉她的手，她也不反对，走了一段，我问："你有男朋友了吗？"

她说："有了。"

她又问我。

我说："国庆结婚。"

但我们谁也没有松开对方的手。

上了栈桥，一直往前走，就是回澜阁。很多人在排队领票进门，我想一直拉着她，要是排队，我们就不得不松手了。我们没有进去，而是手拉着手绕着阁旁的观景台走，巨涛拍来，卷起白雪一样的浪花，一层又一层，整个石壁好像都在颤动。走了一圈，头皮和脖子都有水滴溅上去，痒痒的，但手还是没松开。我用另一只手为她擦拭水滴，她也同样为我擦拭。一瞬间，我心动了，不管不顾了，将她紧紧搂在了怀里。慢慢地，她也把手举起来，轻轻地抱住了我的后背。浪涛拍打得更加厉害了，我的心脏跳得也很厉害，我能感觉到高雅的也是。我伸过脖子，看了她一眼，她闭着眼睛，仿佛安静的女神。我做了一个决定，闭上眼睛的同时，把嘴巴凑了过去，但还没吻上，脸就被高雅推开了。我又强行吻过去，她就深深地低着头说："徐未，别这样。"

我愣了一下："问她，为什么？"

她不说话。

我问："那你当初为什么不联系我了？"

她还是不说话。

我说："我们私奔了吧，去一座陌生的城市。"

她把头慢慢抬起来，看了我好久后，才悠悠地说："迟了。"

就这样胡思乱想着走了一路，锦瑟又打电话过来问我："到哪里了？怎么迟迟不回？"

我看了一下表，才晚上八点四十五，就说："快了快了。"

锦瑟撒娇说："你快点哦。"

我头皮一阵发紧，脚步也慢了下来。挂了电话，又往前走了几步，电话又响了，妈的，这女人到底是有多饥渴呀？我怒气冲冲地一把接起来，大声道："催催催，催命啊？"

那边却安安静静的，一句话不说。这简直不像是锦瑟的风格，要搁在平时，她肯定是要撑回来，或者直接挂了电话的。她这人就这样，有气一定要撒出来，气来得快，去得也快，从不隔夜。都说人如其名，但锦瑟属于例外。这一点，她好像是要比高雅好。我和高雅从不吵架，有事都是用得体的方式去解决，实在解决不了，就冷战，一战到底。锦瑟突然这样，倒让我有些不适应了，我想，是不是有些过分了？毕竟夫妻生活这档子事本就是丈夫要主动些的，现在由她先提出来，我不仅不热切地回应，而且还吼她，就算再大大咧咧的女人，谁还不要点尊严呢？于是我又叹了口气，平静地说："别催了，一会儿就到。"

那边却问："徐老师，您怎么知道的？"声音不是锦瑟的。我拿过手机一看，是我班里的一个女学生，叫李懿子。

真是尴尬又万幸啊，得亏我没说其他乱七八糟的话，否则就完蛋了。我问李懿子："知道什么？"

李懿子说："那您刚说别催，一会儿就到。"

我解释道："我把你打的电话误当成我爱人打来的了。"

李懿子说："哦哦。"

我又问她："有事吗？"

她说："徐老师，麻烦您来后巷这边的水云间旅馆一趟。"

"怎么了？"

"我被吴西凉打了。"

"你们不是好好的吗？他为什么打你？"

"徐老师您先别问了，来了就知道了。您快点来，迟了可能就见不到我了。"

说完，李懿子就挂了电话。妈的，这又闹什么幺蛾子？吴西凉也是我班上的学生，和李懿子是情侣，大前天我还看见他俩手拉手在学校西门口的小摊前撸串。这个李懿子是天水姑娘，长得高、皮肤白，又爱捯饬自己，算是班花。她性格外向，又会来事，本科时学的是音乐，一天活蹦乱跳的，人缘很好，院里的老师几乎都认识她。而这个吴西凉，是班里少有的外省学生，家在江苏，说话软软的，又长了一副女孩子相，见人只是笑，安静得像只猫，和他这个名字很不相符。新生报到时，我曾问他："你家里有长辈是武威人？"

他似乎很惊奇，说："爷爷和奶奶都是。"

又问："徐老师您怎么知道的？真是神了！"

作为河西人，谁不知道西凉啤酒产自武威呢？况且，学文物与文化的，历史和地理常识是必须懂的。甘肃河西走廊一带曾先后产生过五个凉政权，史家为区别于其他的四个，将中心位于武威凉州西部的李氏政权称为西凉。

没走几分钟，我就又回到了大云巷。可是这也太不可思议了，要说李懿子把吴西凉打了，我倒信，要说吴西凉动手打人，骗鬼玩呢？

我到的时候，水云间老板正在门口站着，看见我过来，用身子挡住我说："房满了。"

很明显他在骗人。我给李懿子打电话，说我在门口，她说她在窗户边坐着。我问她："哪个窗户？"

她说："进了院子往四楼瞅，就能看见我。"

我说："你坐在那里干什么？赶紧回去。"

她说："我不敢回去，吴西凉在砸门，还拎着一把菜刀。"

我说:"那你等我。"

老板见如此,问我:"你就是她的老师?"

我说:"嗯。"

老板赶紧把路让开了,我刚一进门,他就把门反锁了。我问他:"怎么了?"

老板说:"今晚生意不能做了!"

我知道他误解了我的意思,就说:"我是问我的学生怎么了?"

老板说:"太惊险刺激了,就像看片儿一样!那女的跟一个男的来开房,结果又有一个男的来,还提着刀,然后使劲砸门,把那个男的砸了出来。两人打了起来,那男的就把这男的一脚踹翻在楼道里跑了。这女的没跑掉,躲在房间里,门又不敢开,就爬上了窗户,说是只要这男的冲进去,她就跳楼。现在的大学生啊,唉!"

老板说完后,举起手中的矿泉水喝了一口,又问我:"老师,你们师范学院的学生现在都已经开放到这个程度了吗?一个女的和两个男的,双飞啊?"他试图装出一副很看不惯的样子,但表情十分猥琐。

妈的,我不由得腾上来一股子怒火,就算我们师范学院的学生再不堪,轮得着你这个得了便宜还卖乖的猥琐男人来指责吗？于是我说："如果公安局把你们这一片违规小旅馆都查封掉，师范学院学生的风气就会好起来。"他斜着眼睛看了我几次，就再不说话了。

我从院子里抬头看，李懿子正骑在窗户上，裙子被窗台卡着撸上去，卷到大腿上，长长的腿光溜溜地耷拉着垂下来，脚上没有穿鞋。看见我，她不停地招手说："徐老师，他就在门口。"

我也向她摆摆手说："我知道，你别跳。"

她向我做了个OK的手势，说："放心吧。"

我说："你等着，我去劝他。"

她又向我做了个OK的手势。

四楼上，有一些人正在围观，看样子，大都是师范学院的学生。他们远远地围成一个圈，吴西凉坐在地上，背靠着墙，有一搭没一搭地把刀甩过肩头，在砍门。可能是把钝刀，刀砍在门上，又被反弹过来。我看了一会儿，大胆地走过去，伸出一只手摁住刀，又伸出一只手握着他的手，几乎是取一样，就拿下了他手中的刀。看见是我，他也不说话，只是哭，涕泪横流的那种。我也没劝他，就同他一样地坐在地上。大概哭了有二十分钟，我说："别哭了，走吧。"他没回应我。

我站起来，把手伸出来，又说："走吧。"

他并没有拉我的手,而是双手撑着地面坐了起来。我拍拍他的肩膀说:"走,出去喝两杯。"

他还是沉默着,但已经同我走了。刚走几步,就在快到楼梯口的时候,他突然转过身,几乎是跑着抬起脚,狠狠地踹在了门上。门没开,但走廊震了起来,屋顶上有灰尘落下,好像整个旅馆都在晃动。我又返回去,拉起他的一只胳膊,说:"走吧。"

他挣脱了我的手,往前冲,噔噔噔噔下楼去了。我赶紧追了过去,刚到二楼,就听见一声怒吼在耳朵里震荡——李懿子,你个××,你会遭报应的!等我跑到一楼时,吴西凉正站在院中央不停地喘气,而李懿子则刚刚准备下窗户,就在抬腿时,我甚至还看到了她的内裤从我头顶闪过。

老板站得远远地对吴西凉说:"砍坏了门,你得赔。"

我凶他:"赔什么?你怕公安局吗?"

他不吭气了。

和吴西凉走出后巷,我的电话又响了,这次我怕出错,拿起来认真地看,是锦瑟。她有点气冲冲地问:"九点都过了,怎么还不到?"

我说:"出了点事儿,正在处理,可能还得一会儿。"

她问:"什么事?"

我说:"学生的事。"

她问:"哪个学生?"

我看了看闷头走路的吴西凉,对锦瑟说:"你别问了,回家我慢慢跟你说。"

锦瑟说:"不行,万一你骗我呢?万一你和哪个女的在外面鬼混呢?"

我说:"你够了啊。"

锦瑟说:"不够,你得让吴西凉跟我通话证明!"

我无奈地把电话给吴西凉,说:"我爱人,她要你证明我跟你在一起。"

吴西凉看了我一眼,接过电话说:"师母,徐老师跟我在一起。"

之后,他又看了我一眼说:"嗯,我是吴西凉。"

此后,他再没说话,隔了好一会儿,也不知道锦瑟在那头说了什么,他突然哭着说:"我被戴绿帽子了!"

我从他手中抢过电话,对锦瑟说:"你这人怎么这样啊?都说了让你别问了。"

锦瑟可能也感觉到了自己的莽撞,便委屈巴巴地说:"那你好好安抚安抚他,我在家等你,处理完了事情就回来。"然后她挂了电话。

我又邀请吴西凉:"走,我们去喝两杯"。他也没拒绝。在街边的小摊上随便要了一盘小龙虾，两罐扎啤，闷闷地喝了好几杯后，我试探着问："真的那么爱李懿子，爱到可以拔刀相见的地步？"

他说："也不是。"

我说："那就没必要嘛。"我举起酒和他干了一杯。

他说："我就是不甘心。"

我说："这有什么不甘心的？看开点，是你的，谁也抢不走；不是你的，怎么也留不住。"

他说："道理我都懂，但徐老师你说有她这样的吗？前天我们才分手，今天她就和别人开房。"

我说："那你不是也明白呀，你们已经分手了。"

"那她也太迅速了吧，这明显就是我们还在一起时，她就在外面有人了。如果不认识，怎么可能一天之内就开房？我知道我们已经分手了，但就不能给彼此留点尊严吗？"

他这么一说，我又想，也对，就不再劝他，一杯接着一杯地碰。喝完了，我建议再一人来一扎，他推说不要了。我要送他回宿舍，他也拒绝了我。我还不放心，他就说："徐老师您放心，我保证不杀人，也不自杀，今晚过后，我就当从没认识过李懿子。"说完，他就走入学校，渐渐消失在了夜色中。

我又给李懿子打电话问她在哪。

她说:"徐老师,我已经回宿舍睡了。"

我说:"那睡吧,明天我找你谈谈。"

她说:"好的徐老师,我也正想找您谈谈呢。"

挂了电话,我抬头看看雾蒙蒙的夜空,突然有种无由头的伤感,就又坐下要了啤酒,慢慢喝完才混混沌沌地走回了家。因此,当我拒绝了锦瑟的要求坐在电脑跟前时,我根本没有任何关于铁佛寺论文的思路。反倒是这些杂七杂八的事情,像千军万马从脑海中不断地厮杀着飞奔出来,不断地剧烈冲撞着我,直到将我撞进了睡眠。

## 下篇

早上醒来,屋里还灰白着。从光线判断,外面不是阴天,就是我起早了。锦瑟还在睡,海豚抱枕被她蹬在床边,快掉下去了。她的睡姿很不雅,毛巾被像一团皱巴巴的布头,乱七八糟地缠在脚踝上,睡裙也被撸到了胸口。她的呼噜声不大,但似乎一声比一声长,像拉不动的大锯。

我叹了口气,下了床,便听见她迷迷糊糊地说:"热死了。"之后,她翻了个身,将丰腴的屁股对着我,又迷迷糊糊地说:"再睡会吧,这么早。"还没等我回答,她的呼噜声又起来了。这女人,真是。我走过去,坐在窗户跟前的椅子上想事情,脑子却昏沉不已,摇晃了几次,更加昏沉了。

我站起来,拉开窗帘往外面看,世界一片灰暗,云层很低,像要下雨。一下雨,所有的建筑都好像变得不近人情起来,像铁一样冷硬。街上并没有多少行人,车辆也很少。我拿起手机看了一下,时间是早上五点半。这正是城市酣睡的时候,一个小时后,万物才会出现生机。毫无疑问,我起得早了一些。

穿好衣服,我来到客厅打开电脑。文档里依旧是一片空白,关于铁佛寺的论文,我还是没有一丁点儿头绪。看着白得让人心慌的文档痴坐了一会儿,热汗就冒上额头来了。

一会儿,次卧传出了允儿的哭声,又一会儿,野姨开始唱她家乡的童谣,是方言,我一句也听不懂,但似乎很奏效,每次唱一段,允儿就不哭了。可这次,允儿并不买账,童谣一遍一遍循环着,听得我脑袋都大了。我烦死了,起身去敲次卧的门,手刚落下去,野姨就抱着允儿来开门。她看上去沧桑极了,脸上的褶子一道压着一道,像沙皮狗。我本来想让她别唱了,但看到她这副模样,就把双手伸给允儿,说:"来,爸爸抱。"

我并不常抱允儿，时间都被工作占据了；但每次允儿到我怀里，都出奇地安静，这次也是。我抱着她在客厅晃了几圈，她就不哭了；又晃了几圈，她居然睡着了。野姨说："还是跟她爸亲，女儿和爸是情人呢。"她眼睛里尽是谄媚的笑意，一瞬间，我突然觉得她好可怜。

锦瑟也闻声出来了，看了看电脑上亮着的空白文档，走过来要从我怀中抱走允儿。我偏过身子说："我再抱会儿。"

锦瑟说："你去写论文吧。"

我说："写不出来。"

她就让野姨去做早餐，她洗漱。从窗户看下去，街上的人也多了起来。吃过早餐，我收拾收拾准备去学校。今天事情比较多，早上本科生有两节课，排好的期刊也到了给各个编委审核的时候，还要找李懿子了解一下具体情况，当然，最重要的是从田媚那里取田大爷捎带的书籍。

今天来上课的学生出奇的多，站在讲台上，我连一个空着的座位都看不到。我以为走错了，出去到门口看了看牌号，没错，我又走进来，看着乌泱乌泱的人群，就生出了恍惚感。这个教室能容纳四个班的同学，平时，座位上稀稀拉拉的，东头几个，西头几个，前面全空着，后面爆满。而今天，这是怎么了呢？我疑惑地翻开课本才发现，原来今天结课，突然冒出这么多人，一定是冲着期末画重点来的。我若无其事地对照着课本条理清晰地讲着，不动声色地讲完了一节课。到休息室喝水，刚坐下，李懿子就发来了微信："徐老师，中午一起吃饭？"

我想了一下，觉得一个男老师和一个女学生单独吃饭，如果被无聊的人传出闲话来，那就是一件说不清楚的事了。况且，李懿子还刚发生了那样的事。于是便回她道："我这会儿还有一节课，一会儿下课了你到编辑部来找我。"

回完后，我总感觉这还不能够真正表明我的意思，便又加了一句："中午的饭就不一起吃了。"

很快，她又回我："编辑部？徐老师您确定那里现在还是个能正常谈话的地方？"

这明显是话里有话，我问："怎么了？"

"难道您还不知道？"

"知道什么？"

等了好一会儿，她都没再回我。一直到第二节课上课的铃声响起了，她还是没回我。这人真是，说话说半句。我又问了她一遍："发生了什么？"

一会儿，就在我又回到教室门口时，手机响了。

我赶紧掏出手机看,李懿子回我道:"我不好说,您上完课回院里自己打听吧。"

这就有些让人难以琢磨了。编辑部的编辑一共就俩人,院办主任申时和我,副院长邓肯攀是执行主编,院长冯子路是主编。申主任这人自称要料理院里大大小小一切杂事琐事,是院里的管家,阵地在院办,从不进编辑部的门;而副院长邓肯攀,因为我是院长的弟子,对我充满了各种意见,有问题只在电话里说;至于院长,就更不可能了,院里资历较老的老师都是期刊的编委,稿子上有意见争执,他从来都只是按照少数服从多数的原则进行决断,倘若双方人数一致,他就让我看着办。我一个刚毕业的博士,能怎么办?双方又都不敢得罪,就只能是抓阄解决。但好在这样办事,还从没出过什么大的问题;否则,要是给别人知道,我就死定了。我们四个人都有编辑部的钥匙,可是,如果编辑部真的出了问题,那会是谁惹上了麻烦呢?

第二节课,我的思维一直在抛锚,就草草提前结了课。一宣布结课,这帮兔崽子就一个一个都暴露了,高声嚷嚷着让我画重点。月前我已经向教务处申报了这门课程的期末考试改革方案,让大家每人交一篇论文即可,也被批准了。好,既然你们愿意让我画重点,我就画，反正不考。于是我拿起书，把每章绝大部分的小标题都念了一遍，然后告诉他们，这就是重点。他们果然很兴奋。画完了重点，还有半小时下课，他们都坐不住了，不是闷头玩手机，就是互相聊天。当然，这就是他们平时上这门课的常态，我早就司空见惯了。

李懿子再没给我发消息。编辑部里到底发生了什么事呢？我有点好奇加着急了，就敲敲黑板宣布这节课到此为止，吩咐大家一排接着一排地有序离开教室，不要喧哗，也不要拥挤，要装成我们并没有中途下课的样子。大家都很配合，教室里很快就空无一人了。我看看表，离正式下课还有二十分钟，又到门口走了走，确定没有可疑的人出现，便也悄悄离开了。

到了院里，果然是一片风起云涌。我知道自己在院里的境地，也就没主动打听；但只要耳朵够尖，捕捉到有效的信息总是不困难的。果然如李懿子讲的，是不好说的事情。

早上的时候，院长以打印机出了毛病为由，叫田媚进编辑部修理，然后趁机进行了非礼。田媚抵抗不过，于是大呼救命。接着，副院长邓肯攀和院办主任申时便破门而入，将院长逮住了。据说，他们还拍了照。照片上，田媚的胸罩被揪了出来，而院长的裤子，是脱在膝盖以下的。之后,院长和田媚立即就被学校纪委带走了。人证物证俱在,连警察都出面了。

简直是石破天惊啊!院长都那么大年纪的人了,怎么会干出这种事呢?再说,他下个月就退休了,真是晚节不保。编辑部果然已经不是能够正常谈话的地方了,它被贴上了封条。

妈的,田媚一走,我这论文还怎么写呢?田大爷让带的那些资料都还在她手里。这样叹息了一声,我却又想,院长都出这事了,恐怕该提前下台了吧?那么,关于铁佛寺的论文还用写吗?

正在想着,李懿子又发来微信。当然,她也不提院长和田媚的事,而是再一次问我:"徐老师,中午一起吃饭?"

我回复李懿子:"好,学府餐厅,我等你。"

发完信息,我想着该去一趟院办找找申时,问问他今后我怎么编辑稿子的事。其实,我是想问在哪里编辑稿子,毕竟编辑部都被查封了,得重新给我找个地儿。我去的时候,院办正三三两两围着一堆人,我只瞄了一眼,就看清楚他们全是副院长邓肯攀的人。看见我,他们就都不说话了,申时一挥手,又都散去了。我问申时:"申主任,我以后去哪里编辑期刊的稿子?"

申时并不回答我，而是反问："事情你都知道了？"

我说："嗯，听说了。"

他说："那就好，你也别有什么心理压力。"

妈的，跟我有什么关系？但我不能这么说，而是说："不会不会。"

"对，这个时候立场一定要明确，"申时说，"冯子路是冯子路，你是你。你们从前是师徒，现在是同事，但以后，就没关系了。"

我说："是的是的。"

他又说："别为小小的一个编辑部被查封了而伤心，现在学校让邓院长先负责院里的一切事情。有他领导，到时候，肯定会给我们腾出一个好地方来。至于目前，你先到院办来编辑稿子，我让人给你加把椅子。如果觉得不方便，你就在家编辑吧，反正最多也就等几天时间。"

接着，他便以有事找邓院长汇报为由，把我打发走了。我沮丧地出了门一看，好像这院里已经没有我的安身之地了，便一步一步怏怏地走了出来。

站在文物与文化学院的门口，很多人进进出出，或嘻哈，或严肃，看上去一切都正常极了。他们，似乎并不知道院里早上究竟发生了什么；但对于我来说，这几乎就是一场灾难。

门前约十米处，摆放着一尊佛陀半身像，那是院长几年前去尼泊尔访学时，对方当作私人礼物赠送的。回来以后，院长就请示了学校领导，得到批复后，建了底座，摆放在这里。院里的佛像艺术博物馆，也是院长一手促成起来的；而以副院长邓肯攀为首的一派，早就对此怨声载道了。他们多次说，院长就是个装作有慈悲情怀的假和尚，把整个文物与文化学院搞得简直跟佛堂寺庙一样，就差一帮信徒来烧香跪拜了。有此言在先，我想，可能文物与文化学院改姓邓后，新官上任三把火，最先被拿来开刀的东西，就是门口这尊佛陀像了。院长果然说得对，铁打的学院，流水的院长。我是不是也应该归向副院长邓肯攀的麾下呢？院办主任申时跟我说到"我们"的时候，我的内心里似乎也并没有多大的抗拒，甚至还有一丝被接纳的感动。可是，"归顺"了他们，我的前途真的就会好一点吗？我突然又想起那天在院长办公室里的信誓旦旦来——院长放心，我什么时候都是您的弟子。

弟子一直是从前的弟子，但院长好像已经不是原来的院长了。发生了这样触犯法律的事，他教导我的那些诸如"做学问先做人"的箴言，明摆着不就是打他的老脸吗？可我又想，即便我真的被副院长邓肯攀所接纳，那也绝不是到时候他说一句"知错能改善莫大焉"就能把我当"自己人"的。这分明就是一种胜利者对失败者的伪善和侮辱。可是，如果我坚持追随院长，那么，在院里的日子岂不是更不好过？锦瑟说我精明，但她哪里知道，在这精明的背后得要承担多大的非议和压力。况且，这种精明在这样的特殊时刻似乎等同于另一种意义上的明哲保身吧。

来到学府餐厅，我把包厢号给李懿子从微信上发了过去。没多一会儿，她就来了。她打扮得花枝招展，本就低领的短裙又露出了很大一片背，皮肤白得刺眼，让我不得不转移目光。当然，她这个年纪的女孩子，本就该活力四射，引领时尚，穿得再暴露也能够被社会所理解和包容；但是在学校这样的环境里面，多少还是扎眼的。她似乎并没有注意到我刻意回避的目光，或者，她注意到了，但已习以为常了，就像我对每节课教室里稀稀拉拉的学生习以为常一样。坐定后，她笑嘻嘻地问我："徐老师，刺激不刺激？"

"嗯？"我说。我一时没明白她的意思。

她拉了拉椅子，稍微靠近了我一点，悄悄说："就早上编辑部的事啊，刺激不刺激？"

她的表情是神秘且兴奋的。但是她所说的"刺激"不得不让我想起她和吴西凉的事情来。我没有正面回答她，而是反问："你是怎么知道的？"

"这您别管,反正我就是知道。"她得意地挑了一下眉,样子俏皮极了。

"好吧,你怎么看?"我问。

"什么怎么看?"她说,"冯院长连裤子都脱了,哈哈哈,我还能怎么看?"

她说院长裤子脱了的时候,压根没有一点点女孩子所该具有的羞赧。可是,照片是副院长邓肯攀和院办主任申时拍的,李懿子她是怎么知道照片内容的?我又问:"你怎么什么都知道?"

"那是。"她将语气拉得长长的,更得意了。

"是不是院里有哪个老师给你传照片了?"

"我哪有关系这么好的老师?"

"照片应该只有邓副院长和申主任有。"

"徐老师难道您从来不上贴吧的吗?"

"这就不对了,这些东西怎么可以随意公布呢?"

"怎么,难道徐老师也觉得这事情有蹊跷?"

我警惕地问:"什么叫也?"

"哈哈哈,也就是也咯。"李懿子又卖起关子来了。

好吧,院长和田媚的事并不是我找李懿子谈话的主题。这都是题外话,不能耽误了正事,我问她:"你和吴西凉是怎么回事?"

"就那么回事咯。"她说得很轻松,也很随意,就好像根本不把这事当事。

"就那么回事是怎么回事呢?"我又问。

"您不都看到了。"她说。

"我只看到吴西凉拿着一把菜刀在砍门,而你,骑在窗户上做出试图跳楼的样子。"

"哪有,我那是真跳。"她的声音中带着一点点撒娇的成分。

"你要是真跳早跳了。"我说。

"哪有你这么当班主任的?"她声音里的撒娇成分更多了,我身上仿佛过了电。一撇头,却正好看见了她一对浑圆的乳房,那么精致诱人,那么富有青春气息,那么风情万种。她的香水味也丝丝缕缕地往我鼻孔中钻,妈的,我的魂一下子就丢了。我不由得用手指紧紧巴住了桌沿,我告诉自己:得控制,得控制,这是个无底洞。

但就在这个时候,李懿子又往我这边挨了一下,把手搭在我的胳膊上摇晃着说:"徐老师,哪有你这么当班主任的啊!"

在说这话的时候,她的头发就飘向了我这边,有几根,甚至还触到了我的脖子上。天哪,我快要把持不住了。院长和田媚,也是因为如此吗?

我说:"我觉得我挺好的啊。"

她又撒娇："哼，好什么好？我觉得徐老师偏心。"

我问："我怎么偏心了？"声音却已经绵软无力了。

李懿子说："您……"

"二位，"这时，服务员突然进来了，她拿来了菜单，把它放在我的面前问，"你们看吃点什么？"

我随手翻了几页，把菜单递给李懿子说："你点吧，我请客。"说完，我冲服务员一笑，服务员也客气地笑。这一笑，我一下子感觉丢了的魂又回来了，我松了口气又说："你随便点，我去趟洗手间。"

我先用冷水洗了把脸，然后就一直用冷水冲洗发热的双手。看着镜子里满脸滴水的自己，我又端详着自己的双手想，院长就是用这双发热的手扯下了田媚的胸罩吗？也同是用这双发热的手脱下了自己的裤子吗？男人啊，握权杖的是这双手，拥美人的也是这双手，带枷锁的还是这双手。洗完手后，我又站在门口点了一根烟，就是这根烟，立马让我冷静下来，它让我感到了后怕。万一，刚才我没有控制住，被毁掉的可就不光是我一个人了。

抽完了烟，我又回到了包厢，不过这次，我特意和李懿子拉开了一段不足以让我犯昏的距离。她已经点好了菜，在拨弄手机。我坐下去，故意问她："点好了？"

"嗯,好了。"她说,语气还是很活泼,似乎并没有觉得刚才有什么异样。

我说:"好了就讲讲吧。"

她问:"徐老师您老是让我讲讲,到底讲什么呀?"

我说:"离开水云间后,我和吴西凉一起坐了坐,他说已经和你分手了。"

"对啊,我们分手两三天了。"

"他说他就是不甘心。"

"都分手了,我爱和谁在一起就和谁在一起,跟他没关系了。是吧,徐老师?"

"话是如此,但他的意思是你这样做是不是没有给对方留点尊严?毕竟你们分手不久,你就跟别人去了水云间。"

"都散了,还留什么尊严?"

"好吧,"我就明说,"他怀疑你和他在一起的时候就出轨了,不然,怎么可能这么快就找到了男朋友。"

"谁说那是我男朋友了?"

果然让吴西凉说着了,我想起了他在水云间院子里声嘶力竭吼出的那个词语。我试探着问她:"那你的意思是?"

"一夜情。"她说。

我倒吸了一口冷气,不知道该说点什么好。我的学生在我面前大言不惭地说这两个字,这于我,就是失职加失败。我脑子有点转不过弯来,这让我说点什么好呢?

菜端上来了,李懿子也不礼让我,直接拿起筷子先吃了一口,然后才盯着我问:"徐老师,您是不是觉得我特贱?"

"那倒不至于。"我说,"只是觉得有点,有点那什么。"

"那什么?您是不是想说脏?"

我没有说话。

李懿子又吃了一口菜说:"我也觉得脏。"

"那你为什么还要那样?"

"就是想啊。"她说,她说得风轻云淡,就好像约炮跟吃饭没什么两样。

那我这就没办法了。我本来还想着从道德的层面上来教育她,但现在面临的问题很明显:她根本不拿道德当回事儿。于是,我再没说话,也没有动筷子。点的三个菜,李懿子一口一口地竟然全部吃完了,连渣渣都不剩。之后,她便打开包包,毫无顾忌地在我面前补妆,瓶瓶罐罐,摆了一堆。我又点了一根烟抽,烟雾缭绕中,我实在想不明白眼前这个如花似玉的女孩子为什么要如此作践自己。化完了妆,她突然向我伸手。我问:"什么?"

她指了指我手里的烟。我本看不惯抽烟的女孩子,但对于李懿子来讲,好像抽烟根本就是可以忽略不计的小事。我从口袋里摸出烟盒,递了过去。她没有接,而是又指了指我手里的,说:"我要这根。"

我说:"我抽过了。"

她说:"没事儿,我不嫌弃。"话音还是那么活泼俏皮。我掐烟的手僵住了,她倒是机敏,身子前倾,一伸胳膊,那小半根烟就叼在了红唇间。之后,她猛地吸了一大口,烟就只剩下了过滤嘴。烟雾吐出来,弥漫在我和她之间。我问:"经常抽吗?"

她说:"也不是,断断续续的,反正就是戒不掉。"

我又问:"抽了多久了?"

她把过滤嘴放在倒了水的烟灰缸里,说:"没算过,很小就会了。"

过滤嘴上是一道显眼的口红印记,我的脸"唰"一下红了。我说:"戒不掉就少抽点,这玩意儿不好。"

她说:"我知道。"接着,她又问我,"徐老师您刚才不是问我怎么看冯院长和田老师的事吗?"

我说:"嗯。"

"我觉得这事存在 bug。"她说。

"什么 bug?"

"我现在说不好。"

"什么意思?"

"我分不清他们谁是好人谁是坏人。"

"为什么?"

"其实我没有回宿舍。你们走了之后,我又打电话叫那个男的回来,一直叫了好久,他都不来。我知道他是害怕,就提出换个地方,他也同意了,说是时间晚点。我出水云间那会儿已经是凌晨以后了,新换的地方离学校也不是很远,我就步行过去。快到的时候,您知道我看见什么了吗?"

"看见什么了?"

"我看见冯院长和田老师拦了一辆出租车走了。"

"这没什么吧?"

"可当时田老师是搂着冯院长的啊。"

"你没看错吧?"

"徐老师您要觉得我看错了那我就看错了吧。"

"不是,这逻辑上不成立啊。你想,要是你昨晚看见田老师搂着冯院长打车走了是真的话,那今早田老师大呼救命又怎么解释?"

"所以这就是我前面说到的蹊跷的地方啊。"

"还有人知道这事吗?"

"我是第一个,您是第二个。要是出现第三个,绝

287

对不是我说出去的。"

"那你为什么要告诉我这些事?"

"随便聊,就聊起来了呀。"

"不是吧?"

"您是冯院长的人,我觉得您有必要知道这些。"

"院里很多老师都是冯院长的人。"

"您不是他的嫡系吗?"

"冯院长对他们也都挺不错的。"

"但他们不都倒向邓副院长了吗?"

"这你都知道?"

"巴掌大的地方,能藏得住什么秘密呢?"

"那你觉得冯院长有可能是被冤枉的吗?"

"这我就不知道了,反正跟我也没什么关系。"

整个中午,我和李懿子围绕着冯院长和田媚的话题聊了很久很久,倒真是把她和吴西凉的正事给耽误了。不过看她样子,似乎也没有非要把其称为"正事"的必要性了。离开时,我突然有点怜惜起李懿子来,劝她好好爱惜自己。她一直低着头不说话,快出了学府餐厅就要分别时,才说:"徐老师,我觉得我这不是堕落,仅仅是你情我愿的事而已。"

我一愣,看了她几秒才说:"嗯,你自己要注意安全。"

和李懿子分别后，还不到中午十二点，天上的云层更低了，但雨一直下不下来，闷死了。我又去院里转了一圈，编辑部的封条还贴着，院办主任申时已经从副院长邓肯攀那里回来了，我进院办时，他正专心致志地面对着电脑不停地点击鼠标，我没说话，他也没说。我想找他谈谈铁佛寺的事。院里人口流动最频繁的两个地方，一个是田媚管的图书室，另一个就是他管的院办了。既然从书中找不到讯息，何不尝试着从书外找找呢？看他那样，应该是忙着。我走过去，坐在沙发上耐心地等着，等了好一会儿，他还在忙。期间有别的老师进来办事，我简单地打招呼，办完了，他们也就离开了。我想，再这么等下去也不是个事儿，就起身说："申主任，有个事儿我想麻烦您一下。"

"嗯？"他将头从电脑后面移过来问我，"徐老师来了？"

我说："来了好一会儿。"

他说："哦，我忙着，没看到，有事吗？"

我说："也没什么大事，就是关于铁佛寺，我想……"

这时候，办公室电话响了。他又把头移过去，接起电话来，不停地说："好的好的好的好的。"之后，他就拿着一摞材料，急匆匆地要出门去。

我说："申主任，铁佛寺……"

他似乎顾不上我,边大步出门,边疾速摆摆手说:"我出去一下我出去一下。"

他这是让我等呢,还是不等呢?我又干坐了一会儿,见他还不来,就起身在办公室里活动。来来回回走了好几圈,到他电脑跟前时,没忍住看了一眼,妈的,这货刚才居然一直在斗地主。真让我猜中了,作为胜利者的他,已经开始对我这个连带的失败者进行侮辱了;而我还幼稚地试图打算跟他谈谈铁佛寺的事,真是高估了我在他心目中的地位。我气得拂袖而去。

出了门,正在楼梯间,电话响了——是院办的号码,肯定是申时那货。我接起来,直接问:"怎么了?"

那头也问:"你怎么走了?"

我说:"申主任也挺忙,我就不打扰了。"

申时说:"邓院长找你呢。"

我问:"什么事?"

申时说:"就是你说的铁佛寺的事啊。"

我说:"可是我还没说呢。"

申时说:"那你去跟邓院长说吧!"

我还想再问,"啪"一声,电话就断了。妈的,这个扑街,到底要作什么妖?

我又折身返回,敲开了副院长邓肯攀办公室的门。他倒是很客气,也很直接,开门迎接我后第一句话就问我:"小徐啊,论文写好了没有?"

我如实回答:"没有。"

他问:"怎么还没写好呢?"

我说:"资料不是很好找。"

他又问:"我听说你写的论文是关于铁佛寺的,对吧?"

这不是明知故问嘛,院长当初授意我写铁佛寺的时候,我就在院办主任申时那里报过表格了。这算是胜利者对我的侮辱,抑或是蔑视?但现在,我似乎只有把气往肚子里咽的资格。我对他说:"是的,写铁佛寺。"

他把手背到身后,走了两步到沙发边,坐下,又拍拍另一组沙发的扶手对我说:"别干站着啊,小徐啊,来,坐着说。"

这算是伪善吗?我装作受宠若惊的样子说:"您客气您客气,我就站着说吧,年纪轻轻的,站着说没事。"

他哈哈笑起来:"看你这小徐,真是,真是……"

我心下一惊,感觉到了这世界的可怕。田大爷和院长说一模一样的话也就算了,现在,居然连他也说。我不知道这是天大的巧合,还是时光可以复制,便直愣愣地问他:"您认识铁佛寺的田大爷?"

"什么田大爷?"

"就是，田……"我才想起来，我居然并不知道田大爷叫什么名字。我说，"就是咱们院里田老师的叔叔。"

"怎么了?"

"您和他说了一模一样的话。"

"什么话?"

"看你这小徐，真是，真是……"

"哈哈哈，真的吗? 真是，真是。我并不认识他，怎么，你认识?"

"嗯。我去铁佛寺实地考察，跟他聊了几句。"

"那还真是，我并不知道田老师的叔叔在那里，他是寺里的僧人吗?"

"不是。铁佛寺现在没有一个僧侣，很破败，要不是还有那尊铁佛头在，都快要关门大吉了。门外又挂了画院筹备委员会的牌子，据说不久，那里就是画院的新办公地点了。"

"有这事?"

"嗯。"

"那这就有点不太好了，我原还想着你没写出来就先不写了……"

我问他："不写什么了?"

他说:"院里的情况你也知道,这次的庙宇文化论坛呢,是冯院长之前一手操办的,现在他出了事,论坛呢,是参加不了了。你又是他的亲传弟子,也处在舆论的风口浪尖上,所以呢,我和院办申主任商量了一下,本着保护你的目的,这次论坛啊,你就先别参加了。再说,你还没有写完,其他老师的都已经提交了。"

我没有说话。

他又说:"当然,文章还是要写完。你刚才说的情况我也了解了,以后如果铁佛寺真成了画院的办公处,你的这篇文章可能就成了挽歌,纪念意义很大,可以在院里的《文物与文化》上发出来。"

我说:"可我是编辑啊,按规定杂志是不能发编辑自己的文章的。"

"这样吧,从现在起,你的工作调整一下,就只给本科生上课和给研究生当班主任,工作量太大了也不好。你看你有什么意见吗?"他问。

"没有,"我说,"我没意见。"

"没意见的话,那就先这样吧,等具体做编辑交接工作的时候,我再通知你。学校让我暂时负责院里的工作,这一大摊子事,忙得我晕头转向的。"

这话的意思,就是在下逐客令了。院长才走一上午,他这狼子野心就迫不及待地暴露无遗了,他妈的。我说:"好的好的,那院长您先忙。"

就在我转身开门的时候,他又说:"哦,对了小徐,不让你参加这次的论坛啊,你也别放在心上。院里真的是为了你的前途考虑,铁佛寺里的那尊主席塑像,你应该也听说了是谁捐建的;而你这次的文章,必定又是冯院长授意写的,你这么聪明,我想,这里面的利害,你应该是懂得的,可千万别让人当枪使了。铁佛寺是宗教问题,主席塑像是政治问题,这要把握不好度,可是会整出乱子来的。"

我突然感到一阵寒意来。李懿子的话一遍一遍循环回荡在耳畔——我分不清他们谁是好人谁是坏人。我对邓肯攀说:"谢谢院长。"

他拍拍我肩膀道:"没事儿小徐,不管冯院长如何如何,但我保证你在院里都会有一席之地。"

我又说:"谢谢院长。"

他突然伸出手来,像变魔术一样,递给我一本书,说:"田老师带给你的,她早上走得匆忙,让我转交。"

我接过来一看,正是田大爷说的那本书,主编叫瘦禾。很明显,这是个笔名。出了副院长邓肯攀的办公室门,我匆匆来到走廊外面的阳台上。打开书,目录上第一篇就是署名冯退之的文章,题目叫作《三易其名的铁佛寺》。文章并不长，只有三页，约两千五百字。里面写到的内容，确实对我写论文有极大的帮助。比如铁佛寺最早的名字其实是叫宏藏寺，公元690年，武则天已摄政五年，想称帝，但她苦于没有合适的登基理由，便在洛阳白马寺僧人冯小宝等人的帮助下，找到一本《大云经》，经书记载："弥勒下生作女王，威伏天下。"因此，武则天便利用这几句话推行易世革命，顺利夺取政权，改唐为周，做了女皇帝。武则天称帝后，随即诏令各地修建、改建大云寺，诵《大云经》，宣扬君权神授，宏藏寺便在那时跟风改成了大云寺。公元705年，武则天的儿子李显恢复唐制，他登基后做的第一件事就是下诏毁掉大云寺。一时间，全国各地的大云寺很快被推倒毁坏，但这一座却偏偏留下了。到如今，铁佛寺只是俗称，门头上的匾额，依旧题的是大云寺的名字。

这篇文章，可以说是很有学术价值了。从三易其名的历史来看，完全跟权力的更迭息息相关，谈宗教，怎么可以单纯地谈呢？难怪院长说只要写出东西来，"就石破天惊、光彩夺目"呢，他一定早就知道这些的。那么，他授意我写铁佛寺，到底是写武则天为篡位改制而修建大云寺呢，还是写他父亲为保护大云寺而捐建主席塑像呢？这个谜团像滚雪球一样，似乎越来越大了。而现在，这件事似乎只能是想想罢了。被副院长邓肯攀"剥夺"了参加此次论坛的权利，我几乎连提出疑问的资格都不具备了。可是，我怎么感觉文物与文化学院，就是另一个特殊时期的铁佛寺呢？

之后，我就直接回了家。锦瑟告诉我，野姨要离开几天，她女儿生了孩子，她要去四川看看，问我们借钱。我问："每个月的工资不是照付给了她吗？"

锦瑟说："野姨说不够。"

我们两个人每月的工资，其中一个人的一大半，都给了野姨，还不够？我让锦瑟去问问野姨究竟怎么回事，她说都是亲戚，不好意思，推了。没办法，只好我去问。一开始，野姨坚持说要去看外孙。到后来问急了，她才说她接到一个陌生电话，对方说可以拿钱把她儿子从监狱里买出来。我告诉她，这是骗子。她竟然怎么也不相信，她问我："你说，一个骗子怎么会知道我的儿子在坐牢？"

我怎么知道骗子怎么知道的？分析了半天，安慰了一气，又对比社会新闻举例给她，然而并没什么效果。我也懒得再劝，推说今天起太早，瞌睡，直接进屋上床躺下了。

这一觉睡得真舒服。醒来时，已经是傍晚。云层更低了，似乎就在头顶。野姨在剥蚕豆，锦瑟抱着允儿玩耍。在昏暗的天色中，我沮丧地想，这辈子可能就只是做个普通人的命了。一步一步做学术，怎么想都怎么像爬金字塔，即便将学问做到院长那个程度，还不是整日沉沦于权力游戏的旋涡。如今，副院长邓肯攀借着院长倒台的机会将我排挤到他的利益集团之外，看来在日后，不论学术进阶，还是权力进阶，我的路都被堵掉了，想到这里，心里就不免一阵悲伤。

野姨煮了蚕豆白米粥，味道棒极了，但我喝不下去。锦瑟问我："是不是遇上了什么麻烦事？"

我说："没事，就是累了。"

她说："累了就好好休息，你脸色看着不太好。"

我说："最近一段时间可能在家待的时间会比较多。"

她说："多了也好，那就多陪陪允儿。"

之后，她就再没多问。我一直担心她会刨根究底问我为什么会在家待的时间比较多，但她没有，她的表现优秀极了，就像一个贤妻良母那样，让我初尝了她善解人意的光辉。而这，并不像是锦瑟做事的风格。我觉得，她一定是也知道了院长和田媚的事。

她又问我："要不要我陪你去黄河边走走？"

我说："要下雨了。"

锦瑟说："没事，有我在。"

去黄河边走走,一直是我修复情绪的唯一方式,但我拒绝了锦瑟。此次事情过大,远不是黄河边走走就可以修复的。况且,野姨又这个样子,我担心她随时都可能做出一些糊涂的事情来。临出门时,我嘱咐锦瑟,这几天务必要寸步不离地看好野姨,注意她的一举一动,人一旦疯狂起来,是什么事都有可能做得出的。

走到黄河边,天已经近黑,万物的轮廓逐渐变得模糊起来,有骤风从河上来,掀起了巨大的波浪,而下雨,似乎只是瞬间的事。我来兰州这座城市已经有十多年了,在这里安身立命,成家立业,我现在所拥有的大部分东西,都是院长给的。如今,他晚节不保,而作为他嫡系弟子的我,前途难料。假如真到了副院长邓肯攀一手遮天的时候,我是不是也该考虑真心实意地投诚?抑或,离开师范学院,另换一所高校工作?水往低处流,人往高处走。大家都只看见在高处的人头戴光环,谁管他是踩着什么爬上去的呢?

古人说,三十而立,而现在的我,靠什么立得起来?我想,我恐怕是要背叛院长了。

就这样沿着长堤顶风漫步徐行的时候,电话突然响了。我拿起来看,一下子就怔住了,是高雅的。自上次青岛一别,我们就再也没见过。我只听说,她毕业以后进了南方的一所高校,也是做文物与文化研究工作,至于有没有结婚,就不得而知了。响了一阵,我还没考虑好接还是不接,它就不响了。又走了一段,电话又响了。我接起来撒谎道:"刚才手机不在身边,怎么了?"

高雅反问:"你在不在学校?"

我说:"在黄河边。"

高雅说:"我在学校。"

我问:"在哪个学校?"

她说:"咱们学校。"

我自言自语道:"咱们学校……"

高雅说:"我来参加庙宇文物与文化论坛。"

我说:"要见一下?"

高雅说:"你要不方便的话就算了。"

我说:"我一个人。"

高雅说:"我在学校宾馆305房。"

挂了电话,我在颤抖。主动打电话约我,这绝不是高雅的行事方式,况且,还是约我去宾馆房间。我看了一下表,是晚上八点钟。走到滨河路上,我拦了一辆出租车,司机是个秀气的女孩子,看上去大概只有二十多岁,这在油腻大叔大妈成群的出租车司机里面,简直可以算是一股清流。车载音响中,一个女声在唱一首欢快的关于学猫叫的歌曲，喵喵喵叫个不停。她似乎很兴奋，听得摇头晃脑。她看我一动不动地坐着，便问："你没听过这歌吗？"

我摇摇头。

她说："可流行了呢，大家都听，你是干什么的啊？"

我说："老师。"

她又问："教什么？"

"文物研究。"我说。

"哦。"她说。然后直到车停在师范学院，这期间，她都没再跟我说一句话。付钱时，我扫微信，她突然说："你看着这么年轻，为什么要研究那些老古董呢？"

我愣了一下说："喜欢。"

她撇撇嘴说："好吧。"说完，她就走了。

下了车，我也在想，我这么年轻，为什么要研究那些老古董呢？说是喜欢，可真的喜欢吗？好像也不是。当年考大学，我报的是省外高校的法学专业，因为怕录取不上，就同意了专业调剂；但分数还是不够，就滑档滑到了师范学院来。这并不是我喜欢的专业，但因为师范学院是省属重点，便没再复读。考硕士，也是分不够，调剂回来的；考博士，因为是院长弟子，名额早就内定了，考试只是走个过场。锦瑟是别的学院的老师，边工作边读博，院长介绍给我的时候，半开玩笑半认真地说："有了家，干什么都心安，早点结婚，争取毕业时抱孩子拍全家福。"我想了一夜，与高雅再续前缘怕是山高水长，便很快就领了证。在青岛见高雅时，我和锦瑟其实已经登记结婚了，只不过是将婚礼定在了国庆。回首我这十多年走过的路，似乎跟"喜欢"完全不搭边，那么，到底是什么让我走到现在呢？

走到学校宾馆，远远地，我就看见高雅在门口站着。我的心跳有点加速，一步一步走过去，才发现她剪了齐肩的短发，干净、清爽，看上去愈加知性成熟。我装作很随意地说："我能找到房间的。"

高雅说："房间里太闷，正好出来吹吹风。"

我说："既然出来了，那就走走吧。"

高雅说："还是去房间吧，要下雨了。"

我说："没事，有我在。"话说完了，我才想起来，这话是临出门前，锦瑟对我说的。

我们并排走在路上，不知不觉，就走到了恋爱时经常走的那条路上；而现在，一切都物是人非了。该找点话说，否则，我真不知道是该红着脸，还是红着眼。我说："我没听说参加论坛的人中有你。"

高雅说："也是临时决定的，原来的老师有出国任务，院里考虑到我在师范学院读过书，人都认识，就派来了。"

"你的论文写的是什么呢？"

"也是替那个没来的老师念，并不是我写的。还没看，不知道写了什么。你呢？"

"本来要写铁佛寺的。"

"本来？"

"嗯，出了点意外，我不参加论坛了。"

"什么意外？"

"院长冯子路在编辑部非礼田媚老师，被副院长邓肯攀和院办主任申时捉了。"

"消息可靠吗？"

"有照片。田媚的胸罩被揪了出来，院长的裤子脱到了膝盖下。我作为院长的嫡系弟子，就是这个下场。"

"怎么，你是觉得委屈吗？"

"多少有一些，毕竟院长想让我在这次论坛上大展身手。"

"那你在怨恨谁？是院长冯子路，还是副院长邓肯攀？"

"我不知道。"

就这样说着，在这条我们熟悉又陌生的路上走着，不知不觉，我们就穿过竹林，走过湖边，登上了山丘顶上的一处凉亭。这是我向她告白的地方，就是在这里，我们都失去了初吻。我还记得当初高雅含羞的模样，而现在，大风吹乱了高雅的头发，也吹乱了我的，在铁证如山的往事面前，我们像极了两个南辕北辙的人。凉亭毗邻铁佛寺，与方塔的距离不过数十米。如果将我们等高平移过去，我们应该正处于方塔的第五层上。在耀眼的夜灯下，塔壁的琉璃仿佛反射出万丈光芒来，平时站在方塔前，那些难以观望到的佛传故事图案，在这里一览无余。我对高雅说："你看那些图案，多美啊。"

高雅看了一会儿，问我："你说，在古代，那些历尽艰险把经书带回国来的高僧，有没有过怨恨？"

我不知道她这是在揶揄我，还是真的在发问，便说："不知道。"

又看了一会儿，雨便一点一点地落了下来。我看了看表，已经是晚上九点半了，就说："回吧。"

高雅什么话也没说。我们按着原路返回，快到竹林的时候，锦瑟打电话来问我："在哪里？"

我撒谎："还在河边。"

锦瑟说："野姨不见了。"

预料中的事，果然应验了。我问："怎么回事？"

锦瑟说："吃过饭，我们带着允儿去广场上散步，一会儿，野姨说她上卫生间，就去了。我们等了好久，她都不来，我打电话，她关机了。一直等到现在，都没再见着人。"

我明知野姨真是去找那骗子了，但还是安慰锦瑟："你再等等，说不定一会儿就回来了。"

锦瑟却支支吾吾："我现在在家里，发现衣柜里的钱都不见了。"

我问："有多少？"

锦瑟说："一万多。"

我没有说话。

锦瑟又问："报警吗？"

我说："先别报，等我回去再说。"我就挂了电话。

高雅问："有事吗？"

我说："没事。"

之后，我们都沉默地走路，到宾馆门口时，雨又大了些，我说："早点休息吧。"

高雅问我："不上去坐坐吗？"

我说："不了吧。"

高雅又问："一会儿也不行吗？"

我想了想，没有说话。

高雅也不吭声，等了好一会儿，她才说："那你也早点回家吧。"

我说："好。"我就转身先走了。

夜空低垂着，像一口倒置的锅，天上毫无征兆地响了一阵惊雷，我抬头时，雨点就噼里啪啦砸了下来。

一个月后，院长的事水落石出。学校发文称：经学校纪委及公安机关调查，文物与文化学院原副院长邓肯攀、原院办主任申时合谋，以极其卑劣的手段威胁、恐吓原教学秘书田媚，逼迫其脱衣陷害院长冯子路，造成假非礼场面，并拍照在网上散布。研究决定：开除邓肯攀、申时公职，并移送公安机关处理，勒令田媚辞职。第二天，学校再次发文，决定返聘冯子路继续担任师范学院文物与文化学院院长，聘期五年。

院长被返聘的当日，他第一时间把我叫进了办公室。我原以为他会憔悴很多，但推门进去的那一刻，我一下子就惊呆了。短短一个月，他居然变成了一个白胖子，看上去富态极了。出于习惯，我喊道："院长……"但话还没说完，我居然就哭了。真是奇怪，眼泪掉下来的时候，连我自己都吓了一跳。

看见我如此，院长立即递了一根点着的烟上来，又亲昵地拍拍我的肩膀，说："小徐，这段日子委屈了，你的事，我都听说了。"

我说："不委屈。"

他又说:"委屈了就要补偿回来,院办现在缺了的主任一职,你干吧。"

我诚惶诚恐地说:"我资历太浅。"

他说:"没事,先挂副主任。"

我问:"那编辑部?"

他说:"你别管了,我安排别的人。"

我看了他一眼,惭愧地说:"铁佛寺的文章,我还没写出来。"

他把手一挥,威风地说:"我知道,以后有的是机会。"

后来,我经历了晋升副教授、评硕导、被任命为院办主任,拒绝从假装成骗子实则是野姨丈夫的手中解救野姨回我家继续当保姆,回家参加父亲的葬礼,受院长之意在网上揭发以田媚父亲为首的造反派在二十世纪七十年代早期殴打并致校长(冯退之)死亡的罪行,每月按时替院长为田媚转一笔钱等种种事情。就在我逐渐变成邓肯攀所说的那种"让人当枪使"的人,每天为虎作伥的时候,有一天,一个大学时的女同学跟我微信闲聊,她感叹说:"徐未你小子命真好啊。"

我习惯性地谦虚地说:"一般一般。"

她说:"唉,可你的初恋高雅就惨了。"

我一惊,问:"她怎么了?"

她说:"嫁了个家暴男,离婚后,分了一疙瘩钱,带着孩子出国去了。"

我问:"什么时候的事?"

她说:"就半年前。"

我知道她误解了我的意思,便又问:"我说她什么时候结婚的?"

她说:"就在两年前临放暑假时啊,怎么?她结婚没有邀请你吗?"

我说:"没有。"

之后,她就再也没说一句话。我回忆了一下,两年前临放暑假,师范学院举办了庙宇文物与文化论坛,而那时,我与高雅见了最后一面。现在推测,当时应该正是她结婚前。我不知道那个风雨欲来的夜晚,她执意邀我去她的房间到底是为了什么;但我知道,她一定准备了很多的话要和我说。而现在,正如我们在青岛回澜阁时她对我说的那两个字——迟了。那个雨夜,如果我没有拒绝她,她的生活会不会因此而改变呢?

我难受极了。我觉得,这么多年都没走到一起,我和高雅既不是有缘无分,也不是南辕北辙,而是我对不起她。

当晚，我对锦瑟撒谎有应酬，一个人坐在街边的小摊上边哭边喝酒，一直到凌晨才回家。跌跌撞撞地走在路上，我隐隐约约看见院长搂着一个女人在拦出租车，我原先以为是田媚，但后来看清楚了，那是李懿子。一瞬间，我的酒就醒了。这既在意料之外，又在情理之中，我想起了当时李懿子说看见田媚搂着院长深夜打车而我质疑她时，她说的那句话——您要觉得我看错了那我就看错了吧。

我想，我是看错了。

这件事，我一直没对任何人讲过，也不打算讲出来，想烂在肚子里。因为从后来发生的这些事情看，越来越多的苗头显示：邓肯攀、申时、田媚才像是受害者；而院长，则是在风雨中屹立不倒的披着人皮的恶魔。我不禁庆幸院长落难时还没来得及背叛他的自己，否则，后果将是多么难以想象。而现在，我也终于找到了那个自己走在这条不喜欢的路上十多年却始终没有离开它的理由——因为我跟院长是一路人。我们几乎是一丘之貉。我现在走过的路，他都走过；而我一直走下去，就会是另一个院长。

晚年，父亲一直病着，而与院长相处的日子里，我在心里其实早就认定了他是我精神上的父亲。

父亲去世后，我终于说服母亲离开老家来兰州生活。允儿上幼儿园时,我们也搬进了新房,就在师范学院校园里。除了接送允儿,每逢初一、十五,母亲都会准备好香烛,喊我去铁佛寺跪拜。画院已经开了,但人很少,很多次,田大爷看见我都会躲避起来。我想,他一定是为侄女田媚和他哥哥的事而没脸见人;但直到有一天,他躲避不及,我迎上去,他才怯生生地告诉我,其实当年真正打死校长冯退之的,正是他手里的一块砖头。他带着我来到方塔前,指着铁佛头说:"喏,这里面就是现场。"

我问他:"您为什么要告诉我这些?"

他却又指着门前那些残缺的卧虎、麒麟、大象雕塑,说:"这些都是我从兰州各地买来的,镇墓兽。"

我再一次问:"您为什么要告诉我这些?"

他看着我,也看着那些镇墓兽,说:"因为这世上谁也不知道,校长被我哥和我偷偷地埋在了这方塔下面。"

我又一次重申我的疑问:"这么多年过去,其实您完全没有必要告诉我这些,到底是为什么呢?"

"不为什么,"他转过身,边往山门走,边说,"该还的总要还,这辈子还不完,下辈子接着还;下辈子还不完,子孙后代世世还。"

袅袅烟雾中,他的声音如一口大钟,震得我不禁持续地颤抖起来。而就在这颤抖中,我看见跪在皮垫上的母亲,正向着她面前盛放铁佛头的方塔,深深地磕下了满是白发的头。